KB103487

근대의 특권화를
넘어서

근대의 특권화를

넘어서

김흥규 지음

식민지 근대성론과 내재적 발전론에 대한 이중비판

창비

| 감사의 말 |

이 책의 글들을 쓰던 지난 5년여 동안 가까이에서 지켜보며 조언
해준 조성택, 우응순, 이형대 교수께 감사한다. 이성원 교수는 2008
년 무렵 민족주의 담론의 벼랑 앞에서 개입할 시기를 망설이던 나
를 떠밀어주었다. 백영서, 임지현, 김영민(서울대 정치외교학부), Kären
Wigen(스탠퍼드대), 임종명, 정출헌, 정병호, 박희병, 김명인(인하대),
백지운 교수가 이 책에 실린 글들의 일부에 대해 보내준 논평과 조
언에서도 값진 도움을 받았다. 고려대 민족문화연구원에서 여러해
를 함께한 동료로서 전문분야의 소중한 앎을 베풀어준 진태원, 김문
용, 김항, 류시현, 박종우 교수께도 감사한다. 김승우 박사와 신성환
군은 막대한 양의 책과 자료를 활용하는 데 불편이 없도록 나를 도
와주었다.

아울러 여기에 비판적으로 거론한 논저의 저자들에게도 사의를
표하고자 한다. 이 책을 낳는 동안 나는 외부의 논쟁과 함께 일종의
학문적 내전을 통과했다.

나는 그들을 비판하면서 또한 그들에게서 배웠고, 논쟁을 예상하며 논리를 정비하는 과정에서 예전의 시각과 화법을 일부 수정하기도 했다. 그러므로 그들 또한 나의 스승이다.

2013년 3월
김흥규

차 례

1

이 책에 수록된 글들은 한국 근현대사와 문화에 관한 최근 10여년간의 논의에서 새로운 주류의 위상을 차지해온 탈민족주의론과 식민지적 근대성론에 대한 비판에 주안점을 둔다. 그렇지만 나는 그들에게서 공격받은 민족주의와 내재적 발전론을 구원하기 위해 붓을 들지는 않았다. 이 책에 실린 글들의 바탕에는 민족주의적 사고의 경직성에 대한 비판과 함께, 1960~80년대의 한국학을 이끈 내발론의 소임이 이제는 다하지 않았는가 하는 의문 또한 짙게 깔려 있다. 이 책의 맨 마지막 장인 「특권적 근대의 서사와 한국문화 연구」는 그런 시각에서 내발론의 실효를 선언하고 단층적 근대성론의 대안적 의의 또한 부인하면서 한국문화 연구의 새로운 전망을 제안하고자 했다.[1]

그런 맥락과 결론부로 인해 이 책은 꽤 선명한 서사적 구도를 갖추었지만, 여기 실린 글들이 처음부터 일관적인 체계로 설계된 것은 아니다. 그것들은 2000년대 중엽에 내가 맞닥뜨린 여러 요인의 상황적 결합에 의해 동기가 형성되었고, 미리 예정할 수 없는 논쟁적 변수들의 작용 속에서 시나리오가 수정되었다. 다만 나로서는 수년간 여러 상대자들에게 비판의 화살을 보내는 다면적 논전을 예상했기 때문에, 시비가 혼란스럽게 얽힐 경우라도 토론의 목표가 실종되지 않도록 해둘 필요가 있었다. 아울러 내가 수행하려는 역할과 예전의 패러다임 사이에는 어떤 관계가 있는지에 관해서도 입장을 정리해야 했다.

내가 비판하고자 한 문제적 담론의 중심은 탈민족주의론과 식민지적 근대성론의 결합태로서, 그 골자를 다음의 두가지로 집약할 수 있다.

(1) 한국사와 문화 연구의 민족주의적 경향 및 내재적 발전론에 대한 전면적 비판.
(2) 한국의 근대성을 개항/식민지화 이후의 산물로 보고, 그 외래성·단층성(斷層性)을 강조하는 관점.

내가 보기에 (1)의 비판은 일부 지나친 논법에도 불구하고 경청

---

1 '단층적 근대성론'이란 식민지 근대화론, 식민지적 근대성론을 포함하여, 한국 사회의 근대적 변화를 전적으로 19세기 말 이후의 돌발적 외래성의 산물로 보는 접근방식들에 대한 범칭이다.(195면 참조) 이 낱이 아직 낯설기 때문에 이 책의 부제에서는 '식민지 근대성론'을 그 대용어로 썼다.

할 만한 의의가 있었지만, (2)의 관점은 매우 편협한 나머지 역사이해를 왜곡할 위험이 컸다. 그리하여 나는 2006년 무렵부터 이와 관련된 비판적 검증에 착수하여 2008년에 논문 두 편을 발표했다.

이중에서 「조선 후기 시조의 불안한 사랑과 근대의 연애」(제1장)는[2] '짝사랑, 새 님, 남의 님' 모티프를 지닌 옛시조들에 대해 간직해오던 흥미가 실마리였던바, 어쩌면 그것은 한가로운 때를 기다리다가 잊어버리는 관심사가 될 수도 있었다. 그러나 연애라는 것이 개항 이후에 출현한 외래적 근대성의 일부분이라는 담론과 마주치면서 이 작품들은 비상한 중요성을 띠게 되었다. 그것은 한국의 정념사(情念史)에 관한 문제일 뿐 아니라, 연애라는 것이 서구만의 현상이다가 제국주의적 팽창 덕분에 비서구 세계에 전파된 것인지에 관한 역사인류학적 쟁점의 한 시험장일 수 있기 때문이었다.

「정치적 공동체의 상상과 기억」(제2장)은 탈민족주의 담론의 민족관이 지닌 단절적 근대주의를 비판의 대상으로 삼았다. 즉, '수평적 주권 공동체'로서의 민족이라는 것이 국민국가 세계체제와 만나 성립한 근대적 구성물이라는 입론을 인정하되, 그것이 전근대의 정치적·문화적 집단정체성의 기억과 무관하다는 '기억 없는 상상'의 논리를 비판하는 것이 그 요점이었다.

이 두 편의 글이 지닌 공통분모는 근대사회의 현상들을 근대라는 시공간 안에서만 보려는 폐쇄성에 대한 경고라 할 수 있다. 나는 이른바 근대의 여러 양상이 조선 후기의 자연스러운 연속으로만 성립

---

2 원제는 「조선 후기 시조의 '불안한 사랑' 모티프와, '연애시대'의 前史」.

했다고 보지 않으며, 두 시기 사이에 깊고 넓은 파열이 있다는 것을 부정하지도 않는다. 그러면서도 나는 역사적 시간의 여러 국면이 형성하는 다중적 관계에 대해 우리의 연구가 상당한 주의를 기울여야 한다고 본다.

이런 입장은 논쟁 상대방이나 제3자에게 내재적 발전론의 옹호처럼 여겨질 가능성이 농후했다. 나 스스로도 지향하는 바를 분명히 해두지 않으면 논의가 복잡해지는 국면에서 걸음걸이가 어긋날 염려가 있었다. 그런 차원에서 볼 때 의심할 여지가 없는 최저선은 내발론이 더이상 생산적 역할을 감당할 수 없을 만큼 노쇠했다는 진단이었다. 그러면 대안은 무엇인가. 내발론을 크게 고쳐 수정안을 만들 것인가, 아니면 그로부터 완전히 떠나 새로운 길을 찾을 것인가.

이 선택지 사이에서 고심한 끝에 나는 내발론을 포기하기로 했다. 1970년대 초부터 약 30년간을 동반해온 기본 전제와 작별한다는 것은 쉬운 일이 아니었다. 그것을 대신할 전망이 무엇인지에 대해서도 2008년 무렵의 나는 기댈 만한 짐작이 없었다. 하지만 앞으로 전개될 논쟁 국면에 대응하기 위해서는 우선 내 생각이 가벼워져야 했다. 내발론을 먼저 버리지 않는 한 대안을 찾는 일은 더 어려울 것이라는 판단도 작용했다. 그렇게 해서 나는 2012년 가을까지 약 4년의 초초한 모색에 접어들었다.

2

  나는 원래 현대문학 전공자로 학문 세계에 발을 들여놓았고, 최재서(崔載瑞)의 비평에 대한 연구로 석사논문을 썼다. 첫 직장인 계명대에도 현대문학 전공 교수로 부임해서 3년간(1976~79) 가르쳤다. 그런데 현대문학의 어떤 문제들을 심층적으로 해명하기 위해서는 조선후기로 소급해 올라가야겠다는 생각이 이 무렵에 절실해졌다. 그래서 나는 윤휴(尹鑴), 이익(李瀷), 박지원(朴趾源), 정약용(丁若鏞), 홍대용(洪大容), 이옥(李鈺) 등의 시론과 시경론을 탐사하는 작업에 몰두했다. 이후 나는 고려대로 자리를 옮기면서 고전문학 교수가 되었고, 박사논문으로 『조선 후기의 시경론과 시의식』(1982)을 간행했다. 나로 하여금 조선 후기로 거슬러 올라가게 한 그 문제의식들은 바로 내재적 발전론에서 촉발된 것이었다.

  내발론이라 해도 연구자에 따라 논증·해석의 구도에 적지 않은 차이가 있었는데, 나는 조선 후기의 근대적 가능성과 그 전개양상에 대한 이해에서 대체로 신중론을 펴는 '소극적 내발론자'였다. 『조선 후기의 시경론과 시의식』은 문학사와 사상사 분야에서 내발론적 연구가 거둔 주요 성과 중 하나로 꼽힐 터인데, 이 책에는 '근대'라는 어휘가 단 한번도 등장하지 않는다. 조동일(趙東一) 교수의 『한국문학통사』 초판(1982~88)의 서평에서 나는 한국문학 연구가 "탈중세의 진전에 대한 적극적 인식 못지않게 중세의 사회·문화 구조가 해체기의 국면 속에서도 얼마나 완강한 지배력을 행사했으며, 근대적 문학에로의 여러 양상들은 어떠한 외적 제약과 내부적 숙제를 안고 있었던가를 주목해야 할 연구사적 시점에 도달했다"라고 지적했다.[3] 19세기 판소리사의 성격에 관한 고전문학계 내부의 논쟁에서도 나는 그것을 시민성을 향한 전진으로 몰아가려는 과잉해석의 위험성을 경고했다.

그럼에도 불구하고 나는 내발론이 지닌 작업 가설의 근본적 가치에 대해서는 의심한 적이 없었다. 그것은 한국의 근대학문이 떠안은 민족주의적 소명에 대한 응답이었을 뿐 아니라, 어떤 인간집단을 대상으로 하든 간에 문학과 역사의 연구는 그들의 주체성을 이해의 빛 속으로 불러내는 것이어야 한다는 내 신념의 지표이기도 했다.

그러나 이런 확신이 무색하게 2000년대 중엽의 상황은 급변해 있었다. 나는 고전문학 교수가 되면서 현대문학을 떠난 것이 아니라 관심사를 전근대로 확장했을 뿐이라고 동학들에게 입장을 밝혔고, 언젠가는 조선시대 연구의 성과와 함께 근현대로 돌아오리라고 스스로 다짐했다. 2006년경 나는 내게 남은 시간이 많지 않다는 것을 느끼고, 그동안 미루어온 귀향을 준비하는 일에 착수했다. 한편 이 무렵에 내가 운영하던 고려대 민족문화연구원에서는 한국학의 여러 분야에서 유능한 신진들을 찾아야 할 필요가 생겼고, 나는 신중한 인선을 위해 문학·역사·철학 등을 망라하여 30, 40대 연구자들이 쓴 논저를 광범하게 읽어야 했다. 이것은 곧 지난 10년쯤의 연구 동향을 젊은 학자들 위주로 개관하는 작업이기도 했다.

---

3 김흥규 「비평적 연대기와 역사인식의 사이」, 『창작과비평』 61(1988 가을) 231면.

약 2년에 걸친 검토를 통해 점차 윤곽이 뚜렷해진 상황 정보는 참혹했다. 비유적으로 표현하자면 조선 후기와 근현대 사이의 학문적 지형에서 '다리가 불타고 골짜기가 물에 잠겼으며, 예전의 지도는 별로 쓸모가 없다'는 것이었다. 내발론의 실효가 여기저기서 강조되는 가운데 근현대 연구자들은 19세기 중엽 이전에 대해 별로 관심이 없었고, 근대의 외래성을 전제로 한 화제들이 빠른 속도로 확산되었다. 전근대 연구자들은 예전의 관성에 따른 작업들을 계속하면서도 그것을 포괄하는 거시적 구도에 대해서는 확신을 잃고 있었다.

근현대를 향한 나의 학문적 귀향은 이처럼 달라진 상황의 개요를 충격적으로 확인하는 방식으로 이루어졌다. 그것은 설레는 마음으로 낯익은 정거장에 내려서는 귀향이 아니라, 달리는 열차에서 낯선 시간대로 내던져진 것과 비슷한 경험이었다.

3

2000년대에 와서 탈민족주의, 포스트콜로니얼리즘, 포스트모더니즘 등의 담론이 성행하는 가운데 '민족, 민족주의'는 특히 신랄한 비판을 받았고, 심지어는 조롱거리로 전락했다. 지적 담론의 공간에서 민족이라는 어휘를 비판용이 아닌 용도로 자주 거론하거나 민족주의를 변호하는 것은 신용하(愼鏞廈) 선생 정도의 원로가 아닌 한 비웃음거리가 될 언동으로 여겨졌다. 의아스러운 것은 1980년대까지 민족, 민중의 '민'자가 없으면 한 페이지의 글도 이어가지 못하던 논자들이 2000년대에는 이 단어들을 거의 외면했다는 점이다. '민중'은 '민족'이 받은 것과 같은 비난에서 면제되었지만, 어느 사이엔가 기이할 정도로 조용하게 지적 언어 공간에서 소멸했다. 포스트담론이 유행하던 시기의 인도, 라틴아메리카 역사 연구에서는 서발턴(subaltern)이 역사의 중요한 주체로 떠올랐는데, 한국의 '민중'은 반대로 지적 어휘로서 생존할 자격에 대한 최후변론조차 받지 못한 채 폐기된 것이다.[4]

나는 내발론의 경우와 비슷하게 1970~80년대부터 민족, 민중에 과도한 중량을 부여하는 논법과는 거리를 두려고 노력해왔다. 그러나 두 단어 중에서 하나는 허위의 기표로 낙인을 받고 다른 하나는 갑자기 행방불명이 되는 이 국면에서 이렇다 할 논쟁도, 변론도 없다는 사실을 도저히 납득할 수가 없었다. 이 단어들에 변호할 만한 가치가 없다면 그것들을 상당 기간 부리면서 지식인 역할을 해온 이들의 참회라도 있어야 마땅하다. 지식인이란 자신의 말에 존재를 거는 사람이 아닌가.

이런 상황을 바라보며 느끼는 착잡한 심회 속에서 나는 2008년에 「정치적 공동체의 상상과 기억」을 썼다. 종래의 민족주의적 입장과 다른 길을 택하면서 당시의 주류 담론인 탈민족주의에 이의를 제기한 점에서 그것은 어느 쪽에서도 동정받지 못한 채 시류(時流)의 돌팔매를 맞을 법한 어리석은 행동이었다. 이 글을 쓰면서 나는 문득

---

4 다만 미국에서 활동하는 한국인 학자에 의해 다음의 중요한 저술이 나왔다. Lee, Namhee, *The Making of Minjung: Democracy and the Politics of Representation in South Korea* (Ithaca: Cornell University Press 2007).

헤밍웨이의 소설 『누구를 위하여 종은 울리나』의 결말부에서 중상을 입고 능선에 홀로 엎드린 채 소총의 가늠쇠 너머로 추격자들을 기다리던 로버트 조던의 모습을 떠올렸다. 하지만 조던에게는 살려 보내야 할 연인 마리아와 유격대 동료들이 있었다. 나는 모두 다 멀리 퇴각하거나 숨어버린 민족 담론의 폐허에서 무엇을 위해 효과도 불확실한 총을 발사하려는 것일까. 이 질문은 논문이 활자화되어 나올 때까지 나의 뇌리를 떠나지 않았다.

시대의 유행을 거슬러서 논쟁을 벌인다는 것은 투지만만한 젊은 학자라면 해볼 만한 모험이지만, 나이 예순을 넘은 이에게는 어리석기 짝이 없는 짓이다. 그런 줄 알면서도 나는 2000년대 후반의 국면에서 탈민족주의론과 식민지적 근대성론의 난폭한 근대주의에 대해서 누군가는 "아니다. 재검토해야 할 문제들이 있다"라는 이의를 제기해야 한다고 생각했다. 나보다 10년쯤 젊은 연구자가 그런 역할을 해준다면 좋겠지만, 그런 가능성을 더 기다리기에는 내 인내심이 부족했다. 내재적 발전론의 잔존 가치에 관해 여러해 동안 내 마음 속을 떠돌던 고심은 이런 국면에서 자연스럽게 정리되었다. 내발론의 역사적 공헌은 높이 평가하여 마땅하지만, 미래의 생산적 가치는 기대할 바가 별로 없다는 것이 그 결론이었다.

2009년부터 연차적으로 쓰인 글 세편 중에서 「신라통일 담론은 식민사학의 발명인가」(2009, 이 책 제3장)는 예상 밖의 요인에 촉발되어, 원래 예정한 논쟁 과제를 뒤로 밀어내며 등장한 것이다. 신라의 삼국통일이라는 관념이 일제 식민사학의 발명품이며, 한국의 민족주의 역사학은 이를 받아썼을 뿐이라는 기발한 주장이[5] 그 도화선이 되었다. 그것은 무엇보다도 고전문학 연구자로서 내가 약 수십년간 접해온 금석문, 사서(史書), 문집류 등의 자료에 비추어 도저히 성립할 수 없는 궤변이었다. 이 주장의 허구성을 비판하기 위해 그들의 논리를 검토하는 동안 나는 식민지적 근대성론이 근대를 일방적으로 강조할 뿐 아니라 그것을 장악한 식민주의가 전능한 지배력을 가진 것처럼 특권화하는 데에 주목하게 되었다. 「한국 근대문학 연구와 식민주의」(2010, 이 책 제4장)는 원래의 예정보다 1년 늦게 문학 쪽으로 논제를 옮긴 것으로서, 근대를 식민 기원(紀元)의 시간으로 규정하고 식민주의를 특권화하는 경향이 한국 현대문학 연구에 성행하는 데 대한 비판이 주요내용이다. 우리는 근대문학의 형성·전개를 식민지시대의 종속적 회로 안에서만 보려 하기보다, 문학 장(場)의 여러 변수와 행위주체들이 맺는 동적 연관 속에서 고찰해야 한다는 것이 그 결론적 주장의 핵심이다.

「식민주의와 근대의 특권화를 넘어서」(2011, 이 책 제5장)는 위의 글들에 대한 반론을 접한 뒤에 쓴 논쟁적 응답이다. 당초에 염려한 대로 내 글에 대한 반론에서 논쟁 상대자들은 내 입장을 민족주의 옹호론과 동일시하며 논점을 비켜갔다. 이 글에서 다시금 천명했듯이, 나는 민족을 원초적 실재라고 주장하거나 민족주의 일반을 옹호하려 하지 않는다. 민족주의란 '민족이라는 기표를 중심적 자원으로 동원하는 담론들의 집합'으로서, 그것이 어떤 고정적 실체성을 지닌 다는 가정은 근대사와 정치에 대한 이해를 부적절하게 단순화할 수

---

5 황종연 엮음 『신라의 발견』(동국대 출판부 2008).

있다는 것이 내가 견지해온 논리의 중심축이다. 우리의 연구에 필요한 과제는 민족주의에 대한 도매금의 긍정이나 부정이 아니라, 정치행위의 주체들이 속한 실천적 맥락의 함수로서 그것을 역사화해서 보는 일이다.

내발론에 관해서는 일부 동학들에게도 내 입장이 분명히 각인되지 않은 듯하다. 내발론의 문제성에 대한 성찰과 모색이 "이미 80년대부터 오가고 있었으나, 패러다임의 외부로 완전히 나가지 않은 토론으로는 환골탈태가 이루어질 수 없었다"라는[6] 지적도 심각한 진단으로서보다는 일반적 우려의 수준에서 받아들여진 것 같다. 근대주의와 논쟁하는 과정에서 내발론의 효력 상실이라는 견해를 내가 거듭 표명했지만, 그 까닭은 별도의 논고로써 천명할 필요가 있었다. 그리고 무엇보다도 절실한 것은 그 대안을 위해 어떤 전망을 제시하는 일이었다. 결국 이것이 2012년의 내 숙제가 되었다.

4

한국사와 문화 연구에서 내재적 발전론의 틀을 떨쳐버려야 시야가 더 밝아지지 않을까 하는 생각은 이미 언급했듯이 2008년경부터 내 머릿속에 오가고 있었다. 그 직접적 계기는 논쟁의 행로에서 나자신의 이론적 짐을 경량화해야 할 필요성이었지만, 단선적 진보사

---

6 이 책의 제4장 「한국 근대문학 연구와 식민주의」 134면 참조.

관에 대해 2000년 무렵부터 느끼기 시작한 회의 또한 원인(遠因)으로 작용했다. 그러나 버리는 결심 못지않게 어려운 것이 대안의 실마리를 찾는 일이었다.

이 문제를 다룬 「특권적 근대의 서사와 한국문화 연구」(제6장)를 2012년 가을에 완성할 무렵 내가 도달한 대안적 사유의 첫째 명제는 '근대'의 의미론적 불안정성과 역사철학적 지위를 근본적으로 되물어야 한다는 것이다. 그러지 않는 한 우리는 단선적 역사의 회랑 안에서 내발과 외발(外發) 사이의 다툼을 놓고 출구가 없는 고심을 거듭할 수밖에 없다. 우리는 과거의 삶과 문화들을 근대와의 접근도에 따라 발췌하여 정렬하고 의미를 배급해주는 '근대에 대한 전근대의 예속'을 물리쳐야 한다. 또한 우리는 유럽의 역사를 척도로 삼아 여타 지역과 문명의 다양한 시공간을 재단하는 '세계사의 식민화'에서 벗어나야 한다. 방법론적 차원에서 볼 때 한국사의 내재적 발전론은 근대를 향한 가능성의 과잉추론 때문이 아니라, 위에 지적한 문제의 원천인 목적론적 근대주의 때문에 더이상 유지할 만한 가치가 희박하다. 내발론을 비판하며 등장한 단층적 근대성론 역시 다른 방식으로 근대에 특권적 지위를 부여함으로써 역사이해를 일면화했다.

이런 비판 위에서 내가 제안하는 것은 '근대'와 '중세'를 더이상 유효한 실체적 역사단위로서 인정하지 않는 일이다. '중세'라는 어휘가 그동안 비유럽 세계의 역사와 문화 이해를 어떻게 오도하고 훼손해왔는지에 대해서는 따로 논의할 자리가 필요하다. 그러나 위의 글에서 다룬 '근대'의 화용론적 고찰만으로도 이들의 의미 소통력에 대한 의심은 불가피하다. 우리는 '근대'와 '중세'가 실재하는 보편적 역사단계에 사후적으로 붙여진 이름이라고 믿기보다, 이들이 모종의 역사적 가상을 창출하고 보편사의 권위로써 그것을 강요한 개념장치였다는 통찰에 귀 기울일 필요가 있다. 그런 전복을 통해 우리는 '중세, 근대'라는 술어들이 우리로 하여금 무엇을 보지 못하게 했는지 확인하게 되리라 생각한다.

여기서 다시금 생각해보면 일찍이 내재적 발전론에 내가 이끌린 가장 깊은 이유는 그 바탕에 '인간은 자신을 초과하는 가능성의 주체'라는 통찰이 있다고 생각한 때문이다. 그런 의미 수준에서 볼 때 발전이란 반드시 근대나 자본주의를 향한 것이어야 할 까닭이 없으며, 변화를 위한 동인의 내재성이라는 것도 외래적 변수와 양립 불가능한 것이 아니다. 나는 내재적 발전론을 포기했으나, 이 근본 전제는 버리지 않았다.

그렇기는 해도 내재적 발전론의 유효성을 믿는 연구자가 있다면 지금이라도 적극적으로 논쟁 공간에 나와주기를 나는 희망한다. 단층적 근대성론이라는 이름으로 내가 지칭한 쪽의 논자들까지 참여하여 입체적 토론이 벌어질 수 있다면 더할 나위 없이 반가운 일이다. 우리는 궁극적으로 고립된 섬이 아니라 대륙의 일부분일 터이므로.

제1장

조선 후기 시조의

불안한 사랑과 근대의 연애

1. 문제제기

이 논문에서 나는 18~19세기 시조에 보이는 '짝사랑, 새 님, 남의 님' 모티프를 묶어 '불안한 사랑 모티프'라 잠정적으로 명명하고, 이 부류의 작품들이 지닌 문학적 특징과 문화사적 의미를 논하고자 한다.

이렇게 유형화될 만한 작품군의 존재가 아직까지 제대로 포착된 바 없다는 점에서 이 논제는 일단 소재적으로 흥미로우며 면밀하게 검토할 만하다. 이에 더하여 본고가 주목하고자 하는 좀더 중요한 사항은 이 작품군이 조선 후기부터 20세기까지 한국 문화사·사회사 에서 매우 중요한 양상인 '연애와 연애감정'의 동태(動態)를 이해하 는 데 긴요한 전사적(前史的) 의의가 있다는 점이다.

이에 대해 다음과 같은 반문이 있을 법하다. '동서고금의 문학에 흔한 소재가 남녀 간의 사랑인데, 그것이 이 기간에 특별히 중요한 문제가 될 수 있는가?' 그에 대한 답변을 겸하여 '사랑'과 '연애'의 의미역(意味域)을 변별하는 데서 논의를 시작하기로 한다.

『표준국어대사전』(1999)은 연애를 '남녀가 서로 애틋하게 그리워하고 사랑함'이라고 풀이했는데, 이는 예전의 국어사전들이 범해온 관습적 오류를 반복한 데 불과하다.[1] 오랫동안 함께 살던 부부가 어떤 이유로 헤어져서 서로 애틋하게 그리워한다면 그것을 연애라 할 수는 없기 때문이다. 왜국(倭國)의 불모가 된 남편 박제상(朴堤上)을 간절히 그리다가 돌이 되었다는 아내의 사랑은 절실함의 강도에도 불구하고 연애〔감정〕에 속하지는 않는다. 이 차이를 좀더 명확히 하기 위해서는 인류학자들의 개념을 참조하는 것이 유용하다.

영어권 인류학자들은 한국어의 '연애'에 대응하는 술어로 'romantic love'(또는 passionate love, romantic passion)를 사용하며, 이를 'companionship love'와 뚜렷하게 구분한다. 그들에 의하면 "연애는 세가지 구성요소를 지니는 것으로 규정할 수 있으니, 상대방의 이상화, 성애적(性愛的, erotic) 맥락에서의 발현, 장차의 지속에 대한 기대가 그것이다. (…) 따라서 연애는 반려애(伴侶愛, companionship phase of love)와 확연하게 대조되는바, 후자는 장기간의 공동생활 위에 이루어지는 좀더 편안하고 안정적이며 지속적인 애착이다".[2]

---

1 '남녀 사이에 서로 애틋하게 그리워하고 사랑함'(『우리말 큰사전』, 어문각 1992). '남녀 간에 애틋하게 그리워하고 사모하는 것. 또는, 그러한 애정.'(『국어 대사전』, 금성출판사 1991).

2 David Levinson & Melvin Ember eds., "Love", *Encyclopedia of Cultural Anthropology* (New York: Henry Halt and Co. 1996) 719면. 본고에서는 'romantic love'를 '연애' 내지 '연정적(戀情的) 사랑'의 대응어로 본다. 이 술어에서 형용

1980년대까지의 서구 학계에서는 이 연애와 연애의식(romantic notion of love)이 유럽과 미국 문명에 독특한 현상이며, "만약 연애가 유럽 밖의 세계에 존재했다면, 그것은 주관적 경험의 심미적 감별력을 함양할 만한 여유가 있는 비서구 국가의 엘리뜨 층에서만 가능했던 것"이라는[3] 유럽중심주의가 상당 기간 득세했다. 그들의 관점에 따르면 비서구권의 경우 연애라는 현상과 의식은 서구의 영향에 의한 근대화와 개인주의의 산물이라는 것이다. 본고의 논의는 이에 대한 비판적 검증을 자연스럽게 포함할 터이나, 논리적 반박의 필요성은 느끼지 않는다. 그런 일은 이미 1990년대 이후 얀코비아크-피셔와 가트샬-노르드룬트 등이 적절하게 수행한 바 있다.[4]

내가 주목하려는 '불안한 사랑' 모티프는 남녀 간의 애정에 관한 두가지 구별 중에서 연애의 범위에 속하며, 특히 그중에서도 당사자

사 'romantic'은 'romance'에서 온 것이고, 이 경우의 'romance'는 '남녀 간의 연애 혹은 정사(情事)(를 주로 한 이야기)'에 해당하기 때문이다. 이와 관련하여 Wikipedia 'Romance Novel' 항목의 서두 부분이 간명한 설명과 용례로서 참조할 만하다.

3 Lawrence Stone, "Passionate Attachment in the West in Historical Perspective," W. Gaylin and E. Person, eds., *Passionate Attachment* (New York: Free Press 1988) 16면.

4 William R. Jankowiak & Edward F. Fischer, "A Cross-Cultural Perspective on Romantic Love," *Ethnology*, Vol. 31, No. 2 (April 1992) 149~55면; Jonathan Gottschall & Marcus Nordlund, "Romantic Love: A Literary Universal?," *Philosophy and Literature*, No. 30 (2006) 432~52면. 이중에서 전자는 세계 각지에 분포하는 166개 사회의 민속지 분석을 통해 그 88.5퍼센트에 해당하는 147개 문화에서 연애(romantic love)의 존재를 확인했고, 후자는 이보다 자료 규모와 분석적 섬세함을 더한 새로운 연구를 통해 연애가 다양한 문화집단 사이에서 '통계적 문화보편성'(439면) 수준의 출현 양상을 보인다는 결론에 도달했다.

간의 상호긍정이나 몰입이 확립되지 않은 초기 국면의 비대칭적 사랑에 해당한다. 현전하는 자료로 보건대 조선시대까지 한국 시사(詩史)에서 애정을 노래한 시가는 많으나 연애를 주제로 한 작품은 적으며, '불안한 사랑' 모티프를 다룬 예는 더욱이나 희귀하다.

그런 때문에 한국 현대문학에 관한 근년의 연구에서 참조할 만한 성과를 찾던 중 권보드래의 저술 『연애의 시대』[5]를 만났다. 종래의 아카데미즘과 문학주의의 제한적 시야를 넘어서 '연애'라는 개념을 중심으로 1920년대 전후의 문화를 조명한 점에서 이 책은 매우 의의 있는 저술이다. 여기에 담긴 풍부한 정보와 통찰은 본고의 관심사에 적절한 시대적 맥락을 설정하는 데에도 유익했다. 그런데 이 책은 유감스럽게도 내가 보기에 중대한 불찰이라고 여겨지는, 그리고 바로 그 소홀함을 정면으로 다루지 않고는 조선 후기의 '불안한 사랑' 노래들도, 20세기 한국의 문학과 문화사도 온당하게 해명할 수 없는 문제점을 함께 던져주었다.

내가 주목하는 『연애의 시대』의 문제성은 19세기 말까지의 한국 문학과 문화에 관한 매우 난폭하고도 안이한 가정 위에 저술의 출발선이 설정되었다는 점이다. 'love'라는 "이국의 언어감정을 번역하기 위해 계발된 단어"가 1910년대 조선에 들어온 이래 풍속과 문화를 얼마나 급격하게 뒤흔들고 바꾸었는지 서술하는 것이 이 책의 줄거리인데, 그것을 지탱하는 전사적(前史的) 이해는 무척 소박하면서 부정확하다. 이를 논하기 위해 다소 길지만 다음의 진술에 주목한다.

---

5 권보드래 『연애의 시대: 1920년대 초반의 문화와 유행』(현실문화연구 2003).

(…) 1921년 『근대의 연애관』을 내 한국에도 큰 영향을 미친 구리야가와 하쿠손(廚川白村)은 "일본어에는 영어의 '러브'에 해당하는 말이 없다"면서 "'I love you'라든가 'Je t'aime'에 이르면 어떻게 해도 일본어로 번역할 수 없다. 영어나 프랑스어에는 있는 그러한 언어감정이 일본어에는 전혀 없는 것이다"고 지적하지 않았던가. '연애'란 이 이국의 언어감정을 번역하기 위해 계발된 단어였다.

'연애'라는 말은 'Love' 중에서도 남녀 사이의 사랑만을 번역한다. 신에 대한, 인류에 대한, 부모에 대한, 친구에 대한 사랑은 모두 'Love'이지만 '연애'는 아니다. 1920년경 한국에서 '연애'라는 말이 유행하기 시작할 때는 특히 이 점이 중요했다. 다양한 관계 가운데 남녀의 관계를 도드라지게 한다는 발상이 언어 자체에 배어 있었기 때문이다. '사랑'이라는 단어를 거침없이 발음하게 된 것도 오래된 일은 아니었다. 주지하다시피 한국어에서 '사랑하다'는 오래도록 '생각하다'는 뜻이었고, 의미 변화가 이루어진 후에도 자주 쓰이는 단어는 아니었다. 기독교의 전래 이후에야 '사랑'은 신의 사랑이라는 뜻으로 널리 전파되었다. 1900년대에 이 단어는 국가론의 자장 안에서 발음되기도 했다. (…) '사랑'은 먼저 신과 나라를 배경으로 합법화되었다. "여러분은 하나님을 사랑할 것이올시다 (…) 또 다시 여러 형제를 사랑하고 동포를 사랑하여야 할 것이올시다"라고 할 때의 '사랑'이 바로 이런 '사랑'이었을 터이다.

그러나 1920년 탈고했다는 나도향(羅稻香)의 중편 「청춘」에서 주인공은 이 '사랑'을 남녀의 사랑으로 바꾸어놓는다.[6]

이런 전제를 대부분 수용하면서 한국 근대소설의 형성을 논한 또다른 저술에서도 비슷한 견해를 볼 수 있다.

열정으로서의 성과 사랑을 언급하는 일이 기피되었던 문화적 풍토 위에서, 서구적인 사랑의 방식을 전달하는 용어로 등장한 '연애'는, 전통적인 사유의 방식으로는 이해하기 어려운 관념이었다. (⋯)

일본에서 'Love'가 '연애'로 번역된 것은, 불결한 연감을 일으키는 일본 통속의 문자들과 영어 'Love'를 구별하기 위해서였다고 한다. 원래 일본의 전통 속에서 남녀 간의 사랑은 육체적 결합과 분리되지 않았다. 『만엽집』과 같은 문학작품집에서 불리는 사랑의 노래는 일단 서로 만나 성적으로 결합한 이후 헤어진 남녀의 그리움을 노래한 것이 일반적이었으며, 이러한 사정은 우리나라의 경우도 마찬가지였다.[7]

위의 대목들이 저술 전체에서 지엽적 부분이라면 다소 부적절하다 해도 논란을 벌일 필요는 없다. 그러나 '사랑'이라는 어휘의 의미사(意味史)와 용법 및 의식에 관한 위의 전제는 1920년대를 전후한 시기의 한국사회에 일어난 변화의 낙차를 규정하는 데 결정적으로 중요한 비교 값으로서 의의가 있다. 이 변수 값에 착오가 있다면 문

6 같은 책 15~16면. 고딕체는 인용자가 더한 것이다.
7 김지영 『연애라는 표상: 한국 근대소설의 형성과 사랑』(소명출판 2007) 14, 43면.

화사를 이해하기 위한 성찰의 기본구도가 왜곡될 수 있다. 이에 관한 논의에서 시작하여 '불안한 사랑' 모티프의 시조들을 살피는 순서로 본론을 진행하고자 한다.

2. '스랑'의 어휘사 개요

'스랑/사랑'의 용법과 의미 변천사를 소상하게 밝히기 위해서는 자그마한 책 한권 정도의 서술이 있어야 할 듯하다. 여기서는 그런 수준으로 고찰할 필요는 없을 터이므로 위에 언급한 문제점을 보정(補正)하기에 충분한 정도로만 검토하고자 한다.

15세기 국어의 '스랑(호다)'에는 '생각(하다)'〔思〕과 '사랑(하다)'〔愛〕의 의미가 공존했다.

▲ 月印釋譜(1459) 序 11: 思는 스랑홀 씨라

▲ 月印釋譜 1-5: 坐禪은 안자 이셔 기픈 道理 스랑홀 씨라

▲ 禪宗永嘉集 諺解(1464) 下61: 우흘 마초아 스랑ᄒ라＝準上思之

▲ 釋譜詳節(1447) 6-3: 어버ᅀᅵ 子息 스랑호믄 아니한 ᄉᆞᅀᅵ어니와

▲ 月印釋譜 1-33: 福을 스랑ᄒ야 즐길 씨라＝福愛天

▲ 禪宗永嘉集 諺解 下2: 動 求호믄 생사 스랑호미니＝求動愛生死[8]

아울러 이 시기에는 '사랑하다, 그리워하다'에 해당하는 어휘로

---

8 허웅 주해 『용비어천가』(정음사 1956) 266면.

'둧다'도 쓰였다.[9]

▲ 龍飛御天歌(1445) 제80장: 션빗를 드스실씬=且愛儒士
▲ 月印釋譜 2~22: 愛心이 나 드사 取ᄒ느니
▲ 金剛經 諺解(1464) 16: 法相을 드스 着ᄒ야=愛着法相[10]

그러던 것이 16세기에 접어들면서 '둧다'의 쓰임이 현저하게 약화되고, 그 역할은 'ᄉ랑ᄒ다' 쪽으로 흡수되어간 듯하다. 『훈몽자회(訓蒙字會)』(1527)에 "愛=드슬 익"라는 풀이가 있어서 아직은 소멸하지 않은 용법을 시사하지만, 16세기 후반 이후의 자서류(字書類)에서 '愛'는 'ᄉ랑'의 몫으로 넘어갔다. 국어사 자료의 광범한 기반 위에서 편찬된 『17세기 국어사전』[11]에는 아예 이 동사가 실려 있지 않다.

이와 아울러 'ᄉ랑(ᄒ다)'의 의미역(意味域)에서 '思'의 영역이 16세기부터 점차 약화하는 한편 '愛'의 비중이 증가했다. 그러면서 '思'에 해당하는 의미는 '싱각(ᄒ다)' 쪽으로 기능 부담이 이전되었다. 자서류(字書類)와 역학서류(譯學書類)를 위주로 한자 자석(字釋)의 추이를 간추려보면 그 추세를 짐작할 수 있다.

---

9 '둧다'의 가장 오랜 용례는 8세기의 향가인 「안민가(安民歌)」(765)에 보인다. '사랑하다'의 인접어로서 '괴다'도 있으나, 아랫사람에 대한 윗사람의 총애(寵愛)라는 제한적 의미이므로 여기서는 접어두기로 한다.

10 허웅, 앞의 책 268~69면.

11 홍윤표·송기중·정광·송철의 엮음 『17세기 국어사전』(태학사 1995).

▲訓蒙字會, 1527: 愛＝ᄃᆞᆺ술 이, 嬖＝ᄉᆞ랑ᄒᆞᆯ 폐, 寵＝ᄉᆞ랑ᄒᆞᆯ 툥, 偎＝ᄉᆞ랑ᄒᆞᆯ 외

▲新增類合, 1576: 愛＝ᄉᆞ랑 이, 思＝싱각 ᄉᆞ/뜯 ᄉᆞ, 念＝싱각 념, 惟＝싱각 유/오직 유, 憶 = 싱각 억

▲石峯千字文, 1583: 愛＝ᄉᆞ랑 이, 思＝싱각 ᄉᆞ

▲千字文 七長寺版, 1661: 愛＝ᄉᆞ랑 이, 思＝싱각 ᄉᆞ

▲譯語類解, 1690〈下45b〉: 愛疼＝ᄉᆞ랑ᄒᆞ다, 愛殺＝ᄉᆞ랑ᄒᆞ다

▲類合 영장사판, 1700: 愛＝ᄉᆞ랑 이, 思＝ᄉᆞ랑 ᄉᆞ

▲倭語類解, 18세기 초: 愛＝ᄉᆞ랑 이, 思＝싱각 ᄉᆞ

▲千字文 松廣寺版, 1730: 愛＝ᄉᆞ랑 이, 思＝싱각 ᄉᆞ

▲千字文 영장사판, 18세기: 愛＝ᄉᆞ랑 이, 思＝싱각 ᄉᆞ

▲蒙語類解補, 1775(?): 狠愛＝ᄀᆞ장 ᄉᆞ랑ᄒᆞ다, 可愛＝ᄉᆞ랑홉다, 尋思＝구을려 싱각ᄒᆞ다, 不時的思＝죵죵 싱각ᄒᆞ다

▲李茂實千字文 규장각 소장본, 1894: 愛＝ᄉᆞ랑 이, 慈＝ᄉᆞ랑 ᄌᆞ, 寵＝ᄉᆞ랑 툥, 思＝싱각 ᄉᆞ[12]

위에 보듯이 16세기 후반의 『석봉천자문』 이후 '思'는 영장사판 『유합』을 제외하고는 모두 '싱각 ᄉᆞ'로 풀이되었다. 『17세기 국어

사전』의 '스랑(호다)' 항목에 제시된 70여개 용례를 살펴보더라도 '思'의 뜻이라 할 만한 것은 매우 드물고, '愛'에 해당하는 용례가 압도적으로 우세하다. 편의상 그 앞뒤 부분의 용례 5개씩을 제시하면 다음과 같다.

송씨 열흔 히 스이예 다른 친을 스랑 아니ᄒ고〈勸念:12a〉

溺愛는 스랑애 너모 ᄲᅡ디단 마리라〈女訓下:18b〉

姑息으로 뻐 스랑을 삼디 말며〈女訓下:18a〉

이제 지 아븨 명을 져ᄇ리고 어마님 스랑을 ᄇ리미 가ᄒ닝잇까 〈東新三忠:2b〉

唐 高宗이 武氏의 스랑의 팀溺ᄒ야〈家禮2:13a〉

(…)

안해 그 妾을 스랑ᄒ야〈女訓下:14b〉

원슈 계빅이 그 졈고 또 늘라믈 스랑ᄒ야〈東新忠1:8b〉

드듸여 스랑ᄒ여 화합ᄒᄆᆯ 처엄ᄀᆮ티 ᄒ니라〈東新孝6:62b〉

뻐 夫ㅣ 그 妾을 스랑ᄒ거든 안해 또 스랑홀 배니〈女訓下:14a〉

엇디 모든 아히 스랑히야〈女訓下:19a〉

『송강가사(松江歌辭)』 성주본(1687)에는 '스랑'과 '싱각'이 각각 4회씩 출현하는데, 다음에 보듯이 전자는 모두 '愛'의 뜻이고 후자는 '思'에 해당한다.

이 ᄆᆞᆷ 이 스랑 견졸 ᄃᆡ 노여 업다(「사미인곡」)

반교틱(半嬌態) ᄒ다가 츤 ᄉᆞ랑 일흘셰라(단가 52)

녯 ᄉᆞ랑 이제 ᄉᆞ랑 어제 교틱(嬌態) 오늘 교틱로다(단가 60)[13]

져근덧 싱각 마라 이 시름 닛쟈 ᄒᆞ니(「사미인곡」)

누어 싱각ᄒ고 니러 안자 혜여 ᄒᆞ니(「속미인곡」)

글란 싱각 마오 미친 일이 이셔이다(「속미인곡」)

싱각ᄒᆞ니 쑤미오 딘젹(陳跡)이라(단가 60)

요컨대 15세기에는 'ᄉᆞ랑(ᄒᆞ다)'이라는 어휘에 '思'와 '愛'의 의미 스펙트럼이 뚜렷하게 존재했으나, 16세기 이래 '愛'의 영역이 확장하면서 '思'는 점차 역할이 축소하고 그 대신 '싱각(ᄒᆞ다)' 쪽으로 기능 부담이 이양되는 변화가 일어난 것이다. 아울러 'ᄉᆞ랑ᄒᆞ다'〔愛〕는 '딋다'〔愛〕라는 경쟁어 또한 밀어내고 17세기에는 이를 완전히 도태시킴으로써 친애(親愛), 애모(愛慕), 연정(戀情) 등을 표현하는 어휘로서 위상을 뚜렷하게 하는 방향으로 나아갔다.

이런 의미의 'ᄉᆞ랑'이 17~19세기에 사용된 빈도에 대해서는 대규모 자료를 토대로 연구해야 하는 것이어서 섣불리 단언하기 어렵다. 다만 조선시대의 텍스트에 관한 내 경험으로 본다면 그것은 결코 드물지 않게 쓰이는 어휘였다고 말할 수 있다. 그중에서도 유교적 교훈서류를 통해 군신(君臣), 부자(父子), 형제, 친족, 지주-전호(佃戶) 사이의 유대가 강조되던 16~17세기에는 인륜적 당위와 결부된 사

---

13 단가 번호와 작품 원문은 김흥규 『松江 詩의 言語』(고려대출판부 1993) 262~82면 참조.

랑이 우월한 비중을 차지했고, 문학작품을 통한 상상과 욕망의 표현이 확대되던 18~19세기에는 남녀 간의 사랑이라는 의미가 주목할 만하게 성장한 것으로 생각된다. 그 한 예로서 5180수로 이루어진 옛시조 데이터베이스를 검색해보니, '스랑/사랑/思郞'이라는 문자열이 있는 작품 93수 중에서 남녀 간의 애정을 노래한 것이 62수, 그 밖의 인간관계나 사물에 대한 애착을 담은 것이 31수였다.[14]

여기에 덧붙여 주목할 만한 또 하나 흥미로운 현상은 '스랑'이 심리상태나 지향성을 표현하는 추상명사에서 전이하여 '애정관계에 있는 사람' 즉 애인·정인(情人)을 뜻하기도 하는 의미확장이 일어난 점이다. 내가 확인한 중에서 가장 앞선 사례는 18세기 중엽의 자료인 김수장(金壽長) 시조 중 한 편이며, 19세기 자료에서는 더 많이 찾아볼 수 있다. 이 확장의미는 『표준국어대사전』의 '사랑' 항목이 기술하는 5개 분의(分意) 중 마지막 항목[15]인바, 현대국어에서 '사랑'이 함유하는 의미역(意味域)은 적어도 18세기 중엽에 이미 다 갖추어진 것이다.

갓나희들이 여러 層이오레 松骨미도 갓고 줄에 안즌 져비도 갓고
(…)
그려도 다 各各 님의 스랑인이 皆一色인가 ᄒᆞ노라.[16]

---

14 이중 17세기 말 이전의 인물에 귀속하면서 남녀 간 '스랑/사랑'의 용례가 보이는 작품은 정철(鄭澈)의 시조 2수뿐이다.

15 "열렬히 좋아하는 이성의 상대", 국립국어연구원 엮음 『표준국어대사전』(두산동아 1999).

쑴에 왓던 님이 씌여 보니 간 듸 업닉

耽耽이 괴던 스랑 날 부리고 어듸 간고[17]

용 갓치 셜셜 긔는 말게 반부담ᄒᆞ야 닉 사랑 틱고

산 너머 굴움 밧게 꿩 산양 허라 갈 졔[18]

명사심이 히당화 갓치 연연이 고은 사랑, 네가 모도 사랑이로구
나. 어화 둥둥 닉 사랑아, 어화 간간 닉 사랑이로구나.[19]

요약하건대 '스랑(하다)'이라는 어휘에서 '생각(하다)'이라는 의
미는 16세기경부터 현저하게 쇠퇴하고, 이와 반비례하여 오늘날의
'사랑'과 근접하거나 동일한 의미역이 이후의 한국어사에서 지배적
위치로 성장해왔다. 17세기 이래로는 이 말이 남녀 간의 애정을 뜻
하는 것으로 쓰인 용례가 적지 않으며, 18~19세기에는 그러한 추세
가 더욱 증가했다. 그리하여 '스랑'은 기독교가 전래하기 전에 이미

---

16 고시조대전 0074.1, 해주554(김수장), 청영509, 동국409, 청육716 등. 김흥규·
  이형대·이상원·김용찬·권순회·신경숙·박규홍 엮음 『고시조대전』(고려대 민족
  문화연구원 2012) 참조. 이하의 시조 인용은 『고시조대전』의 수록번호와 출처
  원전의 약칭 + 순번을 〈고시조대전 0074.1, 해주554〉 같은 형태로 밝힌다.
17 고시조대전 0092.1. 이 작품은 『가곡원류 국악원본』을 비롯하여 『가곡원류』 계
  열의 가집 20여종에 박효관의 작품이라 전한다.
18 고시조대전 0052.1, 시조32, 남태57 등.
19 완판 84장본 『열녀춘향수절가』 중 「사랑가」 대목.

'love'에 상응하는 한국어로서 폭넓은 입지를 확보했으며, 나도향의 소설 「청춘」(1920) 등이 이 말을 쓰기 이전에 남녀 간의 애착과 갈망을 표현하는 어휘로서도 일반화되어 있었던 것이다.

3. 애정시조의 추이와 '불안한 사랑' 모티프

'ᄉᆞ랑'이라는 어휘의 의미 스펙트럼에서 남녀 간의 애정에 해당하는 부분이 17~19세기 동안에 지속적으로 팽창한 것은 언어만의 문제가 아니라, 문화사·생활사의 추이를 반영하는 현상으로 생각된다. 이와 관련하여 고시조 전체의 모티프와 관심사에 관한 계량적 연구에서 검출된 사실을 여기서 다시금 주목하고자 한다.

나는 시조사의 전체적 흐름을 파악하기 위해 311개 내용요소 색인어를 설정하고, 옛시조 5180수를 대상으로 그 출현양상을 분석한 바 있다.[20] 그중에서 전체 출현빈도 순으로 상위 10위 색인어가 18~19세기 동안 어떤 추이를 보였는지 간추려보면 다음과 같다.[21]

---

20 김흥규·권순회 『고시조 데이터베이스의 계량적 분석과 시조사의 지형도』(고려대 민족문화연구원 2002).

21 아래의 표에서 18~19세기를 세 단계로 나눈 자료 분할의 모집단(母集團)은 다음과 같다.

▲ 18세기 전·중반: 『청구영언』(진본), 『해동가요』(일석본).

▲ 18세기 말~19세기 전반: 『병와가곡집』, 『청구영언』(이한진 엮음), 『청구영언』(육당본).

▲ 19세기 후반: 『남훈태평가』, 『시어』, 『가요』, 『시가요곡』, 『시철가』, 『가곡원류』(국악원본, 규장각본, 하합본, 육당본, 프랑스본, 박씨본, 구황실본, 가람본, 일석

	18세기 전·중반		18세기 말~19세기 전반		19세기 후반	
	879수		1437수		1235수	
색인어	출현 작품	백분율	출현 작품	백분율	출현 작품	백분율
강산(江山)	176	20.0%	250	17.4%	174	14.1%
한정(閑情)	112	12.7%	168	11.7%	113	9.2%
한거(閑居)	91	10.4%	133	9.3%	77	6.2%
권계(勸戒)	54	6.1%	56	3.9%	30	2.4%
남녀(男女)	169	19.2%	340	23.7%	364	29.5%
애정(愛情)	91	10.4%	197	13.7%	232	18.8%
그리움	62	7.1%	130	9.0%	162	13.1%
한탄(恨歎)	69	7.9%	106	7.4%	92	7.4%
취락(醉樂)	93	10.6%	158	11.0%	127	10.3%
고사(古事)	74	8.4%	122	8.5%	95	7.7%

위의 색인어들은 18~19세기 동안의 증감 추이에 따라 세 그룹으로 묶을 수 있다.

- ▲ 감소 추세가 뚜렷한 색인어: 강산, 한정, 한거, 권계
- ▲ 증가 추세가 뚜렷한 색인어: 남녀, 애정, 그리움
- ▲ 변화가 미미한 색인어: 한탄, 취락, 고사

여기서 단적으로 드러나듯이 18~19세기 시조사에서 '강산(江山), 한정(閑情), 한거(閑居), 권계(勸戒)' 등을 통해 고아(高雅)한 처사적

본, 동양문고본),『해동악장』,『화원악보』,『협률대성』,『여창가요록』,『금옥총부』.

취향이나 윤리의식을 노래하는 작품들은 현저하게 감소해간 반면, 남녀 간의 애정, 그리움 등을 관심사로 한 작품들은 시대가 갈수록 증가했다. 19세기 후반의 작품군에서는 '남녀, 애정' 색인어가 상위 1, 2위를 차지했을 뿐 아니라 그 비율 또한 각각 29.5퍼센트와 18.8퍼센트에 달했으니, 시조사에서는 이 시기를 '사랑의 시대'라 일컬어도 무방할 듯하다.

이런 추이를 지닌 18~19세기 시조에서 매우 흥미로운 양상으로 새로이 포착된 것이 바로 '불안한 사랑' 모티프의 작품군이다. 이 군집은 옛시조 데이터베이스의 5180수에서 '짝사랑', '새 님', '남의 님'이라는 색인어 중 하나 이상이 있는 작품 66편을 지칭하는 것으로서,[22] 내부적 구성 분포는 다음과 같다.

색인어	평시조	사설시조	총계
짝사랑	30	4	34
새 님	11	5	16
남의 님	14	6	20
합집합[23]	51	15	66

---

22 필자의 연구실에서 이루어진 옛시조 데이터베이스 작업의 색인어 지침은 이들을 다음과 같이 정의했다.
- 짝사랑: (남녀) 한쪽에서 일방적으로 연정, 애착을 느끼는 사랑.
- 새 님: (인물) 적어도 한쪽에서 연정을 느끼나, 아직 쌍방의 애정관계가 안정적으로 확립되지 않은 상태의 님.
- 남의 님: (인물) 누군가와 이미 부부 혹은 연인 관계가 맺어져 있는 님.
23 필자의 연구실이 보유한 옛시조 데이터베이스의 색인어 부여 방식은 한 작품

남녀 간의 애정과 그리움을 담은 노래라면 동서양 문학 어디에나 흔할 듯하고, 한국문학에서만 보더라도 「가시리」「동동(動動)」「서경별곡(西京別曲)」 등을 비롯하여 김소월(金素月), 김남조(金南祚), 도종환(都鍾煥)에 이르기까지 숱하게 많은데 위의 시조들이 각별히 흥미로울 까닭이 있는가. 그렇다. 사랑노래는 많아도 '쌍방의 애정관계가 안정적으로 확립되지 않은 상태에서 어느 한쪽이 일방적으로 연정을 느끼고 그 안타까움을 노래하는 작품'은 흔치 않으며, 더욱이 그런 작품이 상당수의 군집을 이루어 출현한 사례는 매우 희귀한 것으로 보이기 때문이다.

　한국시의 경우만을 대상으로 말한다면, 고전시가에서 최근의 현대시에 이르기까지 애정시는 거의 모두 '이미 확립되어 있던 애정관계의 상대방이 죽음, 변심, 무관심, 불가항력적인 상황요인으로 인해 나와 격리되어 있거나 나를 돌보아주지 않는 상황'에서 출발한다. 「정읍사(井邑詞)」「사미인곡」「규원가(閨怨歌)」「금잔디」「님의 침묵」「나의 침실로」「접시꽃 당신」 등이 모두 그러하다. 불안한 사랑 모티프 시조들은 이와 달리 연정의 초기단계에서 일방적으로 가슴 설레며 괴로워하는 인물들에 주목한다.

　　나는 님 혜기를 嚴冬雪寒에 孟嘗君의 孤白裘 又고
　　님은 날 너기기를 三角山 中興寺에 니 샌진 늘근 즁놈에 살 성긴
　어리이시로다

에 대해 여러 모티프 표지를 허용하므로 복수(複數) 색인어의 'OR 연산'에 의한 검색 결과는 개별 색인어 검색의 합계보다 적을 수 있다.

짝스랑 외즐김ᄒᄂᆫ 뜻을 하늘이 아르셔 돌려 ᄒ게 ᄒ쇼셔.

〈고시조대전 0710.1, 청진540〉

思郞을 낫낫치 모하 말로 되야 셤에 녀허

크고 센 ᄆᆯ쎄 헐이 추워 실어 녹코

아희야 채 ᄒᆫ 番 젹여라 님의 집의 보내쟈.

〈고시조대전 2255.1, 해일500〉

〈작품 0710.1〉은『진본 청구영언』에 실린 것으로 보아 18세기 초나 그전의 자료로 추정되는데, "짝스랑 외즐김"이라는 구절이 스스로 주제적 핵심을 분명히 해준다. 님에 대한 화자의 간절한 사랑에 대해 님은 나를 '이 빠진 늙은 중의 살 성긴 얼레빗'처럼 여긴다는 표현 속에 해학적으로 포착된 짝사랑의 안타까움이 실려 있다.

〈작품 2255.1〉은 사랑을 물화(物化)시켜 말로 되고 섬에 넣어 님에게 보낸다는 기상(奇想)으로써 일방적 사랑의 답답함을 노래했는데,『일석본 해동가요』에 실려 있으니 적어도 18세기 중엽의 산물이다.

어른쟈 너추리야 에어른쟈 박너추리야

어인 너추리완ᄃᆡ 담을 너머 손을 주노

어른님 이리로셔 져리로 갈 졔 손을 쥬려 ᄒ노라.

〈고시조대전 3150.1, 병가947〉

ᄉ람이 ᄉ람을 그려 싱ᄉ람이 病 드단 말가

스람이 언마 스람이면 스람 한나 病 들일랴

스람이 스람 病 들이는 스람은 스람 안인 스람.

〈고시조대전 2224.1, 원일727〉

죽어 니저야 ᄒ랴 살아 글여아 ᄒ랴

죽어 닛지도 얼엽고 살아 글의이도 얼여왜라

져 님아 ᄒ 말씀만 ᄒ소라 死生決斷 ᄒ리라.

〈고시조대전 4427.1, 해일416〉

위의 세편은 수록 문헌과 시대가 서로 다른 별개의 작품들이지만 짝사랑의 순차적 단계를 노래한 연작시처럼 읽어볼 수 있다.

첫 작품(3150.1)에서 화자는 내정(內庭)에 갇혀 지내는 여성인 듯하다. 담장 너머로 얼핏얼핏 보이는 풍경 속에서 우연히 눈에 띈 남성의 모습이 그녀의 마음에 작은 파문을 일으키고, 그뒤로도 여러차례 그 사람을 보게 되면서 마음속에 연정이 싹튼다. 하지만 그녀의 마음속에 피어오르는 간절함을 전할 길이 없다. 그러던 중 마침 눈에 띈 것이 박 넝쿨. 담장을 타고 올라 벋어가면서 바깥세상을 향해 덩굴손을 뻗는 그 모습이 너무도 사랑스럽고 대견하다. 내 마음이 저 박넝쿨이 되어 짝사랑의 대상(어른님)에게 덩굴손을 내밀어줄 수 있다면 얼마나 좋으랴. 식물적 상상력에 사랑의 지향성을 투영한 표현이 너무도 풋풋하다.

둘째 작품(2224.1)의 화자는 아마도 연정의 상대와 몇차례 짧게 만난 적은 있는 것처럼 보인다. 그러나 안타깝게도 상대는 이쪽의 애타는 심경에 아랑곳없이 매정하거나 무관심하다. 이로 인해 그리움은 더 깊어지고 마침내 상사(相思)의 병이 된다. 이처럼 무정한 님에 대한 그리움과 원망이 '스람'을 무려 11회나 반복하는 해학적 언희(語戲) 속에 담겼다.

셋째 작품(4427.1)에 오면 기다림에 지친 짝사랑의 고통이 극한에 다다른다. 그래서 내가 살아 있는 한 사랑의 갈망을 버릴 수 없으니, 님에게서 이에 대한 분명한 대답 한마디를 들어서 생사를 결정하겠다고 한다. 여기에 쓰인 '사생결단'이라는 말은 매우 자극적이고도 통속적인데, 그것은 도저한 괴로움에 더이상 견딜 수 없다는 고백을 스스로 과장하여 희극화하는 화법처럼 보이기도 한다.

4. 새 님과 남의 님

'짝사랑'이 남녀관계의 유형 차원에서 설정된 색인어인 데 비해, '새 님'과 '남의 님'은 연정의 상대방을 중심으로 한 모티프 개념이다. 우선 '새 님'의 경우부터 보기로 한다.

> 狂風아 부지 마라 고은 곳 傷홀셰라
> 덧 업슨 春光을 네 어이 직촉는다
> 우리도 식 님 거러 두고 離別 될가 호노라.
>
> 〈고시조대전 0381.1, 해박494〉

江原道 開骨山 감도라 드러 楡店 졀 뒤에 웃둑 션 전나모 굿헤

숭구루혀 안즌 白松骨이도 아므려나 잡아 질드려 씽 山行 보닉

는듸

우리는 새 님 거러 두고 질 못 드려 ᄒ노라.

〈고시조대전 0144.1, 청진465〉

'새 님'은 '쌍방의 애정관계가 아직 확립되지 않은 상태에서 이쪽
이 일방적으로 연모(戀慕)하는 상대'로서, 이 부류의 작품들에 공통
된 심리는 불안과 조바심이다. 앞의 작품은 그러한 심리적 정황을
거센 바람 앞의 연약한 꽃으로 비유한다. 새로운 애정에 가슴 설레
면서도 님의 반응에 대해 확신하기 어렵고 상황의 작은 변화에도 쉽
게 부서질 수 있는 불안정한 관계가 여기에 투영되어 있다.

둘째 작품은 위의 것과 같은 심리를 사설시조 특유의 해학적 시선
으로 좀더 뚜렷하게 부각한다. 깊고 깊은 산골의 까마득한 나무 끝
에 앉은 매(白松鶻)도 잡아서 길들일 수 있지만 멀지 않은 거리에 있
는 새 님은 마음대로 내 사람을 만들지 못한다는 자조(自嘲)가 감미
롭고도 쏩쓸하다.

'남의 님'은 위의 '새 님'과 비슷한 의미를 지니되, 상대자가 이미
다른 이의 배필이나 정인(情人)인 경우에 해당한다. 따라서 그 설렘
과 불안, 조바심은 '새 님'의 경우보다 훨씬 더할 수밖에 없다. 연모
의 상대가 남의 아내(남편)라면 그와의 연정은 사회규범과 도덕의
처벌까지도 위험부담으로 감수해야 하고, 타인의 정인(情人)이라 해
도 사랑의 행로와 성공 가능성은 험난할 터이기 때문이다.

남은 다 주는 밤의 님 어니 홀노 안자

輾轉不寐하고 님 둔 님을 生覺는고

그 님도 님 둔 님이니 生覺홀 줄이 이시랴.

〈고시조대전 0866.1, 병가425, 이정보(李鼎輔)〉

萬頃 滄波之水에 둥둥 썻는 부략금이 게오리들아 비슬 금셩 증
경이 동당강셩 너시 두르미드라

너 썻는 물 기픠를 알고 둥 썻는 모르고 둥 썻는

우리도 남의 님 거러 두고 기픠를 몰라 호노라.

〈고시조대전 1537.1, 청진537〉

이정보(李鼎輔, 1693~1766)의 작으로 표시된 〈작품 0866.1〉에서 애
정의 상대는 '님 둔 님' 즉 남의 님이다. 이미 남에게 정을 준 사람이
기에 이쪽의 사무치는 연정을 알아줄 리 없고, 화자의 그리움은 잠
못 이루는 밤을 가득 채울 뿐이다.

이와 같은 고독과 무력감은 〈작품 1537.1〉에서 절묘한 유비(類比)
관계로 강조된다. 아득하게 넓고 깊은 물 위에 뜬 물새들이야 그들
이 몸을 실은 물이 얼마나 깊든 불안할 까닭이 없다. 괴롭고 불안한
것은 남의 님과 실낱같은 인연을 맺고 이제 더 다가가고 싶어서 조
바심하는 작중인물의 마음일 뿐이다. 여기서 '깊이를 알 수 없는 물'
의 의미는 이중적이라 해석할 만하다. 그것은 한편으로는 결연의 가
능성 내지 진정을 알기 어려운 님의 마음의 깊이이며, 다른 한편으

로는 님과 결연에 성공한다 해도 그 다음에 전개될 상황의 예측불가능성의 은유일 수 있다.

성공가능성이 적은데다 성공한다 해도 사회적 비난과 처벌의 위험성이 높은 일이라면 일찌감치 그만두는 것이 합리적 행동일 것이다. 그러나 연애란 흔히 그런 합리성의 계산을 넘어서는 맹목적 에너지에 지배된다. 정념(情念)과 정욕은 위험이나 금지의 울타리 너머에서 더 강렬한 유혹의 힘을 발휘하고는 한다. 세상에 가득 찬 번뇌와 고통의 인과적 연쇄를 설명하는 불교의 논법으로 연기설(緣起說)이라는 것이 있다. 그중에는 '무명(無明)'에서 출발하는 십이지연기설(十二支緣起說)과 '갈애(渴愛)'에서 시작하는 오지연기설이 있는바, 통속화의 위험을 무릅쓰고 이를 빌린다면 남의 님에 대한 정념은 무명과 갈애가 중첩하여 번뇌·고통으로 나아가는 진흙길, 그러나 한번 빠지면 돌아 나오기 어려운 미혹의 길이라 할 것이다.

그래서 다음 작품은 자신의 어리석음을 뼈아프게 자책한다.

눈아 눈아 머르칠 눈아 두 손 장가락으로 쏙 질너 머르칠 눈아

남의 님 볼지라도 본동 만동 ᄒ라 ᄒ고 닉 언제부터 정 다슬나 터니

아마도 이 눈의 지휘에 말 만흘가 ᄒ노라.

〈고시조대전 1113.1, 병가1047〉

하지만 그의 자책에는 진정한 자기비판과 회심(回心)의 의지가 결여되어 있다. 남의 님에 대한 연모의 정을 자기규율의 잘못이라기

보다는 보아서는 안 될 대상을 곁눈질한 '눈'의 문제로 돌리고 있기 때문이다. 그리하여 "아마도 이 눈의 탓으로 말 많을까 하노라"라고 탄식하는 그의 어조는 위험한 정념의 길을 뒤늦게나마 포기하는 것이 아니라 불가항력의 행로라고 시인하는 태도를 드러낸다. 시상의 흐름이 이러하니 위의 작품이 부도덕한 애정관계를 서투르게 얼버무린다고 비난한다면, 그것은 편협한 윤리주의적 독법이 될 것이다.

위의 작품은 그릇된 애정관계에 빠진 인물의 안타까운 탄식인 동시에, 그 나름의 자성(自省)에도 불구하고 정념의 수렁을 벗어나지 못하는 인간 존재의 어리석음에 대한 비판적 연민을 함축한다. 다른 어떤 욕망보다도 비합리적이며 내밀한 에너지인 애욕을 바라보는 착잡한 시각이 여기에 깃들어 있는 것이다.

'새 님'과 '남의 님' 모티프 사이에 있는 차이는 결국 형성단계의 애정을 둘러싼 사회적 금지나 장애의 유무라 하겠는데, 사랑의 조바심과 괴로움은 후자 쪽이 더 커지는 것이 당연하다. 그런 때문에 두 모티프는 비슷한 작품들 사이에서 교체 가능한 요소로 넘나드는 사례가 더러 보이며, 아래의 두 작품처럼 선행 작품의 문제적 국면을 좀더 강조하기 위해 후대의 변이형에서 '새 님'이 '남의 님'으로 바뀐 경우도 있다.

흔 눈 멀고 흔 다리 절고 痔疾 三年 腹疾 三年 邊頭痛 內丹毒 알는 죠고만 삿기 개고리가

一百 쉰 대자 장남게 게올을 졔 긔 쉬이 너겨 수로록 소로로 소로로 수로록 허위허위 소솝 쒸여 올라 안자 나리실 졔란 어이실고

내 몰래라 져 개고리

    우리도 새 님 거러 두고 나죵 몰라 ᄒ노라.

                              〈고시조대전 5282.1, 청진562〉

개고리 져 기고리 痢疾 三年 腹疾 三年 邊頭痛 內丹毒 다 알은 조
고만 삿기 개고리

    一百 쉰 되즈 쟝남긔 오를 졔 쉬히 너겨 슈루룩 슈루룩 허위 허
위 소습 쒸여 올나 안고 나릴 졔ᄂᆞᆫ 어이훌고 닉 몰닉라

    우리도 남의 님 거러 두고 那終 몰라 ᄒ노라.

                              〈고시조대전 5282.3, 청육691〉

두 편 중에서 앞의 것은 1728년에 편찬된 『청구영언』의 작품이며, 뒤의 것은 19세기 중엽에 편찬된 『육당본 청구영언』[24]의 변이형이다. 약 120년의 경과 속에서 일어난 흥미로운 변화는 '새 님'이 '남의 님'으로 바뀐 것인바, 이로 인해 "나죵 몰라 ᄒ노라"라는 공통 부분의 의미에도 상당한 편차가 발생했다. 앞의 작품이 말하는 불가측성(不可測性)은 짝사랑의 성패에 관한 불안과 안타까움일 뿐이지만, 뒤의 작품에서는 이에 더하여 두 사람 사이의 애정관계를 둘러싸고 야기될 수 있는 파란과 사회적 물의까지도 함축하기 때문이다. 이에

---

24 심재완(沈載完)은 『시조의 문헌적 연구』(세종문화사 1972, 36면)에서 이 가집의 성립 시기를 19세기 초로 추정했으나, 김용찬의 연구에 의해 1852년 무렵 완성되었다는 판단이 더 유력해졌다. 김용찬 「청구영언(육당본)의 성격과 시가사적 위상」, 고려대 고전문학·한문학연구회 엮음 『19세기 시가문학의 탐구』(집문당 1995) 60면 참조.

따라 병든 개구리가 높다란 장대 끝에 올라앉아 진퇴양난의 위기에 처해 있다는 희극적 비유의 농도 또한 달라질 수밖에 없다.

단순한 짝사랑의 탄식에서 '새 님'을 향해 가슴 설레는 조바심을 거쳐 '남의 님'에 대한 정념의 초조와 불안에 이르기까지, 불안한 사랑 모티프가 담긴 조선 후기 시조의 표정, 몸짓은 이처럼 다양하고도 풍부했다.

5. 시대적 배경의 추론

이러한 문학적 추이에 어떤 배경요인이 작용했는지 추론하기란 매우 어렵고 위험한 일이다. 그러나 지나친 신중으로 침묵하기보다는 조심스러운 가설이나마 제시하여 앞으로의 발전적 탐색을 돕는 것이 바람직하다는 뜻에서 약간의 소견을 제시해보고자 한다.

조선 후기 시조 전반에서 남녀관계와 애정에 대한 관심이 증대한 데에는 무엇보다도 도시적 생활공간의 확대와 이에 수반한 사회변화가 환경적 요인으로 작용한 듯하다. 즉, 농업과 상공업의 발달을 포함한 사회적 생산력의 증진, 이에 따른 물화(物貨)교역과 인구 이동·소통의 확대, 장시(場市)와 도시적 생활공간의 형성과 확산 등이 그것이다. 이러한 공간에서 이루어지는 다양한 사람살이의 얽힘은 재래적 촌락공동체 안의 틀잡힌 인간관계보다 다채롭고 자유로운 만남의 접점들을 조성하기 마련이다.

종래의 소규모 촌락공동체에서 인간관계는 이에 비해 훨씬 단순

했으며, 또한 향촌사회의 공동체적 정보망과 윤리적·신분적 규율에 의해 엄격하게 통제되었다. 동족마을 단위에서는 물론 여러 이성(異姓) 가문이나 평민 집단이 공존하는 촌락에서도 공동체의 규율은 완고했다. 그럼에도 불구하고 때때로 일어나는 일탈행동에 대해서는 가혹한 징벌이 가해졌으며, 애정과 성(性)에 관한 사안에 대하여는 더욱 그러했다.

이에 비해 도시화한 지역은 출신지와 내력이 다양한 이들이 모여들거나, 토박이들이라 해도 전통적 촌락 단위보다 훨씬 광역화한 생활공간에서 복잡한 사회관계를 형성했다. 개개인의 행동과 감정에까지 작용하던 공동체의 규제력은 이런 공간에서 약화되기 마련이다. 그리고 이와 반비례하여 개체적 감성, 욕망, 상상의 반경은 넓어진다. 아울러 도시적 공간이 가능케 하는 다양한 만남 속에서 남녀 간의 접근 기회 또한 증가하며, 이성에 대한 실제적·상상적 경험의 진폭도 커질 수밖에 없다. 짝사랑, 새 님, 남의 님 등의 모티프를 떠받칠 만한 경험과 심리가 사회적 사실의 수준으로 떠오른 것은 이런 추이와 원천적으로 관련있는 듯하다.

아울러 고려할 만한 국부적 요인으로는 조선 후기의 생활문화에서 기생(妓生)과 풍류·유흥 공간이 담당한 매개역할을 들어야 할 것 같다.

여기서 말하는 기생이란 조선 후기의 구분 개념상 일패(一牌)라 불리던 본래적 의미의 기생으로서, 고급한 연예기능과 교양을 갖춘 집단을 뜻한다.[25] 그들의 예능 수준과 처신에 관한 자의식이 높았다

---

25 조선 후기 사회에서는 유녀(遊女)들을 일패(一牌), 이패(二牌), 삼패(三牌)로 구분했다. 이중 이패는 연예기능 외에 은밀히 몸을 팔아서 '은근짜'라 불렸고, 삼

하더라도 남성사회의 개방공간에 나와 있는 한 이런저런 성적(性的) 관계가 발생하는 것은 불가피한 일로서, 『조선왕조실록』 등의 기록에서도 양반 관료들이 관기(官妓)와 통간(通姦)하거나 기첩(妓妾)을 두는 비행에 대한 기사가 종종 보인다. 따라서 황진이(黃眞伊), 이매창(李梅窓) 같은 명기의 고고함을 기생들의 공통 특질로 일반화할 수는 없다. 그럼에도 불구하고 주목해야 할 것은 이 기녀들과 남성들 사이의 성적 관계가 어느 정도의 가격을 지불하면 몸을 허락하는 '정형화된 매매(매춘) 관계'는 아니었다는 점이다. 다시 말해 물질적 요소만으로 계량화할 수 없는 가치나 심리관계가 기생과 상대 남성 사이에 작용했고, 이를 포함한 소통이 어느정도 성숙한 연후에 기생은 옷고름을 풀었던 것이다.[26]

'물질적 요소만으로 계량화할 수 없는 가치나 심리관계'가 작용하는 이 지점에서 남녀 간의 긍정적 관심이나 호감, 정념 등이 싹트

패(搭仰謀利)는 잡가류의 하급 예능을 제공하는 한편 매음(賣淫)을 하는 것이 통례였다. 전통적 기생에 해당하는 일패는 오랜 교육과 수련을 거쳐 양성되며, 자신들의 예능과 처신에 대한 자긍심이 높아서 매춘행위를 수치스럽게 여겼다고 한다. 그러다가 19세기 말 이후 하급 유녀(遊女)들까지 '기생'이라 부르는 용어상의 인플레가 일어나면서 이 말은 본래적 의미에서 확장되어 삼패 그룹까지 지칭하는 뜻으로 바뀌었다. 한편 시정에서 일반 서민층을 상대로 하여 더 수준 낮은 작부(酌婦)를 두고 영업하는 색주가(色酒家)도 있었다. 이들의 유형적 구분과 행태에 관하여는 이능화(李能和)의 『朝鮮解語花史』(동양서원 1927) 참조.

26 이광수의 소설 『무정』(1919)에서 기생이 된 박영채는 속물적 호색한인 배학감, 김현수의 온갖 물질적 유혹과 위협에도 몸을 허락하지 않다가, 마침내 그들에게 납치되어 강간당하고는 자살의 길을 택하려 한다. 소설적 과장이 더해지기는 했어도 박영채의 행동이 개연성의 수준에서 납득될 만한 것은 조선시대 기생의 처신에 관한 문화적 유산이 아직 남아 있기 때문이다.

고 자라날 수 있다. 그리고 그중의 일부가 연정이라 부를 만한 심리로 발전하는 것도 가능한 일이다.

이와 같은 가변성 속에 이루어지는 심리관계와 소통은 조선시대의 혼인제도와 사회체제에서 매우 특별한 감정적 거래의 게임으로서 의의가 있는 듯하다. 주지하다시피 가문의 위상과 웃어른들의 판단에 의해 결정되는 혼인에서 부부 간의 정이란 함께 살면서 생기는 사후적 현상이요, 숭늉처럼 구수할 수는 있어도 연정의 설렘과 두근거림을 느끼게 하기는 어렵다.[27] 권력과 부 등의 불평등 조건을 통해 얻을 수 있는 소첩(少妾) 등도 성적 자극을 새롭게 하기는 하지만, 남녀가 서로 거리를 밀고 당기면서 마음의 손을 뻗어 상대와 맞닿으려는 긴장감은 희박하다. 일정액을 지불하면 살 수 있는 매음녀라면 더욱 그러하다. 기방(妓房)은 이 모든 경우와 다르면서도 불륜에 대한 사회적 징벌의 위험성 없이 남녀 간의 감정적 교류와 불확실한 (그러나 남성으로서는 그것을 확실하게 만들고 싶은) 접근·합일의 실험장이었던 것이다.

앞에 인용한 이정보의 작품 「남은 다 자는 밤에 내 어이 홀로 앉아」(고시조대전 0866.1)는 바로 이런 경험 유형과 관련이 있는 것으로 보인다. 그는 이조판서와 대제학까지 지낼 만큼 현달한 관료로서, 사설시조 22수를 포함하여 모두 104수 시조를 남겼다. 그중에는

---

27 서두에 지적했듯이, 부부와 안정적 동반자 관계에서 형성되는 애정은 인류학적 구분으로 반려애(伴侶愛, companionship love)에 해당하며, 남녀가 정서적으로 달뜬 상태에서 서로에게 접근하거나 몰입하는 연애(romantic love)와는 뚜렷하게 구별된다.

애정시조임이 분명한 작품이 여러 편 더 있는바, 다음의 한 편도 이에 속한다.

쑴으로 差使을 삼아 먼듸 님 오게 ᄒ면
비록 千里이라도 瞬息에 오련마ᄂᆞᆫ
그 님도 님 둔 님이니 올쑝말쑝 ᄒ여라.

〈고시조대전 0698.1, 병가672〉

텍스트만을 꼼꼼히 음미할 경우 이 작품은 화자와 '먼뎃님' 중에서 누가 남성이고 여성인지 분간하기 어렵다. 시조의 관습에 비추어 이 작품의 화자는 작자 자신이거나 적어도 그의 심정이 투영된 대리적 주체라 하겠는데, 그렇다면 '먼 곳'에 있으면서 '님 둔 님'이어서 쉽사리 오지 못하는 상대방이 여성이 된다. 이 여성이 남의 아내가 아니라면 남는 가능성은 기녀일 수밖에 없으니, 여기에 보이는 그리움은 현실적으로든 상상적으로든 기녀와의 관계를 바탕으로 한 것이다.

그런 가운데서 주목할 사항은 남성으로 추론되는 화자의 심리와 화법(話法)이 통상적 애정시의 여성화자의 그것과 전혀 다름이 없다는 점이다. 멀리 있는 님, 그에게 달려갈 수 없는 주체의 수동성, 이로 인한 안타까움, 꿈 등의 전신자(傳信者)에 대한 호소, 그럼에도 불구하고 님이 와줄 수 없다는 데 대한 탄식, 이 일련의 관계구도 속에서 화자는 서정적으로 여성화되어 있다. 그리고 이 여성화는 남성중심적 사회체제가 존재하는 문명에서 대다수 애정시가 취한 '애틋한 그리움과 기다림'의 발화(發話) 장치였다. 그러한 장치를 자연스럽게 빌어 쓸 만큼 이 작품의 작자에게 '먼뎃님'에 대한 그리움은 일시적 욕정을 넘어 간절하게 움직이는 심리적 지향성인 것이다.

19세기에 유사한 자취를 남긴 인물로는 안민영(安玟英, ?~19세기말)과 이세보(李世輔, 1832~95)가 있다. 중인 출신으로서 가악(歌樂) 취미에 깊이 침잠한 안민영은 음악적 재능이 뛰어난 기녀들을 많이 접했고, 그중의 여러 인물과 맺은 정분(情分)이나 애정을 담은 시조를 60여 편이나 남겼다.[28] 이세보는 형조판서, 한성부(漢城府) 판윤(判尹) 등에까지 오른 인물로서, 무려 458수의 창작시조 가운데 기녀와의 관계를 담은 애정시편이 여러 수 남아 있다.[29] 그중 두 편을 잠시 살펴본다.

> 오날 전녁 이 다정이 니일 밤은 또 누군고
> 쟝부의 호탕 심亽 알고도 마니 쇽아
> 아마도 동방야야 환신낭인가.
>
> 　　　　　　　　　　　　　〈고시조대전 3406.1, 풍대387〉

> 남의 임 거러 두고 쇽 몰나 썩는 이와
> 정든 임 이별ᄒ고 보고십퍼 그린 이를
> 아마도 분슈ᄒ면 그린 이가 나으련이.

---

28 박노준(朴魯埻) 「안민영의 삶과 시의 문제점」, 『조선 후기 시가의 현실인식』(고려대 민족문화연구원 1998) 346~53면 참조.

29 진동혁(秦東赫) 『李世輔 時調 研究』(집문당 1983) 참조.

〈작품 3406.1〉은 의문의 여지없는 기방 풍경이다. "洞房夜夜 換新郎"이라는 말이 다분히 해학적으로 시사하듯이, 상대 기녀의 다정함은 나에게만 독점적으로 주어지는 것이 아닌 듯하다. 그럼에도 오늘 저녁만큼은 온전히 내 사람인 듯이 정겨운 그녀의 자태 앞에서 남성은 알고도 속을 수밖에 없다. 그 다음 작품에서는 '새 님'을 향한 조바심이 정인(情人)을 이별한 그리움에 비교되는데, 이 또한 기녀 등 사회적 개방공간에 나와 있는 여성과의 관계를 바탕으로 한 것으로 보인다.

오늘날의 사회문화적 상황을 준거로 '고작 기녀와의 관계 속에서 애정심리를 느낀단 말인가'라고 힐난한다면 그것은 비역사적 관념론이다. 남녀 간의 이끌림은 초시대적인 것이라 해도 그것이 현실의 관계 속에서 감정의 구체적 지향과 행위로 실현되기 위해서는 그럴 만한 공간이 필요하기 때문이다. 구시대적 관념과 질서가 커다란 타격을 입은 1910년대(그리고 부분적으로는 1920년대)에도 연애와 정사(情死)의 일차적 상대역은 기생들이었다는 점[30]을 여기서 되새겨 볼 만하다.

조선 후기 이래의 이러한 역사적 추이를 음미할 때, "기생은 여학생이라는 낯선 존재에게 접근하기 전에 거치는 일종의 시험대였고, 훌륭한 대리물이었다"라고[31] 보는 것은 그다지 적절하지 못하다.

---

30 권보드래, 앞의 책 20~53면 참조.
31 같은 책 53면.

1920년대의 자유연애라는 관념과 감정의 파장 속에서 여학생이라는 새로운 존재유형이 중요한 구심점으로 떠올랐다는 지적은 물론 타당하다. 하지만 기생과 기방문화는 이를 위한 시험대이거나 대리물이기 이전에 조선시대부터 상당한 궤적을 간직해온 정념사(情念史)의 일부분이었다.

6. 맺는 말

이상의 검증을 통해 우리는 18~19세기 시조에 60여 편이 등장하는 '짝사랑, 새 님, 남의 님' 등 불안한 사랑 모티프의 작품군을 분석하고, 그 의미와 형성배경을 논했다. 이들은 조선 후기 시조에서 최대의 주제 군락(群落)으로 성장한 '남녀, 애정, 그리움' 시편들의 토양 위에 새롭게 형성된 유형집단으로서, 남녀 간 애정의 초기 국면에서 종종 나타날 수 있는 비대칭적 사랑의 고뇌와 안타까움을 주로 노래한다. 고금의 애정가요들이 흔히 반려자적 사랑(companionship love)의 훼손, 상실, 방기(放棄) 등으로 인한 아픔을 다루는 데 비해, 불안한 사랑 모티프의 시조들은 연애 초기의 착잡한 갈등, 긴장, 조바심 등을 다각도로 그리는 데 관심을 집중한다.

그런 점에서 이 작품군은 애정시에서 좀더 특화된 부류의 연애심리와 표정을 담은 시이며, 후일의 '연애시대'로 나아가는 감정의 잠재적 에너지를 함축한다고 말할 수 있다.

그러나 이러한 발견과 해석에 의거하여 '우리에게도 이미 19세기 말 이전에 충분히 성숙한 연애문화가 존재했다'는 식의 주장을 내세우고 자족하려는 것은 아니다. 내가 말해두고 싶은 것은 적어도 인간의 욕망과 연결된 문화사에 관한 한 어떤 시대의 거센 소용돌이도 그에 선행하는 전사적(前史的) 추이가 있다는 점이다.

나는 1920년대 초에 나타난 연애감정의 대대적 분출(噴出)과 풍속사적 소용돌이 밑에 그런 폭발력을 산출할 만큼 내연(內燃)해온 사회문화적 압축 에너지가 있었다고 추정한다. 개인의 자유·연애·행복이라는 당대의 새로운 담론들이 여기에 고성능 뇌관(雷管) 역할을 했다는 것은 의심할 여지가 없다. 당시의 신문·잡지·출판물과 신교육이 이 기폭약(起爆藥)의 도화선이 되고, 2차·3차의 폭발로 이어지도록 기능했다는 점도 분명하다. 그러나 어떤 뇌관도 기폭제도 그것에 의해 점화되는 폭발성 물질이 부족하거나 내압(內壓)이 불충분하다면 대규모 폭발을 만들어내지 못한다. 폭발·연소할 만한 물질이 없는 자리에서 터지는 기폭제는 기껏해야 상업적 매체의 쎈세이셔널리즘에 편승한 불꽃놀이에 그칠 수밖에 없다. 이와 달리 1920년대 초의 상황이 강한 폭발과 울림으로 전개된 것은 조선왕조의 사회규범, 가족제도, 혼인제도 속에 억압되어온 욕망의 사회적 질량이 거기에 있었기 때문이다.

본고가 주목한 불안한 사랑 모티프의 시조는 이처럼 누적된 압력에서 분비 또는 파생해나온 욕망의 편린들이다. 다시 말해 이들은 연정(戀情)의 정상적 소통 경로가 희박한 해체기 중세사회의 문화적 지반(地盤)에서 점증(漸增)하던 균열의 산물인 것이다.

덧붙이는 글

1

위의 논문을 발표하고 1년여가 지난 뒤에 해당 논제와 관련이 깊은 문건과 주목할 만한 외국의 연구가 더 있다는 것을 알게 되었다. 그래서 이번에 책을 내는 기회에 해당 자료들에 관한 언급을 얼마간 삽입하는 방식으로 가필하려 했으나, 앞의 논문은 조선시대 시조 연구의 일환으로 작성된 것이어서 당초의 구도를 허물지 않고는 이 사항들을 수용하기 어렵다는 결론에 이르렀다. 따라서 추가로 확인된 문건들에 대해 간소한 보론(補論)을 덧붙이는 방식으로 논제에 대한 이해를 돕고자 한다.

2

우선 언급해둘 것은 권보드래의 『연애의 시대』(2003)보다 2년쯤 앞서서 발표된 김동식(金東植)의 논문 「연애와 근대성」이다.[1] 이 논문은 1900년대의 신소설과 이광수의 초기 논설을 다루면서 연애라는 관념과 현상을 서구적 근대성의 이입에 의한 것으로 이해한바, 그 골자는 권보드래의 것과 크게 다르지 않다.

김동식은 "근대적인 사랑 또는 연애를 특징짓는 낭만적 사랑은 근대적 개인성의 출현과 관련을 갖는다"라고 전제하고, 그것이 한

---

1 김동식 「연애와 근대성 ─신소설과 계몽적 논설을 중심으로」, 『민족문학사연구』 18(민족문학사연구소 2001) 299~326면.

국문학에 나타나게 된 맥락에 대해 '서양→일본→조선'이라는 전파론적 경로를 시사했다.

연애와 관련된 서양의 역사적인 경험이 18세기에 집중되어 있다면, 일본의 경우에는 1870년경부터 연애가 love의 번역어로 고안되어 정착되기 시작했고, 한국에서는 1890년대 후반부터 20세기 초반에 역사적인 변화의 징후들이 집중적으로 배치된다.
(…) 문학과의 관련성을 염두에 둔다면, 연애는 근대문학의 발생과 나란히 나아가는 역사적 현상이다. 근대문학은 연애의 일반화된 상징적 매체였고, 연애를 가능하게 하는 사회·문화적 조건들은 근대문학의 조건들이기도 하다.(301~02면)

이런 입론이 19세기 말 이전의 한국 문화사와 문학사에 대한 불충분한 이해 위에 서 있다는 것은 이미 앞에서 논한 바이므로 여기서 되풀이하지 않겠다. 다만 연애라는 것이 근대 문학과 사회의 내면을 파악하는 데 매우 중요하다는 그의 문제의식에는 공감하되, 그것이 "근대문학의 발생과 나란히 나아가는 역사적 현상"인가에 대하여는 이의를 달아두고자 한다. 앞서 소개한 얀코비아크-피셔와 가트샬-노르드룬트의 인류학적 조사연구를 보거나 뒤에 소개하는 책 구디(J. Goody)의 종합적 통찰을 참조할 때, 반려자적 사랑(companionship love)과 구별되는 개념인 연애(romantic love) 역시 근대성과 관계없이 지구상의 여러 지역과 문명에 광범하게 일찍부터 존재한 현상이다. 그것이 근대 사회와 문학에서 비상한 관심을 끌고 중요하게 된 것은 연애감정 자체가 근대의 산물이나 수입품이라서가 아니라 그것의 의미와 에너지를 적극적으로 긍정하고 이용하는 사회·문화적 변화가 역사상의 어떤 국면에서 강한 운동량을 얻었기 때문이라고 보아야 할 것이다. 20세기 초 이후의 중국문학에서 폭발적으로 팽창한 연애라는 주제를 다루면서, 학문 배경과 스타일이 다른 두 중국계 학자가 그 근대성과 전근대적 내력을 함께 파악하려 한 접근방식들을 여기에 참고할 만하다.[2]

3

사랑/연애의 문화사와 관련된 외국의 연구성과를 검토한 중에서 내가 특별히 주목해서 여기 언급해두고자 하는 것은 영국의 인류학자이자 역사학자인 잭 구디의 저술들이다.[3] 그는 사랑 일반과 연애라는 현상의 인류학적·비교사적 고찰에서 광범하고도 심오한 통찰을 보여줄 뿐 아니라, 이 문제를 둘러싼 담론의 역사에서 유럽중심적 편견들이 어떻게 성립하고 때때로 탈바꿈하며 비유럽 세계를 배제한 '나홀로 근대성'의 신화에 봉사해왔는지 날카롭게 비판한다.

이 주제를 포함한 가장 최근의 저서에서 그는 과감하게 "역사의

---

2 장징 『근대 중국과 연애의 발견』, 임수빈 옮김(소나무 2007)〔일본어판 원저는 1995년 간행〕; Haiyan Lee, *Revolution of the Heart: A Genealogy of Love in China, 1900~1950* (Stanford: Stanford University Press 2007).

3 Jack Goody, *Food and Love: A Cultural History of East and West* (London: Verso 1998), 김지혜 옮김 『잭 구디의 역사인류학 강의』(산책자 2010); Jack Goody, *Islam in Europe* (Cambridge: Polity Press 2003); Jack Goody, *The Theft of History* (Cambridge: Cambridge University Press 2006).

도적질(theft)"이라는 표현을 사용한다. 그는 유럽중심주의의 편견에 물든 서양 역사학이 민주주의, 자본주의, 개인주의, 사랑 등과 여러 근대적 제도들이 오직 서구에서만 출현하고 발전한 독점적 발명품이며 다른 문명과는 무관한 것처럼 왜곡하여 문명사적 탈취를 자행했다고 지적한다. 그는 '후진적인 동양 대 창의적인 서양'이라는 낡은 고정관념의 틀을 넘어서 문화횡단적 분석을 지향하는 비교작업이 필요하다고 주장한다.[4] 사랑이라는 현상은 이러한 전복적 성찰을 위해 매우 중요한 전장의 하나다.

여기서 사랑에 관한 구디의 역사인류학적 연구를 다 요약할 수도, 그럴 필요도 없겠으나, 다음의 세가지 특징은 간략하게나마 언급해둘 만하다.

첫째, 그는 아프리카 지역을 직접 탐사한 인류학적 조사와 여타 지역·문명에 대한 다수 학자들의 연구를 폭넓게 활용하여 유럽중심적 지식들의 정당성을 재검토했다. 예컨대 12세기 무렵 프랑스의 음유시인들에 의해 세계 최초의 사랑(연애)노래가 나왔다는 유럽 학자들의 통설이 있지만, 아랍의 연시(戀詩)들이 그 영향원이었다는 것이 거의 확실하다.[5] 고대 이집트에서는 혼인이 가능한 남매 사이에 오고간 연시들이 유물로 발견되었으며, 중국의 경우에는 기원전 수백년경에 채집된 사랑노래들이 『시경』에 실려 있다. 6세기 이래 중국에서 성행한 궁체시(宮體詩)에도 섬세한 사랑노래들이 풍부하

---

4 Jack Goody, *The Theft of History* 1~9면 참조.
5 잭 구디 『잭 구디의 역사인류학 강의』164면.

다.[6] 중세 유럽이 사랑이라는 감정과 그 표현의 역사에서 독보적 발원지인가의 시비는 해석이나 이론의 문제가 아니라, 더 넓은 세상의 자료들을 인정할 양식이 있는가의 문제다.

둘째, 그는 A. 기든스 등이 연애(romantic love)와 '그리스도교의 도덕적 가치' 및 18세기 이래의 서구사회라는 조건을 폐쇄적으로 연결하여, 로맨틱한 사랑이라는 것이 근대 서양에서만 가능한 역사적 현상이었다고 보는 것을 통렬하게 논박했다. 기든스의 설명은 역사사회학, 인류학, 문화사의 다각적 검증을 견디어내지 못한다. "로맨틱한 사랑은 근대적이고, 근대성은 유럽적인 것이므로 사랑은 유럽적인 산물"이라는 식의 순환구조를 지켜내기 위해 기든스는 "다른 사회와 이전 사회들을 희생시키면서, 근대적인 것과 그렇지 않은 것을 너무 날카롭게 대비"했다.[7] 달리 말해 기든스 등은 연애의 기원 문제에서 유럽과 근대를 부적절하게 특권화했다는 것이다. 아울러 구디는 '연애라는 것이 근대 유럽에 특유한 현상이었다는 주장은 자본주의의 발달에 관해서만이 아니라 제국주의를 위해서도 봉사하는 모종의 정치적 함축이 있다'고 지적한다.[8]

셋째, 그는 사랑이라는 경험이나 현상 자체와 그것에 관한 언어적 표현물의 구별을 중요사항으로 강조했는데, 이것은 역사인류학에서는 물론 문학비평의 차원에서도 음미할 가치가 큰 통찰인 듯하다. 그의 표현을 빌자면 "글로 쓴 시는 상황과 그에 대한 성찰을 분

---

6 같은 책 166~67면; *The Theft of History* 269면.
7 잭 구디 『잭 구디의 역사인류학 강의』 148~51면.
8 Jack Goody, *The Theft of History* 285면.

리시"키며, 이 분리에 의해 이상화(理想化)가 꽃필 수 있는 맥락이 마련된다. 사랑노래는 사랑이 황홀하기 때문에 황홀하다는 평면적 인과성을 굳이 부인할 일이 아니지만, 사랑편지와 노래, 애정서사가 황홀하기에 사랑은 더욱 그렇게 고양되고 심미적·문화적 깊이를 획득하게 된다는 사실에 주의할 만하다.[9] 그리하여 그는 사랑에 관한 역사인류학적 고찰에서 어떤 지리적 구별을 설정한다면 그것은 유라시아를 한 권역으로 보고, 아프리카를 다른 한 권역으로 삼는 구분이 될 만하다고 주장한다. "글은 사랑의 재현 양식의 열쇠였다"는 것이 그 성찰의 요점이다.[10]

---

9 잭 구디『잭 구디의 역사인류학 강의』165~66, 180~81면.
10 같은 책 192면.

제2장

정치적 공동체의 상상과 기억

단절적 근대주의를 넘어선 한국·동아시아 민족 담론을 위하여

1. 문제제기

이 글에서 나는 1990년대 후반 이래 한국과 미국의 한국학계에서 성행해온 탈민족주의 담론의 공헌을 평가하고, 그 전제로 작동해온 원초주의-근대주의의 이분법과 단절적 근대성의 강조가 긍정적 성과 못지않게 한국사 이해의 왜곡을 초래했으며 이를 넘어서기 위해 시각 전환이 필요하다는 점을 논하고자 한다. 아울러 이 문제는 중국·일본의 경우와도 친연성이 있다는 점에서 동아시아권의 민족정체성 형성 문제를 함께 생각하는 데에도 참조될 수 있기를 기대한다.[1]

---

1 본고에서 쓰는 '민족'이라는 용어는 별도의 한정어가 없는 한 영어의 'nation'에 상응하는 정치적 공동체를 의미한다. 근대적 규정성을 명시적으로 강조할 때는 '근대(적) 민족'이라 지칭하며, 그 앞 시대의 집단을 지칭할 때는 '종족적, 전근대적' 등의 한정어를 붙이기로 한다. 한국어의 '민족'은 '종족적/역사적 동질 집단'에서 '정치공동체로서의 인민 집단'까지의 의미 스펙트럼을 포괄하며, '국민'과는 제한적 범위의 접합 관계를 형성한다. 반면에 'nation'은 '국가, 국민'의 의

원초주의(primordialism)는 민족이 역사의 원초적 단계(고대)에서 이어져 내려오는 자연적 실재라는 주장이며, 근대주의(modernism)는 이와 대척적인 입장에서 모든 민족이 국민국가 세계체제와 더불어 형성된 근대적 구성물이라고 본다.[2] 어네스트 겔너, 베네딕트 앤더슨 등은 이중에서 근대주의의 입장에 설 뿐 아니라, 정치적 공동체인 민족이 전근대의 집단적 정체성들과는 무관하게 오직 근대적 조건 속에서만 가능한 현상이라고 주장한다.[3] 그런 점에서 이들의 이론을 '단절적 근대주의'라고 명명할 수 있다.[4] 에릭 홉스봄은 대부

미와 함께 '근대국가를 구성했거나 그러하기를 지향하는 정치적 공동체'를 의미역에 포괄한다. 이 두 용어의 의미 스펙트럼이 형성하는 교집합 관계를 둘러싸고 다양한 전유(專有)와 변별의 의미론적 정치학이 민족주의의 운동과 그에 관한 연구·담론의 역사 속에 얽혀 있다. 이로 인한 의미의 혼선을 피하기 위해 '네이션'이라는 말을 쓰기도 하는데, 나로서는 '민족'이라는 한국어에 중첩된 긴장과 넘나듦의 역사를 투시하기 위해서도 이 말과의 씨름이 불가피하다고 생각한다. 민족과 그 인접 개념에 관한 최근의 논의로는 박명규 「한국 내셔널 담론의 의미 구조와 정치적 지향」(『한국문화』 41, 서울대 규장각한국학연구원 2008)이 있으며, 동아시아 삼국의 개념사 비교연구로 송규진·김명구·박상수·표세만 『동아시아 근대 네이션 개념의 수용과 변용』(고구려연구재단 2005)이 유용하다.

2 Anthony D. Smith, *Nationalism* (Cambridge: Polity 2001) 45~51면 참조. 이 경우의 근대주의는 흔히 구성주의(constructivism, constructionism)와 동의어로 간주된다. 그러나 나는 구성주의가 민족관념 구성작용의 근대적 한정성을 전제하지 않는다는 점에서 더 포괄적인 개념이라 보아, 이 둘을 구별하고자 한다.

3 Ernest Gellner, *Nations and Nationalism* (Ithaca: Cornell University Press 1983), 이재석 옮김 『민족과 민족주의』(예하 1988); Benedict Anderson, *Imagined Communities: Reflections on the Origin and Spread of Nationalism* (London: Verso 1983, revised ed. 1991), 윤형숙 옮김 『상상의 공동체』(나남 2002).

4 '단절적 근대주의'란 앤서니 스미스의 말을 참조해서 만든 술어다. 그는 근대주의자들이 과거에 대한 현재의 능동성만을 강조하고, 현재의 관심·

분의 민족들이 근대의 산물이라는 관점을 견지하되[5] 한국·중국·일
본을 포함한 몇몇 사례에 대해서는 민족 형성의 역사성을 인정하는
유보적 입장을 취했다. 하지만 탈민족 담론에 몰두한 한국의 논자들
은 이를 무시하고 민족을 '근대적 발명'으로 보는 단절적 근대주의
의 논증에 그를 자주 원용했다.[6]

　민족과 민족주의에 관한 비판적 담론은 이들에게서 이론적 준거
를 구하면서 1990년대 중엽 이래 한국의 지적 공간에서 매우 활기차

욕구·사유에 대한 과거의 작용을 과소평하는 태도를 '가로막는 현재주의'
(blocking presentism)라 비판한다. Anthony D. Smith, *The Nation in History:
Historiographical Debates about Ethnicity and Nationalism* (Hanover: University
Press of New England 2000) 62면.

5 E. J. Hobsbawm, *Nations and Nationalism since 1780: Programme, Myth, Reality*
(Cambridge: Cambridge University Press 1990), 강명세 옮김 『1780년 이후의 민
족과 민족주의』(창작과비평사 1994); Eric Hobsbawm & Terence Ranger, *The
Invention of Tradition* (Cambridge: Cambridge University Press 1983), 박지향·장
문석 옮김 『만들어진 전통』(휴머니스트 2004).

6 홉스봄은 'modern nation'과 'historical nation'을 구별해서 지칭한다. 그가 테런
스 레인저와 함께 엮은 *The Invention of Tradition*(13~14면)에서나 여타의 곳에
서 '민족의 발명'을 말할 때 거의 어김없이 'modern nation'이 거론된다. *Nations
and Nationalism since 1780*의 제1장은 다음과 같은 문장으로 시작한다. "The
basic characteristic of the modern nation and everything connected with it is its
modernity."(14면) 의미상 중복될 듯한 'modern'을 굳이 'nation'의 수식어로 첨
가하는 것은 그가 민족을 대체로 근대의 산물이라 보면서도, 이와 다른 '역사적
민족'(historical nation)을 부인하지 않기 때문이다. 그는 한국·중국·일본·베트
남·이란·이집트 등 종족적 동질성이 높으면서 '상대적으로 영구한 몇몇 정치체
들'이 만일 유럽 내에 위치했다면 '역사적 민족'들로 인지되었으리라 서술하고,
이들을 제국주의 지배의 정치적·지리직 단위에서 출현한 근대 민족들과 구별한
다. 강명세 옮김 『1780년 이후의 민족과 민족주의』 94, 179면 참조.

게 전개되어왔다. '항구적 실체로서의 민족'이라는 관념에 대한 부정과, 민족주의의 폐쇄성·억압성에 관한 비판을 그 핵심으로 요약할 수 있다. 1980년대까지 한국의 지적 풍토와 이념적 지형을 생각할 때 이러한 문제제기의 초기 단계에서는 상당한 용기가 필요했을 것이다. 하지만 그로부터 10여년이 경과한 근래의 상황은 탈민족 담론이 주류로 자리잡고, 이에 맞서는 주장은 찾아보기가 쉽지 않은 풍경으로 바뀌었다.

미국을 중심으로 한 서구 학계에서는 이미 1980년대부터 탈민족주의 담론이 본격화하고, 포스트콜로니얼리즘과 결합하거나 병행하면서 영향력을 확대해왔다. 원래 한국 민족주의에 대한 비판적 성향이 적지 않았던 미국의 한국학계도 이러한 영향을 흡수하면서 1990년대 이래 한국 민족주의와 그 주요 개념 기반을 해부하는 연구들을 다수 산출했다.

이러한 흐름과 성과들이 한국사를 비롯한 한국학 전반에 넓고도 깊은 반성을 촉구하고 새로운 접근의 시야를 열었다는 점은 무엇보다도 먼저 높이 평가해야 할 공헌이다. 민족을 신성한 불변적 실체로 전제하는 경직된 사고, 역사를 민족이라는 거대주체의 자기실현이나 근대를 향해 예정된 운동으로 보는 목적론적 구도, 민족 경계 안팎의 타자나 여타의 정체성을 돌아보지 않는 전체화의 경향 등이 때로는 정밀하게 비판되고, 때로는 신랄하게 폭로·조롱되었다. 지난 10여년간은 그런 점에서 민족 개념과 연관된 모든 탐구에서 전환의 획이 뚜렷이 그어진 시기라고 말해도 좋을 것이다. 아직도 사태 변화에 둔감한 이들이 있기는 하지만 이제 우리의 담론은 과거로 돌아갈 수 없게 되었다.

그러나 바로 이즈음에서 나는 새로운 주류가 된 탈민족 담론이 초기의 개념틀을 고수하면서 좀더 확장되어야 할 시야를 가로막고 있는 것은 아닌지 의문이 든다. 그 초점은 첫째로 민족 형성에 관한 원초주의 대 근대주의의 대립구도에 있고, 둘째로는 위에 지적한 '단절적 근대주의'의 폐쇄성에 있다. 이 문제를 논하기 위해 나는 신기욱(申起旭)의 저서 『한국의 종족적 민족주의』[7]와 헨리 임의 논문 「근대적·민주적 구성물로서의 민족: 신채호의 역사서술」[8]을 주요 검토 대상으로 삼고자 한다. 전자는 탈민족주의와 포스트콜로니얼리즘의 입장에서 방법론의 구도를 명시적으로 밝히면서 한국의 민족 형성 문제를 논한 대표적 저작이자 최근의 성과이다. 후자는 같은 입장에서 한국민족을 20세기 초의 근대적 구성물로 보는 논리를 제시하여 여러 논자들에게 자주 참조되는 이정표 구실을 해왔다. 다만 본고의 목적은 이 저술들에 대한 전체적 비평이 아니라 한국과 미국의 탈민족 담론이 공통적으로 지녀온 근대주의 패러다임을 비판하는 데 있으므로, 그들의 논저는 입장이 유사한 여타 논자들을 포괄하는 방법론적 대표성의 범위에서만 다루어질 것이다.

---

7 Gi-Wook Shin, *Ethnic Nationalism in Korea: Genealogy, Politics, and Legacy* (Stanford: Stanford University Press 2006).

8 헨리 임 「근대적·민주적 구성물로서의 민족: 신채호의 역사서술」, 신기욱·마이클 로빈슨 엮음 『한국의 식민지 근대성』, 도면회 옮김(삼인 2006)〔Gi-Wook Shin and Michael Robinson eds., *Colonial Modernity in Korea* (Cambridge: Harvard University Asia Center 1999)〕.

2. 이분법의 칼날과 한국민족론

'이것이냐 저것이냐'의 배타적 이분법은 논쟁적 상황에서 명쾌한 전선(戰線)을 제공하는 장점이 있다. 동시에 그것은 이항대립의 중간에 있을 수 있는 사태를 무시하거나 억지로 어느 한쪽에 귀속하는 위험성을 내포한다. 한국에 관한 탈민족 담론의 원초주의와 근대주의 이분법 역시 그러한 양상을 보여준다.

서두에 언급한 대로 원초주의는 기본적으로 민족의 역사적 시원성(始源性)과 자연성을 핵심 전제로 한다. 신기욱은 이러한 의미를 확대하여 '지리적·문화적 기초 위에 형성되어 장기간 지속해온 종족성(ethnicity)'으로 규정함으로써[9] 그 외연을 매우 넓게 잡는다. 이로써 신채호(申采浩) 이후 1990년 이전까지 한국에서 한국사나 문화를 논하면서 민족개념을 사용한 이들은 거의 모두 원초주의자가 된다.

그런데 이처럼 확대된 지식인 집단의 오류를 비판하는 자리에는 좁은 의미의 원초주의자들이 호출된다. 안호상(安浩相, 1902~99), 손진태(孫晉泰, 1900~50), 백남운(白南雲, 1895~1974) 등이 그들이다.[10] 그리고 이들에 대한 검토를 근거로 "한국의 많은 역사학자들은, 그들의 이념적 입장과 무관하게, 같은 견해〔민족을 규정하는 가장 중요한 기준은 혈통이라는 견해〕를 지녔다"고[11] 일반화한다. 한우근(韓

---

9 Gi-Wook Shin, 앞의 책 4면.
10 같은 책 4~5면.
11 같은 책 5면.

佑劢, 1915~99), 이기백(李基白, 1924~2004), 이우성(李佑成, 1925~), 김용섭(金容燮, 1931~), 강만길(姜萬吉, 1933~), 이성무(李成茂, 1937~), 한영우(韓永愚, 1938~), 이만열(李萬烈, 1938~), 정석종(鄭奭鍾, 1938~), 박용운(朴龍雲, 1942~) 같은 이들은 최근의 반세기 동안 통사 체계의 한국사, 시대사 혹은 민족정체성 문제와 관련한 연구를 낸 주요 학자들임에도 불구하고 증거 채택의 대상이 되지 않는다.

여기서 한가지 사례를 살펴보자. 한우근은 『한국 통사』(초판 1970)에서 신라의 삼국통일에 다음과 같은 의미를 부여했다.

신라에 의한 삼국통일은 우리 민족사상 획기적인 사건이었다.

첫째, 지금까지 삼국으로 분할되어 있던 한반도가 하나의 국토로 통합되게 된 것이었다. 비록 고구려의 활동무대였던 만주의 넓은 지역이 영역 밖으로 떨어져나갔으나, 이러한 국토의 통일은 한 민족의 형성을 위한 결정적 요인의 하나가 되었다는 점에서 중대한 역사적 의미를 지닌 것이었다.

둘째로, 신라에 의한 삼국통일은 민족문화 형성의 토대를 마련한 것이었다. 이제 국토와 인민의 통합에 의해서 문화상으로 융합·통일화가 촉진되어갔다.[12]

위의 진술은 민족을 아득한 역사의 시원에 출현한 자연적 실체로 여기지 않음을 전제한다. 민족사를 중시하는 관점은 분명하지만, 그

---

12 한우근 『한국 통사』 초판(을유문화사 1970) 90면.

는 민족과 그 문화를 정체(政體, polity)와 영토의 통합이라는 조건 위에서 형성되어가는 역사적 현상으로 이해한 것이다. 그리고 이 점은 신기욱이 원초주의와는 별도의 '세번째 그룹'으로 거론한 노태돈(盧泰敦)의 시각과 유사하며, 맑스주의 민족론의 개념범주들을 비판적으로 활용하는 임지현(林志弦)의 견해와 비교하더라도 전근대 민족체 형성의 기본적 계기에 관한 한 별로 다르지 않다.[13]

한우근은 함께 거명된 학자들 중 가장 연장자이면서 손진태보다는 15세 아래다. 한민족형성론의 접근방식은 약 한 세대에 해당하는 이 기간을 지나면서 뚜렷하게 변했으며, 이후의 한국사학계에서 단군을 시조로 한 순혈민족주의를 학문적 전제로 삼는 학자를 찾기란 어려운 일이 되었다. 이를 외면하고 "한국의 많은 역사학자들"을 원초주의로 기소하고 안호상의 것과 동일한 판결문을 선고한다면 옳은 일일까.[14]

---

13 노태돈 「한국 민족 형성 시기론」, 『한국사 시민강좌』 20(일조각 1997) 180면; 임지현 『민족주의는 반역이다』(소나무 1999) 59면 참조.

14 이에 비추어 이영훈이 1990년대에 나온 한영우의 저술을 명시적으로 비판한 것은 흔치 않은 사례에 속한다. 그는 한영우의 『다시 찾는 우리 역사』(경세원 1997)를 거론하면서, "그에 의하면 우리 한국인은 아득한 옛날 단군의 자손으로 태어난 그때부터 특별히 우월한 도덕능력과 지성을 소지하였다"고 논의를 시작한다(이영훈 「민족사에서 문명사로의 전환을 위하여」, 임지현·이성시 엮음 『국사의 신화를 넘어서』(휴머니스트 2004) 38면). 그러나 한영우의 책에서 단군 관련 사항은 역사적 사실이 아닌 신화로 다루어졌으며, 청동기시대에 관한 고고학적 근거에 의해 단군조선의 편년은 신화적 기록보다 훨씬 후대로 비정되었다. "청동기시대의 족장이요 무당인 영웅은 한두 사람이 아니었지만 그중에서 우리 민족의 시조로 받들어진 이가 바로 천체(天帝)인 환인(桓因)의 후손임을 자처한 단군이다"(한영우, 앞의 책 64면. 강조는 인용자)라는 서술도 유의할 만하다. 한

원초주의-근대주의의 이항대립적 구도는 고대와 근대 사이의 역사를 논의 범위에서 배제하거나 과소 평가하는 위험성도 피하기 어렵다.

한국사의 경우 고려 건국(918)부터 조선왕조 말까지가 이에 해당한다. 약 1000년에 달하는 이 기간 동안 이어서 존속한 두 왕조는 만주, 중국, 일본 지역의 종족집단 및 정체(政體) 들과 다양한 교섭, 긴장, 전쟁을 겪으면서 체제 내부의 통합과 대내외적 정체성의 형성 및 재조정을 추구했다. 나는 그러한 통합이 근대적 민족정체성에 상응하는 수준에 도달했다거나, 그것을 향해 나아가는 필연의 행로에 있었다고 주장하지 않는다. 단일한 정치체제와 안정화된 영토 경계 속에서 진행된 전근대 민족의 통합은 조선 후기에 특히 뚜렷해졌지만, 신분제의 분절은 아직 해소되지 않았다. 집단적 인식의 차원에서도 높은 응집성이 있는 한가지 의식을 가정하기보다는 상황조건에 따른 정체성 인식들의 타협과 긴장이 있었다고 보는 것이 조선 후기의 실상에 가까울 듯하다.

이러한 역사적 추이를 근대민족 형성과 구별하되 그 사이의 근접성을 경시하는 것은 부적절하다고 보는 연구들이 최근 약 10년 사이에 몇가지 등장했다. 이들은 모두 탈민족 담론의 근대주의 논리를 의식하거나 소화한 기반에서 나온 것으로, 원초주의-근대주의의 이분법에 대한 문제제기의 성격이 있다. 임지현, 노태돈, 존 덩컨,

영우의 한국사(특히 조선시대) 이해에 민족주의적 과잉해석이 적지 않다는 것은 수긍할 수 있으나, 그의 고대사 인식을 단군 기원의 원초적 민속수의로 규정하는 것은 부적절하다.

앙드레 슈미드의 논저가 그것이다.[15] 이들의 논지가 지닌 대체적 공통점은 한국사에서 고려 초기(혹은 통일신라) 이래의 영토적 안정성, 중앙집권적 관료제 등과 더불어 진행된 문화적·사회적 융합에 의해 근대민족 형성에 근접하거나 상당한 기반이 되는 수준의 집단성이 성장했다는 것이다. 임지현은 이를 지칭하여 '민족체'라 했고, 노태돈은 '전근대 민족'이라 했으며, 덩컨은 홉스봄의 용어를 빌어 'proto-nation'(원형적 민족)이라 했다. 자현 하부시는 이에 관해 명시적인 제안을 내놓지는 않았으나, 17세기 조선의 예송(禮訟)에 관한 정치사상적 논의를 마치면서 원초주의-근대주의의 이분법이 동아시아 국가들의 '민족정체성'(national identity)에 관한 성찰을 제약하는 이론적 수렁임을 지적했다.[16] 슈미드의 관점은 다음과 같은 대목에 선명하다.

서구 세력이 도착할 무렵까지 조선왕조의 중앙집권화된 관료체제는 4세기가 훨씬 넘는 기간 동안 비교적 안정된 영역을 행정적으로 관할해왔다. 행정실무와, 국가의 후원 및 개인 저술에 힘입은 지리학적 연구를 통해 일종의 영토의식이 근대적 주권 개념의

---

15 임지현, 앞의 책 52~84면; 노태돈, 앞의 글; John Duncan, "Proto-nationalism in Premodern Korea," Sang-Oak Lee & Duk-soo Park eds., *Perspectives on Korea* (Australia: Wild Peony 1998) 198~231면; Andre Schmid, *Korea between Empires: 1895-1919* (New York: Columbia University Press 2002).

16 JaHyun Kim Haboush, "The Ritual Controversy and the Search for a New Identity," JaHyun Kim Haboush & Martina Deuchler eds., *Culture and the State in Late Chosŏn Korea* (Cambridge: Harvard University Asia Center 1999) 89면 참조.

도입 이전에 발달했다. 적어도 17세기 이래의 영토 및 역사 관련 저작들은 특정한 단일 왕조를 넘어서는 공간의식을 만들어냈다. 그것이 곧 민족주의적인 영토 즉 정치적 주권의 지반(地盤)으로서의 국가(nation)의 경계 안에 있는 전체 인구에게 시민권 관념이 적용되는 영토에 대한 의식은 아니었다. 이러한 공간지식을 생산하고 보급하려는 적극적 움직임도 없었다. 그러나 이와 같은 공간적 이해가 존재했다는 것 자체는 19세기에 매우 중요했으니, 초기의 민족주의 논자들은 공간적 실체로서의 민족을 무(無)에서부터 상상할 필요가 없었기 때문이다. 조선왕조는 서구적 공간 규정이 그 위에 씌어지기를 기다리던 백지(blank sheet)가 아니었다. 대신에 조선왕조의 텍스트와 사회적 기억들은 서구적 공간 담론의 수용을 중재하면서, 동시에 서양의 새로운 지식에 부응하여 형태재조정(reconfigured) 내지 개장(改裝, retrofitted)될 필요가 있었다.[17]

그는 티모시 브룩과 함께 쓴 글에서 20세기 초를 전후한 시기의 "한국인 정체성의 이념적 개장(꾸밈새 재조정, refashioning)"이란 표현을 사용하기도 했다.[18] 'reconfigure, retrofit, refashion'은 모두 이미 존재하는 어떤 사실이나 사물의 실질을 상당 부분 유지하면서 그 짜

17 Andre Schmid, 앞의 책 19면. 본고에서 번역서가 출처로 명시되지 않은 외서 인용은 모두 필자의 번역이다. 이 책의 한국어 번역판(정여울 옮김 『제국 그 사이의 한국 1895~1919』(휴머니스트 2007))은 오역이 많아서 권고할 만하지 못하다.

18 Timothy Brook & Andre Schmid, "Introduction: Nations and Identities in Asia," Timothy Brook & Andre Schmid eds., *Nation Work: Asian Elites and National Identities* (Ann Arbor: The University of Michigan Press 2000) 12면.

임새, 형식, 외관을 재조정하는 일을 의미하는바, 용어의 차원에서도 근대민족과 그 선행단계 사이의 연관과 분절을 함께 포착하고자 하는 역사이해를 보여준다 하겠다.

존 덩컨은 홉스봄의 『1780년 이후의 민족주의』가 한 장(章)을 할애하여 다룬 원형적 민족주의(proto-nationalism) 개념을 한국사에 원용하여 근대민족 형성의 역사적 배경을 검토하고, 이로써 원초주의-근대주의의 대립을 중재하고자 했다. 원형적 민족주의란 전근대 역사에서 함양되어, 적절한 상황조건이 이루어질 때 근대민족 형성의 기초가 될 수 있는 여러 종류의 집단적 귀속감을 말한다.[19] 홉스봄은 이러한 귀속감이 반드시 근대민족으로 발전하는 것은 아니라고 유보했지만, 그가 말한 '역사적 민족'의 특성이 뚜렷한 한국·중국·일본 같은 경우에는 그렇게 될 수 있는 개연성이 높다는 점을 긍정했다.[20] 덩컨은 이러한 성찰을 수용하여, 고려와 조선 시대에 걸친 약 10세기 동안 한국사에서 언어, 종족, 종교, 통치체제 등의 차원에서 진행된 숙성과 수렴 작용을 통해 "지속적으로 정치적·사회적 집단성의 지각"이 성장해왔고, 한국인의 정체성 의식은 20세기에 갑자기 출현한 현상이 아니라는 결론에 도달했다. 그의 논거는 원초적 민족주의자들이나 '민족주의 사학'의 과잉해석으로부터 명료한 거리를 확보했고, 역사적 변인(變因)들에 관한 검토의 포괄성과 균형 면에서도 높은 설득력을 갖추었다.

그중에서도 특히 흥미로운 것은 고려·조선의 정치체제와 교육,

---

19 홉스봄 『1780년 이후의 민족주의』 68~69면 참조.
20 같은 책 94~95면 참조.

국가제례 등이 수행한 통합주도성의 이론이다. "민족이 국가를 만드는 것이 아니라, 국가가 민족을 만든다"는 명제를 겔너, 앤더슨, 홉스봄 등이 모두 강조한 바 있는데, 덩컨은 그런 관점이 전근대 정체인 고려·조선에 대해서도 유효하다고 지적한다. 두 왕조는 국내의 분리주의운동 가능성을 원천적으로 해소하기에 힘쓰고, 중앙집권적인 관료제를 발전시켰다. 조세의 부과와 부역(賦役)·징병 등을 위한 국가적 자원의 관리와 동원은 지배층만이 아니라 농민계층에도 지역적 한계를 넘어선 등질성과 유대감(비록 그것이 '고통의 유대'일지라도)을 높이는 작용을 했다.[21] 이 점은 덩컨이 지적한 바처럼 전근대의 유럽 봉건국가들과 다를 뿐 아니라, 바꾸후-한(幕府藩) 체제에서 행정과 충성의 범위가 한(藩)으로 제한되고, 그 안에서도 병농분리(兵農分離) 등 사회적 분절성이 강했던 토꾸가와(德川家康) 일본과도 대조해볼 만한 현상이다.

이러한 전근대적 통합을 근대국가체제하의 통합과 비교하여 하찮게 보거나 제한적 수준의 통합성 자체를 부정하려 한다면 그것은 비역사적 접근이다. 덩컨 등이 주장한 바는 근대사의 특정 국면에서 민족이 주권적 공동체로 호명되기 이전에 중세국가의 작용과 여러 사회적 요인들에 의해 집단적 인식(들)의 성장이 이루어졌고, 그것은 근대민족 형성의 역사적 질료 내지 토대가 되었다는 것이다.

국내의 근대주의자들은 이러한 입론들에 대해 별다른 관심을 기

---

21 John Duncan, 앞의 글 216~20면 참조. 최장집 또한 홉스봄의 'proto-nationalism' 개념을 참조하면서 비슷한 견해를 제시한 바 있다. 최장집 『한국 민주주의의 조건과 전망』(나남출판 1996) 179~81면 참조.

울이지 않았다. 헨리 임은 덩컨의 견해에 대한 응답을 부당하게 회피했다.[22] 반면에 신기욱은 이분법의 구도를 유지하면서도 이들을 한국민족 형성론에 관한 '세번째 그룹'으로 설정하여 발전적 논의의 분기점에 접근했다.[23] 그러나 이 가능성의 샛길은 그가 집착하는 이분법 사이에서 곧바로 말소되었다. 그는 한국민족 형성문제에 관한 세 유형의 접근을 소개한 직후의 문단에서 다음과 같이 말한다.

한국민족이 근대의 산물인가 원초적인 것인가에 관한 논쟁을 계속하는 것은 내가 보기에 무익하다. 우리가 오늘날 사용하는 민족(nation)이라는 관념 자체는 기원적으로 국민국가 세계체제의 대두와 관련된 근대적, 서구적인 것임이 명백하다. 전근대의 정치적 공동체 혹은 정체성(그것이 종족이든 원형적 민

---

22 헨리 임은 위에 언급된 덩컨의 논문 내용 일부만을 주(註)에서 소개하고 다음과 같이 매듭지었다. "덩컨의 결론은 나와 다소 유사하다. 즉, 민족주의 역사서술은 '전체화하는 민족정체성을 위해서 계급·지역·성 등 잠재적으로 경쟁적인 정체성 형태들을 무시하는 근대 민족주의 담론'을 과거에 투사한다는 것이다."(앞의 책 604면). 그러나 이것은 매우 심한 왜곡이다. 인용 부분은 덩컨의 결론이 아니라 한국민족론의 원초주의와 근대주의 모두를 비판하는 중의 일부 구절일 뿐이다. 덩컨은 같은 맥락에서 헨리 임 등의 근대주의에도 명백히 비판을 제기했다. 그리고 논문의 본론과 결론은 고려·조선 시대의 '원형적 민족' 형성이 근대 민족의 성립기반으로 중시되어야 한다는 데 전적으로 집중되었다. 따라서 덩컨의 문제제기와 논증에 대한 응답은 부당하게 회피되었다는 판단이 불가피하다.
23 다만 신기욱은 임지현을 근대주의 논자로 다루었는데(Shin, 앞의 책 6면), 이는 민족주의적 국사학에 대한 임지현의 비판을 중시한 데서 생긴 착오라고 본다. 그는 근대민족 형성 이전의 '민족체'를 설정하고 그 역사적 전개에 따라 부각되는 영토·문화·언어·종교 등 민족 형성의 '객관적 요소'를 인정하는 점에서(임지현, 앞의 책, 83면) 노태돈, 덩컨 등과 비슷한 입장에 속한다.

족〔protonation〕이든〕에 대한 관념과 민족의 이러한 근대적 의미 사이의 직접적 접속을 입증하는 강제력 있는 증거(compelling evidence)는 존재하지 않는다. 전근대의 한국에는 여러 형태의 정체성이 있었고, 집단적 정체성의 한 형식으로서의 민족이 비민족적이거나 탈민족적인 여타의 경쟁적 형식들을 근대에 와서 압도하게 되리라는 확증은 없었던 것이다.[24]

원초주의 대 근대주의의 이분법적 논쟁은 그가 말하듯 확실히 무익하다. 오늘날 그것의 주된 효용은 근대주의의 타당성을 강조하고 원초주의자들의 완고한 국수주의를 조롱하는 개념구도에 불과하다. 그러나 '세번째 그룹'의 견해는 이 이분법의 밖에 있으며, 그것과 근대주의 사이의 논쟁은 '계속'이 아니라 본격적으로 시작되어야 할 시점에 뒤늦게나마 도달했다. 이 지점에서 필요한 논증의 책임을 신기욱은 '강제력 있는 증거의 부재'라는 한마디로 대체했다.

하지만 덩컨 등은 전근대 민족이 아무런 매개변수나 상황적 계기 없이 근대적 민족으로 전이된다고 주장하지 않았다. 덩컨은 '19세기 말과 20세기에 걸쳐 이루어진, 제국주의화된 국민국가 체제와의 불행한 만남'이 기존의 유산에 작용하여 민족이라는 근대적 정체성이 창조되었고, 그 정체성 인식의 특징은 선행하던 정체성들과 충성들에 의해 조건지어졌다고 본다.[25] 이러한 역사이해를 거부하려면 구체적인 반증과 개연성 있는 논리가 제시되어야 마땅하다.

---

24 Gi-Wook Shin, 앞의 책 7면.
25 John Duncan, 앞의 글 220~21면 참조.

그러한 필요에 대한 응답 대신 신기욱은 '민족이란 관념이 원래 서구적, 근대적인 것'이라는 전제에 호소하는데, 여기서 우리의 논점은 그를 포함한 탈민족 담론의 근대주의가 지닌 역사적 폐쇄성의 문제로 넘어가게 된다.

3. 기억 없는 상상과 단절적 근대주의

'단절적 근대주의'란 서두에서도 잠시 설명한 것처럼 민족정체성의 형성을 근대세계의 요인만으로 설명하려는 입장이다. 이에 관여하는 과거는 현재와의 상호규정성을 지닌 것이기보다는 소수의 민족주의 엘리뜨들이 임의적으로 발명했거나 재발명한 종속적 기능으로 간주된다.[26]

프라센지트 두아라는 민족주의적 신화화에 비판적인 입장을 견지하면서도 이러한 '기억 없는 상상'의 설명 모형을 거부한다. '근대민족과 그것이 생겨나는 사회 사이의 역사적 연관을 부정하는 것은 민족주의적 신화화와 마찬가지로 잘못'이다.[27] 그는 민족주의적

---

26 헨리 임 「근대적·민주적 구성물로서의 민족: 신채호의 역사서술」, 앞의 책 471, 486면 참조. 덩컨은 헨리 임을 포함한 '서양의 젊은 한국학 연구자'들의 입장을 다음과 같이 요약했다. "(…) 그리하여 그들은 한국 민족이 오로지 서양 및 일본의 민족주의와 제국주의에 대한 반응으로서, 그리고 그 모방으로서 생겨났다고 주장한다."(John Duncan, 앞의 글 200면)

27 Prasenjit Duara, "On Theories of Nationalism for India and China," Tan Chung ed., *In the Footsteps of Xuanzang: Tan Yun-Shan and India* (New Delhi: Gyan

목적사관에 대한 겔너와 앤더슨의 비판에 공감하면서도, 그들이 설정한 전제, 즉 '민족주의는 근본적으로 새로운 의식의 양태'라는 것에 의문을 제기한다. 그 이유는 이 전제가 역사적 기억과 인과관계의 복잡한 성질을 무시할 뿐 아니라, 자기인식(self-consciousness)을 근대만의 독특한 현상으로 보는 헤겔적 관념에 머물러 있기 때문이다. 이들은 근대사회를 정치적 자기인식을 창출할 수 있는 유일한 사회적 형식으로 특권화함으로써 민족정체성을 의식의 근대적 양태로 한정한다. 그러나 중국사 연구의 여러 성과는 촌락들이 전근대의 수평적·수직적 분절에도 불구하고 더 광범한 공동체나 정치구조와 접속되어 있음을 보여주며, "관료제 국가의 영향력 범위가 제한적이라 하더라도, 문화-국가 개념은 국가를 공동체와 연계시켜주고 또 정체를 지탱해주는 공통의 문화적 사고가 광범하게 존재함을 말해준다". 요컨대 중국과 인도에서 "사람들은 역사적으로 상이한 공동체 표상들과 자신을 동일시해왔고, 이러한 동일시가 정치화됨에 따라 근대적인 민족적 아이덴티티와 유사한 모습을 띠기도 했다"는 것이다.[28] 그는 자신의 논점을 다음과 같이 집약한다.

필자는 사람들이 역사적으로 동일시했고 그래서 근대적 민족으로까지 변화하게 된 공동체에 관한, 총체화를 지향하는 표상들

Publishing House 1999). 본고에서는 이를 전자화한 다음의 텍스트를 참조했다. http://ignca.nic.in/ks_40032.htm.

28 프라센지트 두아라 『민족으로부터 역사를 구출하기: 근대 중국의 새로운 해석』, 문명기·손승희 옮김(삼인 2004) 90~94면 참조.

과 서사들이 존재했다고 주장할 것이다. 물론 전근대의 정치적 정체확인들이 반드시, 또는 목적론적으로 근대의 민족적 정체확인으로 발전하는 것은 아니며 과거와의 중요한 균열이 존재하기도 한다. 새로운 어휘와 새로운 정치 체제(국민국가 단위의 세계 체제)는 이들 오래된 표상들을 선택하고 변형하고 재조직하며 심지어는 재창조한다. 그러나 고전적인 총체화에 대한 역사적 기억은 항상 사라지는 것은 아니며, 이 기억이 간헐적으로 다시 작동할 때 그것은 종종 새로운 공동체를 조직하는 잠재적 자원을 제공한다.[29]

이처럼 단순한 계승만이 아니라 기억-상상-선택-배제-재구성의 다선적(多線的) 작용과 그 속에서 이루어지는 공동체 폐쇄(즉 '우리'를 정의하고 '그들'을 밀어내는 경계짓기)를 동적으로 해명하기 위해 두아라는 '상속/거절하는' 서사(discent narrative)라는 신조어를 도입한다.[30] 특정한 역사적 국면에서 이루어지는 집단정체성의 구성에서 과거의 기억과 정체성 유산들 중 어떤 것은 계승되고 어떤 것은 버려지며, 취해지는 것에 대해서도 부분적 의미의 상속과 폐기 작용이 일어난다는 것이 그 주안점이다.[31] 그는 이를 매개변수로 삼

---

29 같은 책 94~95면. 역자들이 '동일시'로 번역한 'identification'은 'identity'(정체성)와의 연계성을 고려하여 '정체확인'으로 바꾸었다.

30 'discent'는 'descent'(상속, 유전, 家系)와 'dissent'(의견을 달리하다, 반대하다)의 의미를 중첩해서 만든 신조어로서, 중국어판에서는 '承異'(계승하다+달리하다)로 번역되었다. 문명기·손승희의 한국어판은 원어 발음대로 '디센트 서사'라 했는데, 본고에서는 그 의미를 좀더 명료히 하고자 '상속/거절'로 번역한다.

31 프라센지트 두아라, 앞의 책 108~10면 참조.

아 중국사에서 정치적·민족적 정체성 추이 문제를 지배적 서사와 대항적·대안적 서사, 경쟁에서 밀려나거나 억압되어 잠복한 서사들 사이의 다면적 얽힘으로 조명했다.

그의 책 제목이『민족으로부터 역사를 구출하기』라는 사실을 여기서 음미할 만하다. 1차적으로 그것은 신성화된 민족 중심의 단선적 거대역사(History)에서 벗어나 과거의 산포(dispersal)와 중층성이 얽힌 소문자 역사(history)를 탐구할 필요성을 뜻하지만, 동시에 민족정체성의 형성을 근대세계의 요인들로만 설명하려는 단절적 근대주의에서 역사이해를 구출해야 한다는 것을 함축한 명제이기도 하다.

두아라의 이론 구도는 중국사 연구를 토대로 한 것이나, 일본·한국의 경우를 살피는 데에도 매우 유용하다. 그는 동아시아 민족주의의 20세기적 전개양상과 당면문제를 다룬 최근의 논문에서 한중일 삼국의 전근대사와 민족형성의 관계를 다음과 같이 집약한다.

〔한중일의 국민국가 형성 배경에 관한〕이러한 논의는 〔전근대〕 동아시아의 역사적·문화적 상호관련성이 그 이후의 민족 경쟁을 위한 지역적 틀을 제공하는 데 중요한 역할을 했다는 것을 보여준다. 동아시아의 국가·사회들이 세계관이나 목표의식에서 〔전근대 단계부터〕 민족주의적이지는 않았지만, 이들 각국이 저마다의 중심적 영토 내에 상당한 수준의 제도화된 동질성과 더불이 정치공동체의 역사적 서사를 자산으로 가지고 있었다는 것은 민족주의가 깊숙하게, 심지어는 농촌 지역에까지도, 관철될 수 있

는 중요 조건들로 작용했다. 그리하여 민족주의는 20세기에 와서 비서구 세계의 여타 지역들보다 동아시아에서 훨씬 강력하게 뿌리내릴 수 있었던 것이다.[32]

　민족주의에 관한 서구 중심적 담론을 비판하면서, 동아시아 삼국을 포함한 아시아 민족주의의 실상에 밀착된 연구가 필요하다는 주장이 나온 것은 영어권 학계의 경우 적어도 1990년대 중엽이었다.[33] 피터 스턴즈는 이 무렵에 서구 편향적 이론의 난점들을 지적하고, 그 논거의 하나로 동아시아 삼국의 전근대 국가체제와 문화적 통합이 민족 비슷한(nationlike) 특징을 조성했으며, 그것이 근대 민족국가로의 전환과 정착에 매우 강력한 요인이 되었다고 지적한 바도 있다.[34] 그럼에도 불구하고 국내외의 한국 민족주의 논자들 다수는 위에 소개한 이견들이나 자신의 눈앞에 있는 한국사의 구체성보다 근대주의자들, 특히 베네딕트 앤더슨의 일반론에 더 집착했다.

　이에 관한 비판적 논의의 징검다리로서 앤더슨의 『상상의 공동체』가 중국·한국은 제외하고 일본만을 다루었다는 데에 유의하자. '민족주의의 기원과 전파에 관한 성찰'이라는 부제가 붙은 이 책에

---

32 Prasenjit Duara, "The Global and Regional Constitution of Nationalism: The View from East Asia," *Nations and Nationalism* 14-2(2008) 325면.

33 Stein Tønnesson & Hans Antlöv eds., *Asian Forms of the Nation* (Richmond, Norway: Curzon Press 1996) 참조.

34 Peter N. Stearns, "Nationalism: An Invitation to Comparative Analysis," *Journal of World History*, Vol. 8, No. 1 (Honolulu: University of Hawaii Press 1997) 59~60면 참조.

서 중국과 한국이 빠진 이유는 알 수 없지만, 그로 인해 앤더슨의 민족주의 유형론은 구조적으로 불완전하게 되었다. 퇴니슨과 안틀뢰브는 앤더슨의 민족주의 발생 모델을 비판하여 '중국과 여타 유교 사회에 대해 연구한 배경이 있다면 그런 저술은 불가능했으리라'고까지 말한다.[35]『상상의 공동체』에 제시된, 민족주의 발생의 네 유형은 다음과 같다.

①　미국, 멕시코 등 원격 식민지가 주권적 단위로 독립하면서 성립한 민족주의

②　지방어의 유대에 의해 기존의 경계를 재편성하며 등장한 서유럽의 대중민족주의

③　중부·동부 유럽의 일부 왕조, 제국과 일본의 자기귀화적 관제(官製)민족주의

④　식민지 지배의 정치적·지리적 단위에서 성립한 아시아-아프리카 민족주의

이 네 유형 가운데 중국과 한국이 속할 수 있는 자리는 없다. 어떤 이는 한국을 ④의 그룹에 넣고 싶을지 모른다. 그러나 이 유형은 식민지화 이전에 정치적·역사적 단위로서 일체성이 희박하던 여러 지역과 집단이 전일화(全一化)된 식민지배의 경험을 통해서, 그리고 반(反)식민적 자의식이나 운동의 유대에 힘입어 '우리'로 인식되고,

---

35 Stein Tønnesson & Hans Antlöv, "Asia in Theories of Nationalism," S. Tønnesson & H. Antlöv eds., 앞의 책 9면.

그것이 해방 이후의 정치단위로 이월된 경우를 지칭한다.[36] 이와 달리 한국은 일제강점 이전의 오랜 역사 동안 동아시아권의 타자들과 자신을 구별하면서 전근대적 통합을 유지해온 역사적·정치적 단위였다.

중국과 한국을 포괄할 만한 모형을 설정하지 못한 것은 앤더슨이 자인했듯이 "학문적 훈련이나 직업에서 동남아시아 전문가"[37]라는 한계로 양해되겠지만, 일본을 유형 ③으로 처리한 것은 매우 논쟁적인 문제일 수 있다.

유형 ③의 핵심적 특징이자 앤더슨의 뛰어난 통찰력이 발휘된 초점은 왕조·제국 지배자들의 '자기귀화적(self-naturalizing) 관제민족주의'라는 개념에 있다. 19세기 중엽까지 자신들의 민족됨(nationalness)과 무관하게 각기 다민족적인 제국·왕조를 지배하던 로마노프 왕가(러시아), 합스부르크 왕가(오스트리아 제국), 하노버 왕가(영국), 호엔촐레른 왕가(프러시아, 루마니아) 등이 그 주역이었다.[38] 이들은 1820년대부터 유럽에서 급격히 확산한 대중민족주의의 물결에 위협을 느꼈고, 이에 휩쓸려 익사하기보다는 왕조 안의 우세한 민족집단에 스스로 일체화되고 그 에너지를 정략적으로 통제함으로써 살아남는 길을 택했다. 관제민족주의가 그 방법이었음은 더 말할 것도 없다.

"일본에 정부는 있어도 국민은 없다"고 1875년에 후꾸자와 유끼

---

36 베네딕트 앤더슨 『상상의 공동체』 149~81면 참조.
37 같은 책 5면.
38 같은 책 117~18면 참조.

찌가 개탄했듯이,[39] 메이지유신(1868) 이후에 성립한 일본의 '전기(前期) 국민주의'가 관제적이었다는 것은 명백하다. 하지만 그것이 과연 민족(종족)적 정체성에서 피지배층과 이질적인 지배세력이 "대중의 상상된 공동체에서 배제되거나 주변화될 위협을 느낀"[40] 나머지 택한 길이었던가. 그렇지는 않다. 메이지유신의 세력기반과 초기 정부의 주도세력은 사쯔마, 초슈 한(藩) 출신을 주축으로 한 중하급 무사들이었고,[41] 그들은 자기귀화가 필요 없이 너무도 일본적인 문화와 신념에 충만한 존왕(尊王)사상의 신봉자들이었다. 그들에 의해 역사의 전면에 등장한 텐노오(天皇) 또한 고대의 기원이 어떠하든 오랜 역사 속에서 대체로 명목상의 위치이기는 하지만 일본적 세계상의 일부분으로 존속해온 '기억의 거점' 중 하나였다. 따라서 일본 민족주의를 '자기귀화적'이라 할 요소는 전혀 없다. 그럼에도 불구하고 분류의 편의상 그 관제성에 주목하여 일본 민족주의를 ③의 유형으로 넣는 순간, 우리는 단절적 근대주의의 빈틈을 발견하게 된다. 합스부르크가의 오스트리아, 호엔촐레른가의 프러시아 등에서 출현한 자기귀화의 민족주의가 지배집단의 존속을 위한 근대적 속성품(速成品)인 것과 달리 일본의 민족주의는 그 앞시대의 유산과 외부에서 받은 충격 사이에서 생겨난 역사적 생성물이었기 때문이다.

---

39 福澤諭吉『文明論之槪略』(1875); 마루야마 마사오『'문명론의 개략'을 읽는다』, 김석근 옮김(문학동네 2007) 562면.

40 베네딕트 앤더슨, 앞의 책 147면.

41 아사오 나오히로 외『새로 쓴 일본사』, 이계황 외 옮김(창비 2003) 369-74면 참조.

일본 민족주의의 시발점을 메이지유신과 메이지헌법 제정 (1899) 중 어디에 놓든 간에 그것을 과거에서, 적어도 토꾸가와 시대 (1603~1868)의 추이에서 분리하여 이해하기란 불가능하다. 1853년 페리(M. C. Perry)의 미국 함대가 내항한 이래 러시아·영국 등 국민국가 세계체제의 열강이 강요한 개항과 불평등관계가 일본으로 하여금 새로운 정체성을 상상하도록 했으며, 그 정체성의 형태와 성격에도 심대한 영향을 끼쳤다는 것은 중요한 사실이다. 그러나 그런 계기와 더불어 형성된 일본적 정체성은, 더 정확히 말하면 그것의 형성에 관한 다단한 모색의 경쟁과 재편성은 가깝거나 먼 시대의 사회적 기억 및 문화와 상호 침투하는 관계를 맺으면서 전개되었다.

마루야마 마사오의 『일본 정치사상사 연구』는[42] 이에 관한 역사적 접근의 한 범례를 보여준다. 그에 의하면 토꾸가와 시대 전기(前期)의 정치의식을 규정하던 주자학의 비인격적·보편적 이법으로서 도(道)의 지배는 오규우 소라이(荻生徂徠, 1666~1728)에 와서 자연법칙과 인간규범의 분리를 통해 정치적 군주 지배의 논리로 바뀌었다.[43] 오규우 소라이는 270개 번(藩)의 다이묘오(大名)들에게 권력과 사회적 자원이 분산된 상황을 개탄하고, "일본의 영토 전체를 쇼군께서 하시고 싶으신 대로 할 수 없다면 때로 정치(政道)가 잘 이루어지지 않는 그런 일이 일어날 것"이라 했는데, 마루야마는 그 이념적 성격을 "바꾸후 절대주의 아래에서의 평균화에 대한 지향"으로 집약한

---

42 丸山眞男 『日本政治思想史研究』(東京: 東京大學出版會 1952).

43 마루야마 마사오 『일본 정치사상사 연구』, 김석근 옮김(통나무 1995) 105~259면 참조.

다.[44] 이러한 사상의 추이는 모또오리 노리나가(本居宣長, 1730~1801), 히라따 아쯔따네(平田篤胤, 1776~1843)의 코꾸가꾸(國學)를 거치면서 군주권 중심의 논리로 현저하게 기울어지고, 미또가꾸(水戶學), 스이까 신또오(垂加神道) 등과 경쟁하거나 결합하면서 '신의 나라 일본'의 고대적 근원에 뿌리를 둔 인격신적 존재인 군주의 지배논리를 산출했다.[45] 그리고 마침내 메이지유신에 의해 바꾸후-한 체제의 봉건적 중간구조가 철폐되고 '만세에 걸쳐 한줄기로 이어지는 텐노오의 신성한 권력'을 정점에 둔 일군만민(一君萬民)의 질서가 성립했다. 그러한 질서의 필요성을 절박하게 주장하던 요시다 쇼오인(吉田松陰, 1830~1859)은 이미 9년 전에 참수당했지만 그의 제자들은 메이지체제의 주요인물들이 되었다.[46] 마루야마는 이러한 전사와 메이지시대의 '전기적 국민주의' 사이의 관계를 다음과 같이 이해한다.

메이지유신은 일군만민의 이념에 의해서 국민과 국가적 정치질서 사이에 끼어있는 장애물을 제거하여 국민주의가 나아갈 수 있는 길을 열게 된 획기적인 변혁이었다. 그러나 그것은 문제해결 그 자체는 아니며 오히려 문제해결의 전제를 이룬 것에 다름 아니었다. (…) 다만 그 전제 자체는 근세 봉건제의 태내에서 점차로 준비되어가고 있었다. 그런 전제의 형성과정은 단적으로 말

---

44 같은 책 258면.
45 같은 책 260~462면 참조.
46 같은 책 449~51면; 尹健次『日本: 그 국가·민족·국민』, 하종문·이애숙 옮김(일월서각 1997) 18~52면 참조.

해서 도쿠가와 사회구성의 해체과정이며, 그것을 이데올로기 측면에서 본다면 봉건적 관념형태를 많건 적건 넘어서는 사상의 성숙과정이었다. (…) 신의 나라 일본이라는 의식 및 그것과 떼놓을 수 없는 존황(尊皇) 관념은 근세를 통해서 면면히 전해져왔으며, 다른 한편으로 국내 교통의 발달, 상품교환의 보급에 의한 국내시장의 점차적 형성 등 통일국가의 내적 조건은 준비되고 있었지만, 그런 내적 조건의 급격한 성숙을 촉구하고, 종교적 내지 윤리적 정서로서의 존황 관념에 정치적 성격을 부여해주는 단서가 되었던 것은 분명 외국세력과의 맞대면이었다.[47]

이 주제와 관련된 대조적 연구로서 수전 번즈의 저서 *Before the Nation* 또한 주목할 만하다.[48] 부제가 말해주듯이 이 책은 토꾸가와 후기의 코꾸가꾸(國學)가 일본과 일본인의 집단정체성을 어떻게 상상했으며, 그것과 메이지시대의 신코꾸가꾸와 내셔널리즘 사이에는 어떤 관련이 있는지 다루었다. 이로부터 도출된 결론을 다음과 같이 거칠게 요약할 수 있다.

- 18세기 후반부터 19세기 초 사이에 모또오리 노리나가 등에 의해 전개된 코꾸가꾸에서 일본인들의 근대적 민족됨(nationness)과 상당히 근접하는 인식의 성장이 이루어졌다.

---

47 마루야마 마사오, 같은 책 485~86면.
48 Susan L. Burns, *Before the Nation: Kokugaku and the Imagining of Community in Early Modern Japan* (Durham: Duke University Press 2003).

- 그 성격은 아직 내셔널리즘과는 구별되지만, 정치적 집단정체성의 인식을 함유한 '문화주의'(culturalism)라 규정할 수 있다.
- 1890년대 이후에 전개된 신코꾸가꾸는 새로운 국민적 성격과 문화를 이루기 위해 코꾸가꾸의 유산들을 선택·재구성·번안했으며, 그 과정은 민족됨의 근대적 비전에 도전할 가능성이 있는 여러 종류의 '일본' 관념들을 침묵시키는 것이기도 했다.[49]

이 두 연구가 보여주는 견해의 차이와 쟁점에 개입하는 것은 내 능력 밖의 일이며, 이 글의 관심 범위를 넘어서는 것이기도 하다. 그럼에도 불구하고 위의 성찰들을 토대로 말할 수 있는 것은 일본의 민족정체성 형성에 관한 탐구에서 근대 이전의 경험과 문화적·정치적 유산이라는 변수를 배제할 수 없다는 사실이다. 메이지체제와 그 '평균화된 신민(臣民)'으로서 정치적 공동체에 관한 사유·상상들이 토꾸가와 시대의 유산과 불가분의 관계(두아라 식으로 말한다면 상속/거절의 다선적 관계)가 있다는 것은 민족주의적으로 각색된 일본사의 영광을 위해서가 아니라, 제국주의 일본이 근대사 내내 품고 가야 했던 숙제들을 조명하기 위해서 중요하다.

중국·일본의 사례를 통해 살펴본 단절적 근대주의의 위험성은 한국의 경우에도 기본적으로 동일하다. 이에 관한 검증은 앞에서 언급한 '세번째 그룹'의 학자들에 의해 부분적으로 이루어졌고, 그중 존 덩컨의 논문은 앞으로 있을 연구를 위해서도 시사하는 바가 풍부

---

49 같은 책 224면.

하다. 나로서는 여기서 개별적인 논점들을 여러가지 추가하기보다 17~19세기 동아시아에 병행적으로 발생한 정체성의 위기와 그 한 국면으로서 조선 지식인들이 추구한 역사적 기억·상상의 재구성 문제를 개괄적으로 거론하고자 한다.

17세기 동아시아에 출현한 집단정체성 위기의 가장 큰 원인은 주지하다시피 청(淸)의 건국(1616, 後金)과 중국 본토 정복 및 명(明)의 멸망(1644)이었다. 격렬한 내전을 치르고 1603년에 일본열도의 지배권을 차지한 토꾸가와 바꾸후에게는 바다 건너의 일이 그다지 화급하지 않았지만, 조선의 상황은 심각했다. 명과 청이 공존한 1616년부터 1644년 사이에는 군사적·외교적·명분적 차원의 난관이 조선을 괴롭혔고, 그사이에 일어난 청의 제2차 침입(병자호란, 1636~37)은 마침내 국왕 인조(仁祖)가 '오랑캐' 앞에 무릎을 꿇게 하는 상황을 강요했다. 명이 멸망한 이후에는 종래의 천하관과 현존하는 힘의 질서 사이에서 정치적·문화적으로 자신의 위치를 새롭게 정의해야 하는 난관이 발생했다. 그것은 어쩌면 영토를 유린당하고 신민들을 보호하지 못한 무력함보다도 더 근원적이면서 수습하기 어려운 '정당성(legitimacy)의 위기'일 수 있었다. 중국에서는 지배집단이 된 만주족과 그 밑에 복속된 한족에게 정체성의 문제가 대두했다. 만주족 황실은 자신들의 원천적 정체성에 대한 애착과 그 소멸의 염려 사이에서 고심하는 한편, 중화세계를 지배하기 위한 정체성의 서사를 고안해야 했다. 청의 다수 인구인 한족 집단 또한 이 상황을 수리하는 숙제를 안게 되었다. 정복왕조가 지배하는 중원과 문화적 범례로서의 중화(中華)가 균열된 상황은 토꾸가와 일본에도 자신의 집단정체성을 새롭게 바라보게 하는 외부적 요인을 제공했다.

이중에서 가장 심각한 정체성 위기를 체험한 조선에서 우선 주목할 만한 사실은 자국의 역사·지리·토착문화에 대한 관심인바, 단군을 포함한 고대사의 재인식 문제가 그 일부분으로 등장했다.

단군과 고조선을 자국 역사의 원천적 시발점으로 보는 의식은 고려시대에도 있었지만, 조선시대에 와서 좀더 분명하게 역사서와 국가제례, 공적 담론에 자리잡았다. 『삼국유사』와 『제왕운기』의 기록에 보이던 신비성이 제거 또는 약화되면서, 유가적 합리주의에 부합하는 방향으로 단군 서사의 재조정이 이루어진 점도 조선 초기부터 나타나는 현상이다.[50] "단군은 동방(東方)에서 처음으로 천명(天命)을 받은 임금이고, 기자(箕子)는 처음으로 교화를 일으킨 임금"[51]이라는 병행적 기술이 당시의 일반적 태도라 할 수 있다. 그러나 역사적 근원의 계보 인식에서 단군과 기자라는 상징의 관계가 항상 안정적인 것은 아니었다. 중국과 구별되는 독자적 역사와 정치영역의 창시자인 단군, 인륜질서와 보편적 가치의 선도자인 기자, 이 둘 사이에는 경쟁과 상보(相補)의 해석 가능성이 모두 열려 있었다. 이 가변성을 조정하는 방식은 상황과 정치적 입지에 따라 달랐고, 중국을 비롯한 타자와의 관계에서 조선의 정체성을 어떻게 볼 것인가 하는 문제와도 맞물려 있었다.

---

50 조현설 『동아시아 건국 신화의 역사와 논리』(문학과지성사 2003) 201~43면; 서영대 「전통시대의 단군인식」, 노태돈 엮음 『단군과 고조선사』(사계절 2000) 157~74면 참조.
51 『조선왕조실록』 태조 원년(1392) 8월 11일.

15세기에는 왕조 초기의 제도와 관행이 정착되어가는 가운데 위의 문제를 둘러싼 의미 구성의 경쟁이 종종 노출되었다. 그 대체적 경향은 국왕과 일부 관료들이 단군의 위상을 높이는 데 긍정적이었던 반면, 사대부층은 이런 지향에 소극적이던 것으로 보인다.[52] 16세기에는 주자학적 이념의 압도 속에 두 상징의 공존관계가 무너지고 단군에 대한 의미 부여가 크게 약화했다.[53]

17세기 이래의 정체성 위기는 여기에 다시 변화를 가져왔다. 허목(許穆, 1595~1682)의 『동사(東事)』를 비롯한 역사서들이 단군에 관한 기술 내용과 체제에서 매우 적극적인 태도로 전환했다. 홍만종(洪萬宗, 1643~1725)의 『동국역대총목(東國歷代總目)』(1705)은 단군을 국가적 계보의 시조로서만이 아니라 생활문명과 군신·상하의 사회질서를 가르친 군주로 기술하여, 기자에게 부여되던 역할상징을 재배치하기도 했다. 이익(李瀷, 1681~1763)은 『성호사설(星湖僿說)』에서 고조선의 중심이 한반도가 아니라 만주지역이라는 논의를 제출했다.[54] 이종휘(李種徽, 1731~97)는 『동사(東史)』를 저술하여 단군 이후 정통론의 줄기를 종래의 마한·신라 중심에서 부여·고구려 중심으로 전환했으며, 지리·언어·자연환경·풍속을 함께하는 공동체 인식을 강조했다.[55]

---

52 김성환 「조선초기 단군인식」, 『명지사론』 4(명지사학회 1992) 참조.

53 서영대, 앞의 글 174~75면 참조.

54 한영우 『조선 후기 사학사 연구』(일지사 1989); 전형택 「조선 후기 사서의 단군 조선 서술」, 『한국학보』 6-4(일지사 1980) 참조. 이와 같은 영토 의식은 안정복, 박지원, 유득공, 정약용 등에게서도 나타나 역사지리적 연구로 심화했다.

55 김철준 『한국사학사 연구』(서울대 출판부 1990) 378~98면 참조.

인륜질서의 실현자라는 기자의 위상은 이 시대에도 별로 흔들림 없이 지속되었다.[56] 그러나 단군과 기자의 상징이 상보적으로 양립할 수 있는 의미 공간은 18세기 중엽 이후에 점점 더 좁아지고 있었다. 기자에 투사된 이미지는 큰 변화가 없었어도, 지원설(地圓說)이 등장하고 서양문명과 만남이 잦아지면서 모든 역사집단의 현재 위치가 세계의 중심일 수 있다는 인식이 대두했다. 조선을 타자와 구별하는 정체성의 표상은 이에 따라 점점 더 긴요해져갔다. 아편전쟁(1840~1842)과 영불 연합군에 의한 북경 함락(1860)은 그러한 추이를 좀더 뚜렷하게 하는 외부적 계기가 되었다. 적잖이 박리(剝離)되어 있던 중원과 중화 가운데서 중원이 더이상 힘의 중심일 수 없다는 것이 확인된 것은 물론, 유교적 이념체계 또한 세상을 질서 짓는 원리로서 권위를 상실했다. 사회진화론이 조선에 소개된 것은 1880년대의 일이지만,[57] 19세기 중엽의 동아시아라는 텍스트는 세계가 인륜지도(人倫之道)보다 약육강식의 경쟁에 지배된다는 것을 아편과 대포, 불평등조약의 펜으로 이미 기술하고 있었다.

신채호(1880~1936)의 「독사신론(讀史新論)」(1908)에 담긴 고대사 인식은 이러한 흐름과 관련이 깊다. 특히 그는 이종휘가 '단군 이래 조선의 고유하고 독립적인 문화를 노래하여, 김부식(金富軾) 이래 역사가들의 노예사상을 깨뜨렸음'을 높이 평가하고,[58] 북방사 중심의 관

---

56 박광용 「기자조선에 대한 인식의 변천」, 『한국사론』 6(서울대 국사학과 1980) 참조.
57 박성진 『사회진화론과 식민지 사회사상』(선인 2003) 32~43면 참조.
58 김철준, 앞의 책 378면.

점을 긍정적으로 수용했다. 제국주의의 침식 속에 조선왕조의 붕괴를 예감하던 상황에서 그는 '민족'을 호명하는 정체성의 서사가 필요했고, 조선 후기의 단군과 고대사에 대한 담론은 당대인들의 기억 중에서도 가장 먼저 호출될 수 있는 위치에 이미 와 있었던 것이다.

국민국가 세계체제의 압력 속에 주권적 공동체의 정체성을 천명해야 했다는 점에서 신채호와 조선 후기 지식인들 사이의 상황적 차이는 강조할 필요가 있다. 그러나 이 거리에도 불구하고 조선 후기의 집단정체성 문제가 이미 뚜렷하게 정치성을 띠었으며, 이와 관련하여 한국 고대사 전반과 단군에 대한 서사의 재구성이 모색되어왔고, 그 흐름이 신채호에게 진행형의 유산이자 숙제로 상속되었다는 것 또한 주목해야 한다.[59] 여기서 우리는 민족인식의 형성 문제에서 단절적 근대주의를 넘어서야 할 필요성을 다시금 확인한다.

---

[59] 헨리 임은 신채호의 「독사신론(讀史新論)」에 담긴 단군 인식을 『삼국유사』, 『제왕운기』 등의 원천에 곧바로 연결하여 "전근대 한국인의 역사 서술에서 때때로 재현되는 오래된 이야기의 재발명"의 한 방식이라고 했는데(헨리 임, 앞의 글 474~75면. 영문판 341면), 이것은 위에 간추린 전사적 배경과 「독사신론」 텍스트 양쪽에 모두 부합하지 않는 주장이다. 「독사신론」이 기술한 단군은 "십리에 열개, 백리에 백개"라 할 만큼 많은 소부족이 분포한 "추장(酋長)정치" 시대에 이를 통일하여 "신복(臣服)"시킴으로써 부여족이라는 주종족을 형성한 인물이다. 그에 관한 '단군 시대'의 서술 어디에도 『삼국유사』류의 신화적 화소는 보이지 않으며, 단군은 철저하게 역사화되어 있다. 이처럼 단군에서 신비적 요소를 배제하고 합리적 차원에서 서사와 해석을 재편성하려 한 것은 조선 초기 이래의 주류적 경향이며, 조선 후기에 와서는 더욱 그러했다. 신채호는 이를 이어받아 소부족들의 통합에 의한 주종족 형성과 확장된 단위의 정치체제 수립이라는 다분히 근대적인 논리를 추가한 것이다. 「독사신론」(『대한매일신보 연재본』, 1908), 단재신채호전집편찬위원회 엮음 『단재 신채호 전집 3: 역사』(독립기념관 독립운동사연구소 2007) 314~16면 참조.

4. 맺는 말

1990년대 중엽 이래 탈민족주의 담론이 한국사와 한국 사회·문화에 관한 지적 성찰을 새롭게 한 공헌은 참으로 컸다. 그러나 그 바탕에 놓인 원초주의-근대주의의 이분법과, 민족을 '근대적 발명' 내지 식민지 근대성의 일부로 간주하는 단절적 근대주의는 이 도식 외부에 대한 성찰을 완고하게 폐쇄했다. 담론 가치가 소멸한 통속적 민족론이나 국수주의자들을 비판함으로써 근대주의를 정당화하는 논법은 거의 관성이 된 느낌마저 준다. 이와 같은 추이 속에 진행된 과도교정(過度矯正)의 행로는 이제 좀더 균형 잡힌 역사이해를 향해 수정될 필요가 있다.

한국·중국·일본은 매우 오랜 기간 동안 비교적 안정된 영토경계와 각기 단일한 정체(政體) 속에 구성원집단과 문화의 수렴이 이루어진 역사적 단위들이라는 점에서 민족형성에 작용한 전근대적 변수의 고려가 각별히 중요하다. 이에 대한 성찰이 부족한 채 만들어진 근대주의의 일반론이나 제한된 모형론으로 동아시아 민족과 민족주의를 규정할 때, 부당하게 특권화한 근대 앞에서 역사 이해는 훼손된다.

프라센지트 두아라가 중국사 연구에서 보여준 '상속/거절의 서사' 개념은 단절적 근대주의의 한계를 넘어 동아시아 민족주의를 해명하는 데 유용하리라 생각한다. 전근대의 정치체제와 문화 속에서도 크고 작은 공동체의 정체성에 관한 인식들은 존재했으며, 그중의 일부는 정치적 성격을 띠기도 했다. 근대적 의미의 민족을 '주권적 공동체'라 규정할 때 그 개념은 국민국가 세계체제의 산물임이 자명하지만, 그것을 공동체의 상(像)으로 실현하는 데에는 선행 단계의 집단정체성에 관한 사회적 기억들이 관여할 수 있다는 것을 주목해야 한다. 이러한 기억과 시대상황 사이에서 일어나는 복합적 거래가 어떻게 상상의 주체들을 구성하고 그 주체들은 이들의 얽힘과 미래의 기획 사이에 어떤 의미 질서를 부여하는지 살핌으로써 '단선적 역사인식'과 '단절적 역사인식'을 모두 넘어서는 전망이 가능하게 될 것이다.

나는 한국 민족주의 전체를 옹호하고자 하지 않는다. 민족주의란 민족의 일체성에 대한 공통적 주장에도 불구하고 논자와 정파의 수효만큼이나 지향가치 사이에 충돌이나 균열이 많은 개념적 추상이다. 『국민이라는 노예』(김철 2005), 『국민으로부터의 탈퇴』(권혁범 2004)를 말해야 할 만큼의 문제가 한국 현대사에 있었으며 아직 진행형으로 존재한다는 데에도 동의한다. 내가 주장하는 바는 그런 문제들을 투시하기 위해서도 민족과 민족주의는 역사화되어야 한다는 것이다. 한편으로는 민족주의적 신화화를 넘어, 다른 한편으로는 단절적 근대주의를 넘어 민족정체성 문제를 역사화해야 우리는 그것을 온당하게 이해하고 비판할 수 있다. 근대 이전 중국의 정체성 서사들이 상속되고 재구성되어온 역사를 제외한다면, 오늘의 '중화대민족주의'와 그 밑에 잠복한 문제들은 제대로 보이지 않는다. 메이지유신 이전의 유산들이 어떻게 근대 일본의 구성에 작용했는지 묻지 않는다면 일본 민족주의의 어제와 오늘을 해명하기 어렵다. 그런 의미에서 동아시아 민족과 민족주의에 관한 담론은 근대주의를 넘어 역사적 접근의 시야를 더 넓게 열어야 할 것이다.

제3장

신라통일 담론은

식민사학의 발명인가

식민주의의 특권화에서 역사를 구출하기

1. 문제제기

본고는 '통일신라'라는 관념이 일본 식민주의 역사학의 발명이라는 최근의 주장을 비판하고, '삼한/삼국통일' 담론이 7세기 말의 신라에서 형성되어 조선 후기까지 여러차례 재편성과 전위(轉位) 과정을 거치면서 동적으로 존속해왔음을 해명하고자 한다. 아울러 근년의 탈민족주의 논의가 근대와 식민주의를 특권화하고 역사이해를 부적절하게 단순화하지 않았는가 하는 의문을 제시할 것이다.

논의의 시발점은 황종연(黃鍾淵)·윤선태(尹善泰)가 협업적 구도 속에서 나란히 제출한 논문 두 편이다.[1] 이들의 주장에 따르면 "신라가 조선반도의 영토 지배라는 점에서 최초의 통일국가라는 위상

---

[1] 황종연「신라의 발견: 근대 한국의 민족적 상상물의 식민지적 기원」, 황종연 엮음『신라의 발견』(동국대출판부 2008) 13~51면; 윤선태「'통일신라'의 발명과 근대역사학의 성립」, 같은 책 53~80면.

을 보유하기 시작한 것은 바로 일본인 동양사가들의 연구에서였"으며,[2] 신라에 의한 삼국통일이라는 담론은 "일본 근대역사학의 도움으로 등장한" "근대의 발명품"이었고,[3] 한국의 민족주의 역사학은 그 자긍심과 달리 식민주의 담론의 차용에 의존해 비로소 민족통일의 위대한 과거를 상상할 수 있었다는 것이다. 하야시 타이스께(林泰輔, 1854~1922)의 『초오센시(朝鮮史)』(1892)가 바로 이런 논의의 거점으로 제시되었다.[4]

사실이 그렇다면 이것은 참으로 중대한 발견일 것이다. 하지만 실상은 그와 반대로서, 윤선태는 7세기 이래의 수많은 증거와 담론을 무시하면서 그릇된 논증을 만들어냈고, 황종연은 이를 참조하여 민족주의적 관념과 상상의 피식민성을 논하는 주요 근거로 삼았다. 이것이 특정 사실에 관한 시비에 그친다면 나 같은 고전문학도가 굳이 참견할 일이 아닐 수도 있다. 그러나 이 문제는 개별적 논점의 차원을 넘어 전근대와 근대를 관통하는 한국사상사 이해에 맞물려 있으며, 식민지 근대성론과 식민지 근대화론이 대표권을 다투는 요즘의 한국 근현대사·문학연구 상황과도 직결된다. 그런 점에서 본고는 한국사의 특정 국면에 대한 논의와 함께 근간의 포스트콜로니얼리즘 담론 상황에 대한 범례적 문제제기를 지향한다.

본고를 통해서 나는 민족을 상고시대 이래의 항구적 실재라고 보

---

2 황종연, 앞의 글 21면.
3 윤선태, 앞의 글 69, 78면.
4 하야시 타이스께의 『朝鮮史』를 같은 이름의 역사서나 일반명사와 구분하기 위해 본고에서는 그 일본어 발음대로 『초오센시』라 표기한다.

는 원초적 민족주의를 옹호하려 하지 않는다. 본고의 입장은 어떤 종류의 정체성도 사회적 구성 작용과 담론의 산물이라는 것이다. 정체성 형성에 관여하는 담론들은 근대세계에서만 생산되지 않으며, 더구나 식민권력 등의 특권적 주체에 의해 독점된다고 정식화할 수 없다. 민족이라는 거대주체의 서사로 단선화된 역사인식을 비판한 것은 1990대 후반 이래 포스트주의적 시각과 탈민족주의론의 값진 성과였고, 황종연이 이에 공헌한 점도 높이 평가할 만하다. 하지만 그런 진전과 더불어 우리는 이제 근대와 식민주의를 또다른 거대주체로 특권화하여 역사의 복잡한 얽힘을 모두 그 밑에 몰아넣는 위험성을 경계해야 할 국면에 이르렀다.

2. 『삼국사기』와 『초오센시』

윤선태와 황종연이 제출한 '식민주의 역사학에 의한 신라통일 발명'론의 주요 문제점은 다음 네가지로 꼽을 수 있다. 첫째, 하야시 타이스께의 영향을 부각하기 위해 자강운동기의 대다수 역사서들을 논의에서 제외했다. 둘째, 하야시 『초오센시』의 신라통일 서술을 과장 해석하고, 해당 대목에 『삼국사기』가 다량으로 차용된 것을 모르거나 무시했다. 셋째, 7세기 말 이래 각종 자료와 역사서에 풍부하게 나타나는 삼국통일 담론을 외면했다. 넷째, 전근대 사서들을 살피지 않고 문일평(文一平, 1888~1939)의 신라통일 요인론을 하야시의 차용이라 간주했다.

이중에서 뒤의 두가지는 각각 이 장의 3, 4절에서 다루기로 하고, 여기서는 앞의 둘만을 먼저 논한다. 먼저 첫째의 문제. 윤선태는 자강운동기에 나온 한국사 교과서들의 개황을 다음과 같이 서술하면서 논의를 전개했다.

〔국사교육의 시급성을 강조한, 1895년 3월의 내무아문 훈시 이후〕'국민 만들기' 구상의 일환으로 등장한 역사교과서가 바로 1902년 김택영의 『동사집략』, 그리고 현채의 『동국사략』(1906), 『중등교과 동국사략』(1908) 등이다. 익히 알려져 있듯이 이 역사교과서들은 김택영이나 현채가 직접 지은 것이 아니라, 하야시 타이스께의 『조선사』(1892)를 거의 그대로 역술(譯述)한 것들이다.[5]

1895년부터 1910년 4월까지 나온 약 20종의 한국사 교과서[6]를 '(…) 등'이라는 모호한 표현 아래 묻어두고 윤선태는 하야시의 『초오센시』가 끼친 영향과 그로 인한 '신라통일의 발명'만을 부각시켰다. 그러나 여타의 역사 교과서들에서도 신라의 통일이라는 내용은 하야시의 영향과 무관하게 자주 등장했다. 예컨대 학부(學部)에서 편찬한 『조선역사』(1895)는 668년의 고구려 멸망 기사에 "이 뒤에 신라가 통일하니라"라고 덧붙였고,[7] 『동국역사』(현채, 1899)는 '신라기

5 윤선태, 앞의 글 57면.
6 이들은 대부분 『한국 개화기 교과서 총서』(아세아문화사 1977) 제11~20권에 수록되어 있다.
7 『한국개화기교과서총서』11권(아세아문화사 1977) 58면.

(新羅紀)' 서두의 문무왕 재위기간 설명 뒤에 "통일 전 7년은 삼국기를 보라"고 했다.[8] 『신정 동국역사』(1906)와 『대동역사략』(1906)은 본문 기사에서 문무왕 8년(668)에 신라가 삼국을 "통일"했다고 서술했다.[9] 이른바 신사체(新史體)로 씌어진 『초등 대한역사』(1908)는 조금 특이하게 문무왕 10년에 "삼국통일"이 이루어졌다고 보았다.[10] 이밖에도 대다수의 편년체 교과서들은 통일기를 뜻하는 '신라기'를 이전의 '삼국기'와 분리함으로써 체제상으로 신라통일에 대한 인식을 분명히 보여준다. 윤선태는 이것들을 모두 논의에서 제외하고 『초오센시』의 역술에 의한 저작이 3건이나 되는 것처럼 과장함으로써 이 시기의 역사이해를 작위적으로 단순화했다.[11]

둘째로, 그는 『초오센시』를 한국 민족주의 역사학의 기원으로 만들기 위해 무리한 논증과 해석을 여러차례 감행했다. 그중에서 우선 주목할 두가지 논점은 '일통삼한(一統三韓)'의 의미와 삼국통일 시점의 설정 문제다. 이에 관한 그의 주장을 간추리면 다음과 같다.

---

8 『한국개화기교과서총서』 14권 121면.

9 『한국개화기교과서총서』 19권 65면; 『한국개화기교과서총서』 18권 111면.

10 『한국개화기교과서총서』 14권 385면.

11 이와 관련하여 윤선태는 두가지 오류를 범했다. 첫째, 김택영의 『동사집략』은 총 570면이 넘는 규모로 고조선부터 고려 말까지를 다룬 편년체 순한문 역사서로서, 『초오센시』의 역술이 아니다. 『동사집략』의 단군 기사와 임나일본부설 등 일부에 하야시나 일본 사서를 수용한 곳이 있기는 하나(조동걸 『현대한국사학사』(나남 1998) 92~94면 참조), 이 책을 『초오센시』의 역술이라 함은 실제 자료를 살피지 않았다는 고백에 불과하다. 둘째, 현채가 낸 두 책은 동일 저술의 선후관계로서, 1906년의 초판에 1894년 이래의 역사를 추가하여 1908년의 증보판이 나온 것이다.

① '통일신라' 즉 신라가 삼국을 통일했다는 관념은 "하야시가 발명한 것이며, 『조선사』는 그 최초의 역사서"다. 신라 때의 '일통삼한' 의식이 조선 후기의 신라정통론으로 채택되고 오늘날의 통일신라론으로 발전했다는 주장이 있을지 모르나, "전통시대의 신라정통론과 하야시의 그것"(신라통일론)은 분명히 다르다.

② 『동국통감』 등의 역사서들이 문무왕 8년(668. 고구려 멸망) 이후를 '신라기'로 독립시킨 체제에서 "분명히 신라통일의 의의를 크게 드러내려는 의도를 느낄 수 있다". 그러나 하야시의 견해는 "나당전쟁에서 신라가 승리"한 시점에 통일이 이루어졌다는 것으로, 전근대의 신라통일론과 다르면서 민족주의 사학의 내용과 같다.[12]

위의 두 입론은 우선 서로 충돌한다. ①의 주장은 하야시의 『초오센시』 이전에 '신라〔에 의한 삼국〕통일'이라는 관념 내지 담론이 없었다는 것인데 비해, ②의 주장은 전근대의 신라통일론이 있었으나 통일 시점에 대한 인식에서 하야시의 그것과 다르다는 것이기 때문이다.

아울러 ①의 입론은 자신의 주장을 합리화하기 위해 불필요한 개념을 삽입했다. 일통삼한론(a)과 신라통일론(c) 사이에 신라정통론(b)을 끼워넣고, b와 c가 다르니 a와 c도 같지 않다는 논법이다. 하지

---

12 윤선태, 앞의 글 58~59면.

만 그런 매개단위가 필요 없이, '일통삼한'이라는 명제에 동사적 용법으로 쓰인 '일통(一統)'은 곧 통일이며[13] '삼한을 일통하다'라는 구절은 그 자체로서 '삼국을 통일하다'와 지시적 의미의 등가관계가 된다. 이에 관해서는 다음 절에서 자세히 다룰 터이므로 여기서는 요점만을 지적해두고, 윤선태의 주장 중 ②의 검토로 넘어가고자 한다.

그가 주장하는 핵심은 하야시가 "나당전쟁에서 신라가 승리"한 시점에 통일이 이루어졌다고 보았다는 것이다. 그러나 아래의 인용에서 확인되듯이 하야시는 약간의 군사적 충돌 이상의 "전쟁"을 언급한 바 없으며, 따라서 신라의 "승리"라는 것도 거론하지 않았다. 당의 세력이 요동으로 철수한 사실도, 시기도 『초오센시』에는 서술되지 않았다. 황종연이 말한바 당의 군현을 반도에서 "축출"했다는[14] 내용도 찾을 수 없다.[15] 요컨대 하야시는 신라·당 사이의 치열한 전쟁과 신라의 승리 및 당 세력의 축출을 의도적으로 서술에서 배제했고, 그 귀결 시점도 언급하지 않은 채 모호하게 처리한 것이다. 그럼에도 이런 내용이 『초오센시』에 있다고 한 것은 한국 민족주의 사학의 일반적 견해를 투사한 착시(錯視)나 '읽어 넣기'로 보인다. 이를

---

13 『한한대사전(漢韓大辭典)』(단국대 동양학연구소 1999)은 '一統'을 다음과 같이 풀이했다. "①하나로 합침. ②한 계통, 같은 계통. ③비석 따위의 일 좌(座). ④전한의 유흠이 만든 삼통력에서의 소주기, 곧 1539년." 이 중에서 동사적 용법이 가능한 것은 ①뿐이며, 그 의미는 '統一, 混一'과 대등하다. 『한어대사전(漢語大詞典)』(2002)도 이와 같다.

14 황종연, 앞의 글 21면.

15 이 여러 사항들은 하야시가 1912년에 낸 『朝鮮通史』(東京: 富山房)에서도 같다.

확인하기 위해『초오센시』의 신라통일 경과에 관한 서술 전부를 살 펴보자.

신라가 당(唐)과 힘을 합하여 백제·고구려를 멸했지만, 당은 그 땅을 나누어서 도독(都督) 등의 관직을 설치하고 다스렸다. 신라 는 점차 백제의 땅을 취하여 차지하고, 또 고구려의 반란하는 무 리들〔叛衆〕을 받아들였다. 당이 누차 꾸짖었으나 신라가 또한 복 종하지 않아서 마침내 병사들이 충돌하게 되었다. 이에 당이 노 하여〔문무〕왕의 작위를 삭탈하고, 유인궤(劉仁軌)로 하여금 가서 치도록 하였다.〔문무〕왕은 이에 사신을 보내서 사죄했지만, 마침 내 고구려의 남쪽 영역까지를 주군(州郡)으로 삼았다. 대개 무열 왕·문무왕 때에 김유신이 충성과 힘을 다해 그를 보좌하고 당과 백제·고구려 사이에서 외교〔周旋〕를 펼친 끝에 통일의 업을 이루 게 된 것이다. 꼴 베는 아이와 목동에 이르기까지 모두 그 공을 칭 송하지 않는 이가 없었다.[16]

위의 대목을 인용하고 나서 윤선태는 이것이 "나당전쟁의 승리 를 삼국통일의 시점으로 새롭게 설정"하고 "나·당의 대립을 강조" 한 새로운 담론이라 했다.[17] 그러나『삼국사기』등의 전통적 사서들

---

16 林泰輔『朝鮮史』(東京: 吉川半七 1892) 권2 장32. 번역은 원문의 뜻을 유지하되, 비교를 위해 윤선태의 번역문과 가깝도록 조정했다. 이 번역을 포함하여 일본어 자료 해석을 도와준 박종우 연구교수께 감사한다.
17 윤선태, 앞의 글 60면.

과 비교해볼 때 하야시는 오히려 전후(戰後) 처리에 관한 양국 사이의 갈등과 이로 인한 7년간의 본격적 전쟁을 소규모 군사충돌인 것처럼 희석했을 따름이다. 다시 말해서『초오센시』는 '당이 백제·고구려를 멸한 뒤 그 영토를 지배했으나 신라가 이를 슬그머니 차지했다'는 관점에서, 신라의 영토 점유를 적극적 투쟁이 아닌 절취(竊取)의 결과로 기술한 것이다. 김유신에 관해서도 군사적 활동은 전혀 말하지 않고 김춘추의 역할에 해당하는 외교를 그의 공적이라 했으니, 이 역시 '나당전쟁'이라는 개념을 회피하려는 은폐수법이다. 이런 관점은 조선총독부의 식민지 교육에도 그대로 계승되었다. 1920년에 나온 일본사 보충교재 중 '신라일통' 부분의 지도요령은 다음과 같다.

신라 문무왕은 반도에서 당의 영토를 잠식(蠶食)하여, 백제의 옛땅 전부와 고구려 옛땅의 일부를 차지하여 통치했고, 나중에 당의 공인을 받았다.[18]

그럼에도 불구하고 윤선태는 하야시의 관점을 '나·당의 갈등'에 결부시키면서 다음과 같이 말한다.

---

18 조선교재연구회 엮음『尋常小學日本歷史補充敎材 敎授參考書』권1(조선총독부 1920) 62~63면. 신라통일에 관한 일제 총독부의 입장은 신라가 성덕왕 34년(735)에 당에서 패강 이남의 땅에 대한 영유권을 "하사"받음으로써 "일통의 업이 명실공히 온전하게 되었다"는 쪽이었다. 같은 책 67면 참조.

하야시는 나·당의 갈등 속에서, 당 세력의 대척점에 신라만이 아닌 '백제의 땅(과 인민)'과 '고구려의 반중(叛衆)'이라는 조건을 새롭게 포착하여 배치하였다. 이는 후술하지만 하야시 이후 식민지시대 역사가들에게 '삼국 인민의 융합'으로 형성된 새로운 역사공동체, 즉 '통일신라'를 상상하는 필수장치로 기능한다. 조공·책봉의 사대질서 속에 있었던 전통시대에는 애초 신라의 통일을 나·당의 대립국면에서 찾는다는 것이 거의 불가능하였다.[19]

그러나 그가 하야시의 새로운 담론이라고 강조한 "신라가 점차 백제의 땅을 취하여 차지하고, 또 고구려의 반란하는 무리들(叛衆)을 받아들였다"라는 대목은 『삼국사기』 문무왕 14년 기사의 일부이며, 같은 책 「김유신전」에도 동일한 내용이 있다.[20] 뿐만 아니라 이 대목은 조선시대의 많은 역사서에 거듭 수록되었다.[21] "조공·책봉의 사대질서" 속에 불가능하던 것을 하야시가 새롭게 포착했다고 윤선태가 단언한 내용이 사실은 전근대 한국 역사서들의 공통 유산이

---

19 윤선태, 앞의 글 60면. 괄호 속에 삽입된 '인민'은 『초오센시』에 없다.

20 "王納高句麗叛衆, 又據百濟故地, 使人守之"(『삼국사기』 문무왕 14년); "法敏王, 納高句麗叛衆, 又據百濟故地, 有之"(『삼국사기』 「김유신전」). 고구려 땅 남부 점거 사실과 "꼴 베는 아이" 대목도 다음 구절들을 옮긴 것이다. "遂抵高句麗南境爲州郡"(문무왕 15년), "鄕人稱頌之, 至今不亡. (…) 至於蒭童牧豎, 亦能知之."(『삼국사기』 「김유신전」)

21 다음의 주요 사서들이 모두 그러하다. 『삼국사절요(三國史節要)』(1476) 『동국통감(東國通鑑)』(1485) 『동국사략(東國史略)』(박상朴祥, 16세기초) 『동사찬요(東史纂要)』(1614) 『동사보유(東史補遺)』(1646) 『동국통감제강(東國通鑑提綱)』(1672) 『동가강목(東史綱目)』(1778) 『해동역사(海東繹史)』(19세기 초).

었던 것이다. 그에게는 왜 이 많은 자료들이 보이지 않은 것일까. 참으로 불가사의하다. 그가 의도한 바는 "신라의 통일을 나·당의 대립 국면에서 찾"는 민족주의적 역사인식이 사실은 하야시의 발명을 받아쓴 것이라는 주장이었다. 하지만 그의 해석을 실제 증거와 결합하면 12세기의 김부식이 민족주의 역사학의 선조가 되어야 할 것이다.

3. 7세기 말의 상황과 삼한통일 담론

위에 논한 문제점만으로도 하야시의 『초오센시』가 신라통일론의 원천이라는 주장은 무너진다. 그러나 이왕 거론된 논점을 좀더 충실히 해명하기 위해 우리는 '삼한통일' 담론이 7세기 말에 생성된 내력과 그 정치적 함의를 검토할 필요가 있다.

이를 위해 '통일/일통'의 목적어로 쓰인 '삼한(三韓)'의 의미를 먼저 짚어보자. 삼한이란 삼국시대 이전에 있던 마한·진한·변한의 합칭이라는 것이 오늘날의 상식이다. 하지만 삼국시대에는 이 말이 흔히 고구려·백제·신라의 합칭으로, 혹은 이 세 나라가 차지하고 있던 요하(遼河)의 동쪽과 한반도지역 전체의 통칭으로 쓰였고, 그러한 용법이 고려·조선 시대까지도 널리 계승되었다. 이에 관해서는 노태돈이 상세히 논한 바 있으므로[22] 여기서는 7~8세기에 편찬된 중국·일본 역사서와 국내외 금석문, 외교문서 등에서 삼한이 흔히

---

22 노태돈 「삼한에 대한 인식의 변천」, 『한국사를 통해 본 우리와 세계에 대한 인식』(풀빛 1998) 73~116면 참조.

삼국(의 강역) 전체를 지칭하는 말로도 쓰였다는 점만을 강조해둔다.[23] 그중에서도 다음의 두가지 예를 특히 눈여겨볼 만하다.

- 공〔부여융〕은 그 기세가 삼한을 뒤덮었고(氣蓋三韓)(…) 〈부여융(夫餘隆) 묘지(墓誌), 682〉
- 증조인 대조(大祚)는 본국〔고구려〕에서 막리지에 임용되었으며, 병권을 장악하여 기세가 삼한을 제압하고(氣壓三韓)(…) 〈천헌성(泉獻誠) 묘지(墓誌), 701〉[24]

백제의 마지막 태자인 부여융, 연개소문의 아버지인 연대조를 탁월한 영웅으로 표현하기 위해 이 글들은 모두 삼한이라는 공간을 환기했다. 삼한은 이들이 속한 왕조의 경계를 넘어서되 당·왜국 등과는 구별되는 초국가적 지역 단위로 인지되었다.

이런 의미의 삼한은 신라·고구려·백제의 합칭인 삼국과 지시적 의미가 대등하면서 좀더 깊은 역사적 함축을 내포한다. 즉 먼 옛날 삼한 시절부터 삼국이 병립한 당시에 이르는 시간적 깊이가 세 나라를 포괄한 공간관념에 스며드는 것이다. 그렇다 해서 이것이 7세기 중엽 정도의 단계에서 뚜렷한 역사적 동일체 의식에까지 이르렀다

---

23 『수서(隋書)』(636) 「우작전(虞綽傳)」 「고구려전(高句麗傳)」; 『일본서기(日本書紀)』(720) 卷十応神天皇卽位前紀, 卷十九欽明天皇十三年, 卷二五大化四年二月壬子朔 등 여러 곳; 「泉男生墓誌」(679); 「夫餘隆墓誌」(682); 「淸州市雲天洞寺蹟碑」(686); 「泉獻誠墓誌」(701) 등.
24 한국고대사회연구소 엮음 『譯註 韓國古代金石文』 I(가락국사적개발연구원 1992) 519, 547면.

고 보기는 어렵다. 다만 삼한이라는 지역 외부의 타자들(중국, 일본, 기타 북방세력)과 구별되는 지리적·역사적·풍속적 친연성에 대한 인식이 삼국 사이에, 그리고 외부의 타자들과 삼국 간에 어느정도 조성되어 있었던 것 같다.[25] 그러나 642년 백제 의자왕의 대야성 공략 이후 본격화된 26년의 전쟁기간에 이 친연성의 인식은 삼국 간의 적개심과 패권적 욕구를 조금도 중재하지 못했다. 신라가 7세기 중엽 이전부터 '통일'의 목표의식을 견지했다는 예전의 해석은 민족주의적 관념으로 인과관계를 역산한 것이라 본다.[26]

삼한통일이라는 관념이나 정치적 수사가 처음으로 등장한 시기는 669년(문무왕 9년)부터 686년(신문왕 6년) 사이로 추정된다. 당(唐)과 협력하여 고구려를 멸망시키고 귀환한 이듬해(669), 문무왕은 교서(敎書)에서 다음과 같이 말했다.

지난날 우리 신라는 두 나라(백제, 고구려)와 사이가 벌어져 북쪽을 치고 서쪽을 침공하느라 잠시도 평안한 해가 없었다. 군사들은 뼈를 드러낸 채 들에 쌓이고 몸뚱이와 머리가 서로 멀리 나뉘어 뒹굴었다. 선왕께서는 백성들의 참혹함을 가엾게 여기시어 임금의 존귀함도 잊으시고 바다를 건너 당에 들어가 군사를 청하고

---

25 『양서(梁書)』(629)를 비롯하여 『수서(隋書)』(636) 『북사(北史)』(659) 『구당서 (舊唐書)』(945) 등 중국의 사서들이 고구려, 백제, 신라의 풍속·의복·형법·조세 제도 등의 친근성을 기록한 것도 삼국 안팎의 이런 인식과 무관하지 않을 듯하다.
26 이같은 비판적 인식은 노태돈, 서영교 등의 근간 저작에 구체화되어 있다. 노태돈 『삼국통일전쟁사』(서울대출판부 2009); 서영교 『나당전쟁사 연구』(아세아문화사 2006) 참조.

자 대궐에 이르셨거니와, 이는 본디 두 나라를 평정해 길이 싸움을 없이 하고, 여러 대 동안 깊이 맺힌 원한을 씻으며, 백성들의 가련한 목숨을 보전하고자 함이었다. (…) 이제 두 적국은 이미 평정되고 사방이 잠잠하고 태평해졌다.[27]

그해 2월 21일 이전의 모든 죄수들에게 대사면령을 내리고 백성들을 널리 구휼하는 등 은전을 베풀며 역사적 대업의 완수를 천명한 이 문서에 삼한통일에 해당하는 용어는 아직 보이지 않는다. 그 대신 두 적국을 평정했다(兩敵旣平)는 말이 상황인식의 핵심으로 자리잡고 있다. 당시까지 '평정'은 신라 정권의 지상목표였고, '통일'이라는 더 상위의 명분을 위한 수단으로 담론화되지는 않은 것이다.

이와 대조하여, 686년에 세워진 「청주시 운천동 사적비」에서 "삼한을 통합하여 땅을 넓히고, 창해에 자리잡아 위엄을 떨쳤도다(合三韓而廣地, 居滄海而振威)"라는[28] 구절이 주목된다. 여기서 '평정'이라는 군사적 행위는 언표의 뒤로 물러나고 '통합'이라는 궁극적 성취가 부각되었으며, 바다로 둘러싸인 영역 전체를 통할하는 국가의 자부심이 강조되고 있다. 옛 백제지역에 건립되는 한 사원의 비문에 담긴 이 단서는 신라 정권의 중앙부에서 이미 '평정에서 통일로'의 담론 변화가 있었음을 시사한다.

신문왕(재위 681~91) 집권 초기에 당과의 관계에서 발생한 태종무

---

27 『삼국사기』 「신라본기」 제6, 문무왕 9년조. 번역문은 이강래 옮김 『삼국사기』 I(한길사 1998) 176면.
28 『譯註 韓國古代金石文』 II 144면.

116

열왕 묘호 시비가 이런 맥락에서 흥미롭다. 신라는 무열왕이 661년
에 사망한 뒤 '태종무열왕'이라는 묘호를 올렸다. 그런데 '태종(太
宗)'이라는 칭호는 당 태종(재위 626~49)과 같은 것이어서 이를 고치
라고 당이 요구하는 사태가 신문왕 초기에 발생했다.[29] 이에 대해 신
라는 수용할 수 없다고 응답했는데, 그 이유는 무열왕이 삼국통일의
대업을 성취했으므로 '태종'이라 함이 마땅하다는 것이었다.[30] 그런
데 무열왕은 백제를 멸하고 난 이듬해에 사망했고, 당시 고구려는
어떤 세력에게도 만만치 않은 국가로 엄연히 존재했다. 따라서 그의
업적을 삼국통일이라 내세운 것은 문무왕 때의 고구려 공파(攻破)까
지 무열왕의 유산으로 이해한 것이 된다. 여기서 눈여겨볼 것은 통
일이라는 명분가치의 소급현상이다. 즉, 무열왕은 숙적 백제를 제거
한 업적으로 태종이라는 존호를 받았는데, 670년에서 681년 사이의
기간에 백제·고구려와 치른 전쟁과 당의 축출이라는 과정 전체를
통일이라는 더 숭고하고 지속적인 명분으로 흡수하는 '기억의 재편
성'이 이루어진 것이다.

　이 같은 변화가 그저 수사학적 필요에 기인한 것은 아니다. 삼한통
일이라는 명제는 669년 이후 신라가 절박한 상황적 계기들에 대응하

---

29 이 사건이 『삼국사기』에는 신문왕 12년(692) 당 중종이 사신을 보내서 발단한
　　것으로, 『삼국유사』에는 신문왕 초기에 해당하는 당 고종(재위 649~83) 때의 일
　　로 기록되었다. 전자는 중종이 당시 폐위 상태이던 점에서 연대의 신빙성이 희박
　　하고 후자의 상황적 개연성이 높으므로 이를 신문왕 1년(681)의 사건으로 간주
　　하는 견해를 따른다. 서영교, 앞의 책 306~07면; 노태돈, 앞의 책 278~79면 참조.
30 『삼국유사』 권1, 「기이(紀異)」 1, 「태종춘추공(太宗春秋公)」; 『삼국사기』 「신라
　　본기」 신문왕 12년. 전자는 '一統三國', 후자는 '一統三韓'으로 표현했다.

면서 필요성을 느끼게 된 설득·회유·수습의 명분적 핵심이었다.

후대 사람들은 660년에 백제가 멸망하고 668년에 고구려가 멸망했으며 676년에 당이 삼한지역 지배욕을 포기했다고 말한다. 하지만 그것은 먼 훗날까지 일어난 경과를 알고 작성한 연표 위의 지식이다. 당시의 상황은 모든 관련 세력들에게 불확실했고, 적과 우군의 경계가 유동적이었다. 사비성이 함락되고 의자왕이 항복한 뒤에도 백제 부흥세력의 저항은 치열했다. 당은 그 영토의 직접 지배를 꾀하면서 의자왕의 태자 부여융을 웅진도독 대방군왕(熊津都督帶方郡王)에 임명하여 신라를 견제하게 했다. 그가 죽고 나서는 손자 부여경이 명목뿐이지만 왕위를 이었다(686).[31] 또다른 왕자 부여풍과 함께 백제 부흥세력을 지원하던 왜(倭)는 663년의 백강구 전투에서 패퇴했으나, 다시 신라의 배후를 치지 않으리라고 안심할 수 없었다. 당은 평양성 함락 때 포로가 된 보장왕〔高藏〕에게 요동도독을 제수하고 조선왕에 봉하여 옛 고구려지역에 대한 영향력의 거점으로 삼았으며, 그가 죽은 뒤에는 손자 보원(寶元)을 조선군왕에 봉했다(686). 보장왕의 외손 안승(安勝)은 670년 고구려 부흥운동을 일으킨 검모잠에 의해 추대되어 왕으로 즉위했다가 전략적 이견 때문에 그를 죽인 뒤 신라로 투항했다. 신라는 안승을 고구려왕으로 봉하고, 지역기반이 다른 금마저(金馬渚, 현재의 전북 익산)에 그 집단을 자리잡게 했으며, 왜국에 이 소고구려의 사신을 보내기도 했다.[32] 한반도에

---

31 『譯註 韓國古代金石文』 I 541면 참조.
32 소고구려 및 그 후신인 보덕국과 왜국의 사신 왕래는 노태돈 『삼국통일전쟁사』 280~83면 참조.

서 퇴각한 당은 678년에도 신라 '정벌'을 단행하려다가 티베트 전선의 부담 때문에 포기했다.[33]

요컨대 백제·고구려의 패망 이후 다양하게 출몰하는 저항집단과 신라와 당의 대결상황은 극히 복잡한 다자관계를 조성했다. 이처럼 불안정한 상황에서 백제·고구려의 잔존 저항세력을 약화시키고 지역 지배층과 유민들을 흡수하려는 노력이 삼한통일이라는 명제의 모태가 되었다.

삼한이라는 집합명사에 삼투해 있던 지리적·경험적 친연성의 기억은 이를 위해 매우 유용했을 것이다. 근년에 여러 논자들이 지적하듯이 7세기 후반의 이 전쟁은 신라, 백제, 고구려, 당, 일본이 직접 참여하고 티베트 등의 북방세력이 간접적 변수로 작용한 동북아시아 국제전의 양상을 지닌다. 삼한통일이라는 개념은 이 다자 사이의 관계를 삼한의 내부와 외부로 구획하고, 내부적 통합의 당위성을 설득하는 담론 구도를 가능하게 했다. '통일/일통'의 목적어로서 '삼국'보다 '삼한'이 훨씬 더 많이 쓰인 것은 바로 이 때문이다.

삼한통일 담론은 7세기 후반 이래 신라의 왕권강화에도 중요한 몫을 하여, 무열왕 때부터 시작된 신라 중대(中代)의 전제왕권이 신문왕 대에 와서 확고하게 자리잡았다. 무열왕·문무왕은 삼한통일의 위업을 이룬 군주로서, 신문왕은 그것을 계승하고 수호하는 군주로서 반대세력을 제압하고 통일적 왕권체제를 강화해나갔다.

이후의 신라사에서도 삼한통일은 종종 강조되었다. 금석문 자료

---

33 『구당서(舊唐書)』권85, 「장문관전(張文瓘傳)」;『자치통감(資治統監)』권202, 당 고종 의봉(唐 高宗 儀鳳) 3년 참조.

만을 들자면 「성덕대왕신종명」(771) 「황룡사 구층탑 찰주본기」(872) 「봉암사 지증대사탑비」(893) 「월광사 원랑선사탑비」(890) 등이 그 잔존 증거들이다. 이중에서 속칭 에밀레종으로 널리 알려진 성덕대왕신종의 명문(銘文) 일부를 보자.

紫極懸象 黃輿啓方	하늘에 천문이 걸리고 대지에 방위가 열렸으며,
山河鎭列 區宇分張	산과 물이 자리잡으매, 강역(疆域)이 나뉘어 펼쳐졌다.
東海之上 衆仙所藏	동해 가에 뭇 신선이 숨은 곳,
地居桃壑 界接扶桑	땅은 복숭아 골짜기에 머물고 경계는 해 뜨는 곳에 닿았는데
爰有我國 合爲一鄕	이에 우리나라가 있어, 합하여 한 고을이 되었다.[34]

천지개벽의 시점에서부터 웅장하게 시작하는 이 글에서 제3, 4구가 각별히 주목할 만하다. 그것은 산과 물이라는 자연조건에 의해 인접지역과 나뉜 삼한세계를 하나의 풍토적 영역으로 이해한다. 그리고 이 자연적 구역은 제9, 10구가 노래한 통합에 의해 정치적으로도 타자들과 구별되고 또 길이 유지되어야 할 공동체의 공간〔一鄕〕으로 발전한다. 이처럼 지리적 자연성의 단위를 인문적 통합으로 완

---

34 『譯註 韓國古代金石文』 III 387, 391면 참조. 번역문은 일부를 수정했다.

성한 것이라는 서사에 의해 삼한통일은 깊은 내력과 당위성을 지닌 업적으로 기억의 깊이를 더할 수 있었다.

그러한 통일관이 신라사회에 폭넓게 수용되었는지, 혹은 "경주 중심의 지배층인 골품귀족의 의식이었을 뿐"[35]인지는 단언하기 어렵다. 다만 확실한 것은 신라에 의한 삼한/삼국통일이라는 관념이 670년대 무렵에 등장하여 여러가지 담론 행위와 매체를 통해 한국사의 공간에 존속했다는 사실이다. 북방에서 발해(698~926)가 등장한 것은 삼한통일 관념의 완전성에 대한 중대한 도전이었다. 이 난처한 문제에도 불구하고, 혹은 이 도전의 압박 때문에, 신라 조정과 지식인들은 발해를 애써 말갈(靺鞨)과 연관시키면서 삼한통일의 명분을 견지해갔다.[36]

고려 건국기의 삼한통일론은 이러한 유산을 상속하여 고구려 중심적 시각으로 재편성했다.[37] 삼한이라는 명사는 고려 때에 와서 '왕조와 시대의 경계를 넘어선 역사적 동류집단과 그 영토'라는 의미가 더욱 뚜렷해졌고, 왕건의 후삼국 통일은 그러한 당위적 일체의 분열을 극복한 위업으로 찬양되었다. 이를 통해 좀더 뚜렷해진 정체성 정치의 구도 위에서 고려는 중앙집권적 통합을 추구하고, 송·거란·금·원 등의 타자들과 긴장·교섭하면서 독립된 정치적 강역을

---

35 김영하 『신라 중대사회 연구』(일지사 2007) 242면.

36 이강래 「삼국사기의 말갈 인식: 통일기 신라인의 인식을 매개로」, 백산학회 엮음 『통일신라의 대외관계와 사상 연구』(백산자료원 2000) 183~212면 참조.

37 이하의 두 문단은 지면 제약으로 인해 고려·조선 시대에 관한 내용을 축약한 것이다.

유지하고자 했다.

조선왕조는 출발단계에서 신라와 고려에 의한 통합의 상속자로서 역사적 계보의식을 분명히 했다. 그러한 의식은 「국조오례의」 등의 국가제례와 각종 역사서 및 문집들에 풍부하게 나타난다. 고구려, 발해의 강역을 일실한 데 대한 비판과 함께 통일의 불완전성에 대한 논란이 일기도 했지만, 그러한 담론 자체가 통일의 당위성을 전제한 위에서 생성된 것이었다. 안정복(安鼎福)의 『동사강목(東史綱目)』 (1778)은 역사지도로서 「신라통일도」를 「고려통일도」와 함께 제시했다(지도 참조). 삼국/삼한통일이라는 기억과 주요 인물, 사건, 장소들은 수많은 한시문에서 회상되고 「삼한습유」 같은 소설의 낭만적 공간으로 채용되었으며, 다양한 민간전승과 신앙으로도 전이되었다.

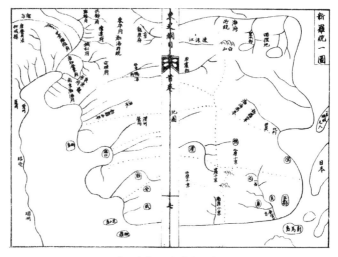

『동사강목』의 신라통일도

4. 하야시 타이스께, 『동국통감』, 문일평

위에 논한 것처럼 풍부한 자료가 있음에도, 신라에 의한 삼국통일이라는 역사인식이 하야시 타이스께의 발명이라는 윤선태의 주장은 황종연에게도 수용되었다. 그리고 황종연은 일본인들이 근대 조선인들에게 "통일신라라는 관념을 확립시키고" 신라를 "자기인식과 자기개조의 주요 수단으로" 발견할 여건을 만들었다고 주장했다.[38]

그런 관점에서 황종연이 장편소설 『무영탑』(현진건)과 『원효대사』(이광수)를 해석한 내용에 대해서는 여기서 다루지 않는다. 두 작품의 논의에는 매우 흥미로운 가운데 일부 공감하기 어려운 국면들이 있지만, 소설에 관한 이견은 흔히 순환론의 대립으로 귀착되기 때문이다. 나로서는 그보다 위의 작품들에 접근하는 시각의 모형으로 거론된 문일평의 신라통일 요인론과 하야시 타이스께의 관련 문제를 검증해보고 싶다. 이 경우에는 시각의 타당성을 검토할 만한 기반이 분명하다. 황종연은 다음과 같이 말한다.

문일평은 하야시 타이스께와 같은 방식으로 신라의 통일을 설명한 글에서 "신라의 인화(人和)"에 특별히 주목하고 있다. 화합의 도덕이 "의열무용(義烈武勇)의 정신"과 결합하여 발휘된 까닭에 신라는 원래 약소국임에도 통일의 대업을 이루게 되었다는 것

---

38 황종연, 앞의 책 50면.

이 그의 주장이다. 신라인의 화합에 대한 그의 언급이 식민지 정부하의 조선에는 존재하지 않는, 어쩌면 야마또(大和) 이데올로기에 대한 지지를 포함하고 있을지 모를, 정치공동체에 대한 열망을 암시한다는 것은 충분히 짐작할 만하다. 이처럼 일본인이 발견한 신라로부터 당대 조선을 위한 의미와 상징의 저장소를 만들어내는 것, 일본인이 구축한 신라라는 상상계를 조선민족의 문화적 자원으로 전유하는 것은 1930년대가 지나는 동안 조선인의 지적·예술적 작업의 중요한 부분을 이루게 된다.[39]

위의 대목은 문일평의 신라통일 요인론이 "일본인이 발견한 신라로부터" 나온 것이며, 이처럼 식민주의 담론에서 차용된 재료로 민족적 상상과 의미를 만들어내는 것이 한국 민족주의와 그 실천의 불가피한 식민성이었다고 주장한다.

그러면 문일평의 신라통일론은 과연 『초오센시』에서 나온 것인가? 이에 답하기 전에 『초오센시』의 신라통일 요인론을 직접 살펴보자.

① 고구려·백제는 나라를 세운 것이 신라보다 나중이고, 멸망한 것은 신라에 앞선다. 신라가 홀로 남아 260여년의 국맥을 더 보존한 것은 어째서인가? ② 땅의 넓이에서 고구려·백제는 모두 컸고 신라는 그 반쯤이었다. 군대의 수를 비교해도 또한 반드시 두

---

39 황종연, 앞의 책 29면.

나라에 미치지 못한다. 때문에 침범의 화를 입어서 쉴 날이 없었다. 그렇지만 신라가 두 나라보다 나은 것이 있었으니, 곧 인화(人和)와 지리(地利)다. ③ 신라는 군주가 어질어서 백성을 사랑하고 신료는 충성으로 나라를 섬겼다. ④ 그 법에 전사한 이를 후하게 장사지내고 관작과 상을 내려서 일족에 미치게 했다. ⑤ 이 때문에 사람들은 모두 충신(忠信)을 중시하고 절의를 숭상했다. 전투에 임하여는 나아가 죽음을 영광으로 삼고, 물러나 삶을 치욕으로 여겼다. ⑥ 백제가 멸망할 때는 다만 계백(階伯)이 있었고, 고구려가 멸망할 때는 한 사람도 충절에 죽는 이가 없었다. 신라는 고구려·백제와 전쟁을 벌인 이래 왕사(王事)에 죽는 이를 이루 헤아릴 수 없었으니(귀산, 추항, 찬덕 부자, 해론, 눌최, 동소, 죽죽, 비령자 부자, 김흠운, 예파, 적득, 보용나, 반굴, 관창, 필부, 아진금, 소나, 김영윤, 취도, 부과, 탈기, 선백, 실모의 무리는 모두 죽음의 절의를 다한 신하로서 더욱 빛나는 이들이다), 이 두 나라가 결코 미치지 못하는 바였다.[40]

위의 대목에 보이는 하야시의 역사론은 자못 조리있고, 구체적 예시도 인상적이다. 그런데 이 글은 그의 학식에서 생성된 논술이 아니라 『동국통감』(1484)의 4개 사론(史論)에서 발췌한 다섯 토막과 『삼국사기』의 한 구절을 짜깁기한 것이다. 위의 인용문은 다음과 같이 발췌하여 조합한 원전을 번역한 데 불과하다.[41]

---

40 林泰輔 『朝鮮史』 권2, 장32~33.
41 고구려 멸망에 관한 『초오센시』의 논평 여섯줄도 『삼국사절요』와 『동국통감』

① 新羅爲國, 兵衆不如麗濟, 土地不如麗濟, 形勢不如麗濟. 卒之二國先滅, 而新羅獨存, 何耶?(권7, 을묘년(565)); ② 甲兵之衆, 土地之廣, 羅不及麗濟. 只以地利人和, 僅守疆域, 今日敗於濟, 明日敗於麗.(권9, 계유년(673)); ③ 新羅, 其君仁而愛民, 其臣忠以事國.(「김유신전」, 『삼국사기』); ④ 新羅之法, 戰死之人, 皆厚葬, 而爵賞之賚及一族.(권7, 경신년(660)); ⑤ 大抵新羅之俗, 尙忠信, 崇節義, 臨戰則以進死爲榮, 退生爲辱.(권7, 을묘년(565)); ⑥ 新羅自麗濟構兵以來, 其俗以進死爲榮, 退生爲辱. 死於王事者, 悉未縷擧. 曰貴山, 曰箒項, 曰讚德父子, 曰奚論, 曰訥催, 曰東所, 曰竹竹, 曰丕寧子父子, 曰金欽運, 曰穢破, 曰狄得, 曰寶用那, 曰盤屈, 曰官昌, 曰匹夫, 曰阿珍金, 曰素那, 曰金令胤, 曰逼實, 曰驟徒, 曰未果, 曰脫起, 曰仙伯, 曰悉毛, 此其章章者. 其餘死節亦多. 百濟之亡, 只有階伯, 高麗之亡, 無一死節者.(권9, 갑신년(684))

일본 근대사학이 한국 민족주의 사학에 영향을 끼쳤다고 주장하는 데 쓰인 위의 논거가 사실은 15세기 조선 사대부들의 담론이었던 것이다. 게다가 삼국의 흥망과 관련하여 인화의 중요성을 거론한 것은 『삼국사기』부터라는 점도 유념해야 한다. 김부식(金富軾, 1075~1151)은 보장왕 27년 기사에 붙인 사론에서 "천시와 지리가 인화만 못하다(天時地利, 不如人和)"는 맹자의 말을 인용하고, 고구려가 폭정으로 인한 민심 이반과 지배층 내부의 분열로 패망했다고 논했

의 보장왕 27년 기사 뒤에 있는 권근(1352~1409)의 사론 일부를 옮긴 것이다. 林泰輔『朝鮮史』권2, 장17~18 참조.

다. 이런 관점이 조선시대에 상속되어 신라통일 요인론으로 확장된 것이다. 문일평은 맹자의 이 구절을 거론하고, 그 다음 문단에서는 『삼국사기』의 「김유신전」에 등장하는 소정방의 말을 한문으로 인용하면서 인화가 신라의 성공을 이룬 중심요인이라고 결론지었다.[42] 이를 종합해볼 때 문일평의 신라통일 – 인화론은 『삼국사기』를 주로 참고하고 『동국통감』 등의 사론을 원용하여 이루어진 것이다.

위에서 검증한 바는 특별히 심오한 난제가 아니다. 전근대 한국의 역사학 전통과 담론 유산에 대한 배려가 있다면 『초오센시』의 문제 대목이 근대의 창신(創新)일까라는 의문이 불가피하다. 그럼에도 황종연이 동료 역사학자와 함께 아무런 의심 없이 하야시 발명론으로 달려가게 한 요인은 무엇일까. 근대와 식민주의를 특권화하는 방법론적 유혹이 여기에 개재하지 않았는가 하고 나는 염려한다. 다시 말하면 역사연구에서 전근대의 유산과 기억이라는 요인은 하찮게 여기면서 근대의 발명·변혁을 강조하고, 근대라는 시공간에서는 식민주의 헤게모니를 역사적 운동의 제1원인으로 가정하는 논법이 심각하게 우려되는 것이다.

이제는 경박한 유행어가 되다시피 한 '발명'이라는 술어에 그러한 편향이 배어 있다. 이 말은 역사의 다선적 얽힘과 중층성을 이분법적으로 단순화한다. 그리고 발명 이후의 국면을 그 앞시기에 대해 특권화하고, 발명의 권력/주체를 여타 행위자들에 대해 특권화

---

[42] "新羅, 其君仁而愛民, 其臣忠以事國, 下之人事其上, 如父兄." 문일평 「정치상의 의미 깊은 신라의 국가적 발선」(『한빛』 1928.7), 『호암 문일평 전집 5: 신문·보유 편』(민속원 1995) 238면.

한다. 두아라(P. Duara)는 이런 발명 관념이 역사연구에서 성행하는 데 대해 깊은 우려를 표명한다. 이 상투어에는 "과거가 발휘하는 인과적 효과를 부정하는 경향"이 있으며, 그것은 "연속성과 변화가 매우 미묘하고도 복잡하게 얽힌 과정들을 무시하는 단순화"를 가져오기 때문이다.[43]

차크라바티(D. Chakrabarty)는 『근대성의 거울: 근대 일본의 발명된 전통들』이라는 논집에 붙인 비평적 후기에서 수록 논문들의 의의를 긍정하면서도, 근대적 발명론의 과잉에 대해서는 뼈아픈 비판을 제시했다.

발명된 전통들이 그것들 자체의 결과성에 대한 계보학을 필요로 한다 해도, 그러한 계보학의 어느 것도 사상들의 목록만으로 이루어질 수는 없다. 사상은 육체적 실천의 역사를 통해 물질성을 획득한다. 사상들은 논리로써 설득하기 때문에만 작용하는 것이 아니다. 그것들은 감각을 문화적으로 훈련하는 길고도 이질적인 역사를 통해 우리의 내분비선과 근육과 신경망에 관련을 형성할 수 있다. 이것이 바로 기억(memory)의 작용이다. 우리가 이 말의 의미를 외우기(remembering)라는 단순하고 의식화된 심적 행동의 뜻으로 환원하지 않는다면 말이다. 과거는 감각들을 훈련하는 긴 과정을 통해 구현되는 것인바, 이 책에 실린 논문들이 다른 면에서 계발적이기는 해도, 내가 아쉽게 여기는 점은 일본적 근대

---

[43] Prasenjit Duara, "Why is History Antitheoretical?," *Modern China*, Vol. 24 No. 2 (April 1998) 114면.

성의 주체가 지닌 이런 측면의 깊은 역사가 결여되어 있다는 것이다.[44]

이런 입장에서 그는 "근대 일본의 자본주의적·국가주의적 조건 아래 발명된 전통들"에 관한 연구에 "체화(體化)된 실천들의 연쇄로서의 과거"가 삽입되기를 요망했다.[45] 자료와 논증이 취약한 '통일신라 근대발명론'에 동일한 주문을 하기란 과분한 감이 들지만, 그런 결함을 피했더라도 위와 같은 비판에서 벗어날 수 없다는 점은 앞으로 있을 진전을 위해 말해두고 싶다.

5. 맺는 말

'신라통일'이라는 관념은 하야시 타이스께의 『초오센시』에서 발명되지 않았다. 그것은 백제·고구려 붕괴 직후 동북아시아의 불안정한 정황 속에 신라가 당과 대립하면서 '삼한'이라는 역사지리적 어휘의 함축성을 불러내고 정치적 내부와 외부를 구획하는 담론으로 만드는 과정에서 성립했다. 삼국의 영토 전부를 포용하지 못한 점에서 그 개념실질은 불완전한 것이었지만, 그럼에도 불구하고 신

---

44 Dipesh Chakrabarty, "Afterword: Revisiting Tradition/Modernity Binary," Stephen Vlastos ed., *Mirror of Modernity: Invented Traditions of Modern Japan* (Berkeley: University of California Press 1998) 294~95면.
45 같은 책 296면.

라는 삼한통일의 자긍심을 강조했다. 고려는 이러한 유산을 재편성하면서 정체성의 근거를 심화하고자 했고, 조선시대에도 삼한통일론의 기억들이 다양한 방식으로 환기, 재조정되었다. 이를 도외시한 채 삼국통일과 관련된 신라사 인식이 모두 식민주의의 산물이며 민족주의 역사학은 이를 받아쓴 데 불과하다고 보는 것은 자료상으로 지탱될 수 없고, 방법론적으로도 식민주의의 특권화라는 비판을 면하기 어렵다.

흔히 '식민지 근대성론'이라 불리는 패러다임의 지지자들은 근대의 왜곡된 가치와 문제를 넘어서는 데 그들의 목표가 있다고 말한다. 동감할 만한 목표 설정이다. 그러나 이를 위한 실천에서 전근대와 근대 사이의 복잡한 작용과 역사의 중층성을 근대중심적으로 단순화하는 일이 자주 일어나지는 않았던가? 식민 상황의 헤게모니 구도 속에서도 식민지인이 단순히 수용·반응의 2차적 주체이기만 한 것이 아니라, 제 나름의 기억과 욕구를 지닌 능동적 행위자일 수 있다는 것이 소홀히 여겨지지는 않았던가? 포스트콜로니얼리즘의 접두사 'post'가 '넘어서'의 방향이 아니라 '다시'(re-colonialism)의 길로 구부러진 적은 없었던가? 글을 마치면서 이런 질문이 다시금 절실하다.

제4장

한국 근대문학 연구와 식민주의

김철·황종연의 담론틀에 관한 비판적 검토

1. 논의의 출발점

한국문학 연구는 1990년대 후반 무렵부터 그 앞시기와 뚜렷이 구별되는, 그리고 그러한 차별성을 적극 강조하는 학문적 지향이 주도해왔다. 이 새로운 조류에서 비판대상이 된 선행단계의 문제성은 '민족이라는 인식단위에 집착한 연구, 근대를 향한 단선적 진보사관, 이들을 희망적으로 결합한 내재적 발전론의 구도'로 요약할 수 있다. 이에 대한 비판은 상당한 설득력을 발휘하여 별다른 논쟁 없이 학계에 안착하고, 2000년대 중엽에는 주류적 담론의 위상을 차지했다. 이와 병행하여 조선 후기 문학 연구의 좌표가 모호해지고, 근대문학이 한국문학 연구의 중심으로 떠올랐다. 아울러 근대문학의

* 이 글의 초고는 고려대 민족문화연구원의 HK월요모임(2010.1.11)에서 발표되었다. 그날의 토론자 정병호 교수와 한국문화연구단 동료 교수들이 베풀어준 논평·조언에 감사한다.

여러 국면들은 '번역된 근대'와 '식민지 근대성'이라는 개념축을 중심으로 새로운 담론 공간에 재배치되었다.

1960년대의 후반부터 80년대까지 한국문학 연구를 주도한 내재적 발전론이 90년대에 와서 심각한 회의와 도전에 직면하게 된 것은 불가피한 귀결이었다. 거세게 쏟아진 비판의 내용이 모두 적절한 것은 아니었다 해도, 내재적 발전론이 20여년간의 공헌과 더불어 산출하거나 넘어서지 못한 문제들 또한 가볍지만은 않았기 때문이다. 이에 관한 논란은 내재적 발전론의 기본 지향에 동의하는 연구자들 사이에서 이미 80년대부터 오가고 있었으나, 패러다임의 외부로 완전히 나가지 않은 토론으로는 환골탈태가 이루어질 수 없었다.

그런 점에서 1990년대 후반 이래 한국문학 연구에 등장한 새로운 흐름은 문제설정 방식에 대한 근본적 재검토를 촉구하는 저항담론으로서 기여한 바가 중대하다. 비판적 언사의 격렬함이나 논리의 편향성이 다소 있었다 해도 별로 문제될 바는 아니다. 기존의 지배적 패러다임이 적절하게 다루지 못한 문제들을 부각하고 주류담론의 전일적(全一的) 타당성을 문제 삼기 위해 전략적 강조가 과도하게 구사되는 것은 학문적 변혁의 국면에 흔히 있는 일이다.

다만 저항담론이 성장하여 주류적 담론의 위상을 획득하게 될 때, 당초의 의도와 무관하게 새로운 책임이 발생한다. 주류담론은 해당 학문분야에서 현저하게 우월한 전망을 보유하고 의제와 그 실현 방향을 제시할 수 있어야 하기 때문이다. 내가 보기에 내재적 발전론은, 그 이월 가치를 어떻게 평가할 것인가는 별도로 하고, 살아 있는 담론틀이라는 역할을 떠나 이제 연구사의 일부분이 되었다. 따라서 우리는 불가피하게 1990년대 후반 이래의 새로운 연구동향 속에 새로운 주류담론으로서 설득력과 전망이 있는지 물어야 한다. 아울러 그것이 저항담론으로 기능하던 단계에 대한 관용은 이제 폭넓은 연구를 이끄는 담론틀로서의 역량에 대한 질문으로 바뀌어야 한다.

이 글은 그런 시각에서 김철(金哲), 황종연(黃鍾淵)이 1990년대 후반 이래의 연구에서 제출한 주요 논점과 명제들을 '담론틀'의 차원에서 검토하고자 한다. 물론 해당 시기의 한국 근현대문학 연구가 모두 이들의 영향력 범위에서 이루어진 것은 아니며, 두 학자 사이에 학문적 지향의 동질성이 크다고 보기도 어렵다. 그럼에도 불구하고 이들을 함께 거론하는 이유는 위에 언급한바, 내재적 발전론과 '민족주의적 국문학 연구'에 대한 비판에서 협력의 실질이 뚜렷할 뿐 아니라 대안적 사유의 주요 항목으로서 '타자의 작용'을 중시한다는 점에 있다.

이들의 학문적 성과를 담론틀의 차원에서 고찰한다는 것은 특정 논저의 타당성을 개별 연구의 차원에서 다루기보다 그것이 함축하는 전제와 문제인식 구도에 주목하고, 그 범례적 가치를 평가한다는 뜻이다. 굳이 설명할 필요도 없겠지만 문제를 제출하는 방식은 담론의 방향과 귀결에 대한 한정을 내포하는데, 그 한정성은 담론 내부자의 시야에서 안 보이기 쉽다. 내가 희망하는 바는 두 학자의 담론틀을 이웃의 시각에서 살핌으로써 오늘날의 한국문학 연구가 한걸음 더 나아갈 수 있는 여백을 만들어보자는 것이다.

2. 식민주의의 특권화

김철과 황종연은 학문적 개성과 관심사가 상당히 다른 학자들이다. 김동리(金東里)의 「황토기」에 대한 해석에서 그 차이가 예각적으로 드러난 바 있다. 김철은 이 작품에서 파시즘의 야수성과 파괴·소모의 미학을 읽어냈고,[1] 황종연은 작중인물들의 "자멸에 이르는 행동은 바로 그 소모적인 성격을 특별히 강조하는 서사적 절차 때문에" 파시즘 같은 이데올로기를 "오히려 의심과 반성의 거리를 두고 지각하게 만든다"라고 옹호했다.[2] 이런저런 차이에도 불구하고 그들의 '약속되지 않은 협력'이 가능했던 까닭은 1980년대까지의 '국문학' 연구에 대한 비판에서 입장과 논리구성 방식이 유사하거나 상보적이었기 때문이다. 그리고 그것은 앞시대의 지배적 패러다임을 문제화하는 저항담론으로서 의의가 충분했다.

이하에서 논하고자 하는 것은 그러한 지적 도전이 주류적 담론틀의 위상을 차지하게 된 시점에서 피할 수 없는 포괄적 적용력의 문제다. 이 장에서는 두 사람이 공통적으로 견지하는 관점을 먼저 다루고, 다음 장에서 황종연의 개별적 논리를 따로 검토하기로 한다.[3]

김철과 황종연은 민족주의와 근대문학이 모두 식민지시대의 산

---

1 김철 「김동리와 파시즘」, 『국문학을 넘어서』(국학자료원 2000) 31~59면.
2 황종연 「문학의 옹호」, 『문학동네』 26호(2001 봄) 396~98면.
3 이것은 지면 제한 때문에 김철의 '민족주의-파시즘' 구도에 대한 검토를 본고에서 유보한 결과일 뿐, 두 사람의 학문적 공헌도에 대한 평가와는 무관하다.

물일 뿐 아니라 식민성과 분리해서 생각할 수 없다고 본다. 달리 말하면 이들은 모두 식민 기원(紀元) 이후의 것이며 식민성의 발현형태라는 인식이 담론틀의 대전제가 된다. 김철은 다음과 같이 말한다.

지금 우리가 읽고 쓰고 말하는 한국어와 한국문학은 일제 식민지 기간에 그 기본적인 틀이 형성되고 자리가 잡혔다. 식민지가 근대며 근대는 식민지이다.[4]

위의 인용에서 첫 문장은 자강운동기(1890~1900년대)의 비중을 상대적으로 절하하면서 식민지시대의 변화를 강조하기 위한 얼마간의 과장으로 이해될 법하다. 그러나 "식민지가 근대며 근대는 식민지"라는 명제로써 김철은 이러한 수사학적 양해의 가능성을 차단하고, '식민지＝근대'라는 구획을 선언한다. 윤해동(尹海東) 역시 "모든 근대는 당연히 식민지 근대이다"라고 말한 바 있는데,[5] 한국사는 물론 세계사를 두루 포괄하는 이 전칭명제들의 논거나 참조된 연구의 출처가 무엇인지는 분명하지 않다. 그런 가운데 황종연은 같은 생각을 공유하면서 다음과 같이 논했다.

민족문학론의 소재는 물론 민족에 내재하는 것이지만 그것을 바로 민족문학으로 인식하는 기술 또한 민족에 내재한다고 보는 것은 검증이 필요한 생각이다. 민족문학론은 근대적 민족을 '발

---

4 김철 『복화술사들: 소설로 읽는 식민지 조선』(문학과지성사 2008) 9면.
5 윤해동 외 엮음 『근대를 다시 읽는다』 1권(역사비평사 2006) 31면.

명'하는 모든 정치적, 문화적 기술과 마찬가지로 자발적으로 형성되지 않는다. 에티엔느 발리바르는 민족 형식의 발생을 자본주의적 세계시장의 서열적 편성과 관련하여 설명하는 가운데, "어떤 의미에서 모든 근대적 민족은 식민지화의 산물이다. 그것은 언제나 얼마만큼은 식민지가 되었거나 아니면 식민지를 가졌으며, 때로는 식민지가 되는 동시에 식민지를 가졌다"고 말하고 있다. 민족문학의 담론을 포함한 모든 민족의 테크놀로지는 어쩌면 식민주의의 산물인지 모른다.[6]

인용된 마지막 문장에서 "(…)인지 모른다"라고 완곡하게 표현했지만, 후일에 쓴 글들까지 참조하면 황종연의 입장은 확신에 가깝다. 그렇게 보도록 하는 근거가 발리바르의 말인데, 내가 보기에 이 대목은 부적절하게 전용(轉用)된 혐의가 있다.

월러스틴(I. Wallerstein)과 낸 공저에서 발리바르는 근대세계의 민족국가(nation)가 대두하는 요인을 논하기 위해 우선 맑스주의적 접근방법을 비판하고 다음과 같이 논리를 전개했다.[7] '민족(국가) 형성을 일국(내지 한정된 지역) 내의 자본주의적 생산관계에 기초를 둔 부르주아의 기획으로 설명할 수는 없다. 그보다는 브로델(F.

---

6 황종연 「문학이라는 譯語: '문학이란 何오' 혹은 한국 근대 문학론의 성립에 관한 고찰」, 『동악어문논집』 32호(동악어문학회 1997) 473면. 출처표시는 인용에서 생략했다.

7 Étienne Balibar, "The Nation Form: History and Ideology," Étienne Balibar and Immanuel Wallerstein, *Race, Nation, Class: Ambiguous Identities* (London: Verso 1991). 이하의 내용은 87~91면 요약.

Braudel)과 월러스틴의 견해처럼, 세계체제의 주변부에 대한 중심부의 지배 속에 상호 간의 경쟁적 도구로서 민족국가들이 형성된 것이다. 하지만 이것만으로는 불충분하다. 부르주아가 선택하는 국가형태는 역사의 국면에 따라 다를 수 있다. 민족부르주아가, 산업혁명 이전일지라도, 궁극적으로 승리한 것은 그들이 현존하는 국가의 무력(武力)을 국내외적으로 구사할 필요가 있었기 때문이며, 또한 농민과 변두리 시골까지를 새로운 경제질서에 복속시킴으로써 시장과 "자유로운" 노동력의 공급처로 전환할 필요가 있었기 때문이다. 결론적으로 민족국가 형성은 순수한 경제논리의 산물이 아니라 나라마다 다른 역사와 사회 변화를 동반한 계급투쟁의 구체적 결과다.'

  황종연이 인용한 대목은 이중에서 '세계체제의 불평등 관계 속에 이루어지는 경쟁이 민족국가 형성을 촉발했다'는 내용 뒤에 첨부된 수사학적 보충물이다. '어떤 의미에서는'(In a sense)이라는 표현이 명시하듯이 그것은 사실명제가 아니라 세계체제의 불평등성이 전지구적이라는 것을 강조하기 위한 수사적 과장이나 비유일 따름이다. 이 대목을 앞뒤의 맥락에서 분리하는 순간 '어떤 의미에서'의 유보적 기능이 모호해지고 인용문은 사실명제처럼 오인되는데, 황종연의 논리는 바로 이 어긋남의 자리에 발딛고 있다.

  식민지가 있거나 식민지인 지역에서만 민족주의가 발생한다는 주장은 몇몇 나라의 사례를 살펴보아도 지탱될 수 없다. 16세기부터 시작되는 근대 식민지경영의 역사에서 가장 앞섰던 스페인의 경우를 보자. 한때는 아메리카대륙에 최대의 식민지를 보유했던 스페인 역사에서 민족주의의 모습은 매우 늦고도 희미하다. 스페인은 식민제국의 영광이 참혹하게 추락한 뒤 1807년에는 나뽈레옹의 지배 아래 놓였으며, 1820년대에는 아메리카대륙의 식민지 대부분을 상실했다.[8] 그런 가운데서 19세기 중엽에 까딸루냐와 에우스까디(바스끄) 지역에서 종족적 민족주의의 움직임이 형성되었으나, 그것은 스페인 국가의 일체성에 균열을 초래하는 것이었다.[9] 1821년에 스페인에서 분리된 멕시코는 파란만장한 내전과 외부세력의 침략을 겪은 뒤 20세기 초에 와서 멕시코혁명(1910~17)에 성공했다. 그 앞의 시대에 조성된 원형적 민족주의(proto-nationalism)가 있기는 해도, 본격적 의미의 민족주의는 혁명기와 그뒤의 현상이다.[10]

좀더 주목할 일은 한국·중국·베트남·인도의 비교에서 드러난다. 이 지역들에서는 대체로 1900년을 전후한 시기에 민족주의운동이 대두했다. 이 같은 현상은 민족주의를 식민주의의 필연적 부산물로만 보는 경우 제대로 설명되지 않는다. 인도 민족주의의 주역은 오랜 동안의 식민체제 아래서 성장하고 식민 본국의 언어로 교육받은 중간계급 지식인들이었다.[11] 베트남의 응우옌 왕조는 1858~85년에 프랑스에 복속되었는데, 그 민족운동의 초기 지도자인 판 보이 쩌우(1867~1940)는 유교적 교육을 받았고 1885년의 근왕운동에 참여했

---

8 레이몬드 카 외 『스페인사』, 김원중·황영조 옮김(까치 2006) 246~57면 참조.

9 Anthony D. Smith, *National Identity* (Reno: University of Nevada Press 1991) 59면.

10 이성형 『라틴아메리카의 문화적 민족주의』(길 2009) 64~69면; Douglas W. Richmond, "Nationalism and Class Conflict in Mexico, 1910-1920," *The Americas*, Vol. 43, No. 3(1987) 참조.

11 조길태 『인도 민족주의 운동사』(신서원 1993) 27~68면 참조.

다가 실패한 뒤 민족주의로 전환하여, "전근대적인 반식민주의 투쟁과 근대적인 민족주의 운동을 연결하는 교량"[12] 역할을 했다. 아직 식민지가 아니던 1890년대에 형성되어 반식민지 상태인 1900년대 후반까지 급속하게 성장한 조선의 민족주의자들은 전통적 교육의 기반 위에 근대지식을 접합했으며, 이 시기의 신교육은 대한제국의 '국민 만들기'와 민간영역의 자강운동 프로젝트 속에 있었다.[13] 중국 역시 제국주의 열강에 수많은 이권과 조차지(租借地)를 빼앗겼지만 특정세력의 식민지가 되지 않은 상태에서 민족주의가 대두하고 민국혁명(1911), 5·4운동(1919)으로 나아갔다. 요컨대 민족주의가 식민지라는 자궁 안에서 제국주의의 씨를 받아 회임(懷妊)·발육하는 것이 필연적이며 다른 경로는 가능하지 않다고 정식화할 수 없는 것이다. 바로 이 점이 근대민족(국가)의 형성을 세계체제의 불균등한 역학 속에서 파악하는 발리바르—월러스틴의 관점에 동의할 수는 있어도, 황종연의 인용과 논법에는 수긍하기 어려운 이유다.

그는 민족적 자기인식과 표현을 식민성의 계보학 속에서 규정하려는 의욕이 과잉한 나머지 문일평(文一平)의 신라통일 요인론을 하야시 타이스께의 받아쓰기로 논한 적이 있거니와,[14] 3·1운동의 '만

---

12 유인선 『새로 쓴 베트남의 역사』(이산 2002) 318면. 다음 논문도 함께 주목할 만하다. 노영순 「러일전쟁과 베트남 민족주의자들의 유신운동」, 『역사교육』 90호(역사교육연구회 2004).

13 Yoonmi Lee, *Modern Education, Textbooks and the Image of the Nation: Politics of Modernization and Nationalism in Korean Education, 1880-1910* (New York: Garland Publishing 2000) 참조.

14 김흥규 「신라통일 담론은 식민사학의 발명인가」, 『창작과비평』 145호(2009 가

세' 행위에 대해서도 놀라운 추론을 제시했다. 즉, 그것은 1889년에 일본제국 헌법이 공포될 때 메이지 텐노오(明治天皇)를 송축한 '반자이(萬歲)'에서 왔을 공산이 크고, '반자이'는 또 유럽인들의 '후레이'(hooray)에서 왔으니, "이러한 만세 의식의 바탕에 흐르는 모방의 심리는 민족국가의 이념에 대해서 무엇인가 중요한 암시를 한"다는 것이다.[15]

이것은 어쩌다 생긴 실수라고 보아 넘기기에는 너무 심각한 오류다. '만세'는 한문문화권에서 군왕의 덕과 영광을 송축하기 위해 일찍부터 쓰인 관용어로서, 한국의 용례 또한 풍부하다.[16] 3·1운동은 식민지지배에 대한 저항일 뿐 아니라 군주에 대한 충성의 어휘 '만세'를 '조선독립'이라는 공동체 주권의 열망에 귀속한 결정적 사건이기도 했다. 그런 의미에서 당시의 시위자들은 고종(高宗)과 함께 왕조적 질서에 대한 역사의 장례를 치른 셈이다. 이런 맥락을 시야에서 차단하고 3·1운동의 '만세'를 '후레이, 반자이'의 모방으로 보는 발상법 자체에 대해 나는 염려하지 않을 수 없다. 황종연은 위의

을) 390~93면 참조.

15 황종연 『비루한 것의 카니발』(문학동네 2001) 97~98면.

16 '三呼萬歲' '呼萬歲' '山呼萬歲' '嵩呼萬歲'의 형태로 구문화된 용례만도 『조선왕조실록』에 30회, 19세기 초 이전 인물들의 문집에 75회가 발견된다. 『조선왕조실록』의 첫 용례로는 고려 우왕(禑王) 6년(1380) 8월에 왜구가 남해안을 침범했을 때, 이성계의 부대가 이를 물리치고 잔치를 벌이니 "군사들이 모두 만세를 불렀다"고 한다. 1909년 7월 5일에는 순종(純宗)이 동적전(東籍田)에 나가 보리 베는 의식을 행한 뒤 "관리와 백성들이 일제히 만세 환호를 했다"는 것이 『실록』에 기록된 마지막 사례다. 「태조실록(太祖實錄)」 總序, 辛禑六年 八月; 「순종실록(純宗實錄)」 二年 七月 五日 참조.

추리에 이어서 "개인의 경우에든, 집단의 경우에든, 주체의 욕망은 모방된 욕망, 결국의 타자의 욕망"이며 이것이 "민족 주체의 아이러니"라 했다.[17] 그처럼 모든 반식민운동과 민족담론들을 제국주의가 발신하는 일방적 회로 속의 반사체(反射體)로, 그리고 대개는 저급한 복제품으로 전제하는 담론틀이 정당화될 수 있는 것인지도 아울러 의심스럽다.[18]

　김철은 동질적인 입장에서 좀더 뚜렷하게 식민주의에 대한 민족주의의 종속적 학습관계와 이에 따른 상동성(相同性)을 주장한다. "식민지 민족주의는 자신의 적(제국주의)으로부터 배우면서 성장"했으며, "배우면 배울수록, 그는 적의 모습에 가까워질"[19] 수밖에 없다는 것이다. "식민지에서의 근대적 지식의 생산이 식민 종주국에 전적으로 의존할 수밖에 없다는 것은 불문가지의 사실"이라는[20] 확신도 이와 다르지 않다. 이런 전제 위에서 그는 식민지시대의 '조선학'이 지니는 제국 예속성의 필연을 주장한다.

---

17 황종연 『비루한 것의 카니발』, 98면.
18 이런 의문과 함께 아래의 견해들을 음미해보는 것도 유익할 듯하다. "유럽의 식민지들은 유럽의 이미지에 따라서 제작되거나 그 이익에 맞게 조형될 수 있도록 텅 빈 공간들이 아니었으며, 유럽국가들 또한 특정 시점에서 해외에 투사된 자기완결적 실체들이 아니었다." Ann Laura Stoler and Frederick Cooper, "Between Metropole and Colony: Rethinking a Research Agenda," *Tensions of Empire: Colonial Cultures in a Bourgeois World* (Berkeley: University of California Press 1997) 1면.
19 김철 『'국민'이라는 노예』(삼인 2005) 37면.
20 김철 「갱생의 道, 혹은 미로」, 『민속문학사연구』 28호(민족문학사학회 2005) 343면.

주시경·김두봉 등의 어문 연구, 최남선의 조선사, 안확·정인보·신채호 등의 국수(國粹), 이광수의 민족개조론 등의 '조선(학)'이 각각의 편차와 개성에도 불구하고, '제국'을 경유한 근대적 학적 체계라는 '보편'의 매개를 통해 자신을 정립해갔던 것은 특별히 놀랄 만한 것이 못된다. (…) 일본 제국주의의 다민족주의적 지배 아래서 조선민족의 자기확립이란, 제국의 영토 안에서 민족의 '특수한' 영역을 분절(分節, articulate)함으로써 '민족주체'를 명료(articulate)하게 하는 것이다. 요컨대, 제국이 랑그(langue)라면 민족은 빠롤(parole)인 것이다. 이 영역을 둘러싸고 벌어지는 헤게모니의 쟁투, 그것이 이른바 '민족운동'인 것이다. (…) 결국 분절화를 통해 확립되는 민족의 정체성은 보다 근원적인 구조, 즉 제국의 존재를 불문에 붙이면서 그 대가로 민족 영역의 자율성 및 특수성을 보장받음으로써 확보되는 것이다.[21]

식민지하의 민족주의나 조선학이 식민자에게 배우고 모방한 바가 많으며, 불가피하게 혼종적이라는 견해라면 나로서도 아무 이의가 없다. 그 혼종성의 내력을 은폐함으로써 민족주체의 순결함을 강변해온 논법들을 타파해야 한다는 주장에도 동의한다. 그러나 식민체제에 저항하거나 전면적 굴종 이외의 길을 찾으려 한 여러 모색들이 일본 제국주의에서만 배우고 그것을 닮는 방향으로만 움직였다

---

21 김철 「'결여'로서의 국(문)학」, 『사이』 1호(국제한국문학문화학회 2006) 35~37면.

고 총체화할 수 있는지는 의문스럽다. 김철은 민족주의와 민족적 자기탐구인 조선학(1946년 이후의 국학)을 비판하려는 열정에 사로잡힌 나머지 이들을 손쉽게 본질화하고 일본 제국주의의 종속적 파생물로 몰아넣은 것이 아닐까.

　김철의 논리가 지닌 첫째 문제는 당대의 상황을 '제국 일본 대 식민지 조선'이라는 구도로만 상정하고 그 외부영역은 진지하게 고려하지 않는다는 점이다. 그러나 19세기말 이래로 세계는 조선인들의 사고와 담론 영역에 들어와 있었다.[22] 『혈의 루』(1906)에서 옥련과 구완서는 서양문명을 공부하기 위해 미국으로 갔으며, 『무정』(1917)에서 이형식과 김선형은 시카고대학으로, 김병욱은 베를린으로 유학했다. 이광수(李光洙)는 처지가 그들만 못한 박영채를 일본에 유학시켰다. 그런 소설적 처리가 유치하다고 일소에 붙일 일은 아니다. 위의 행선지들이 보여주는 것은 당대인들의 의식 속에 그려진 문명적 위계의 지도이며, 그 속에서 일본은 반주변부화되어 있다. 상하이 등의 동아시아 도시들은 제국주의시대의 다단한 역학관계와 갈등을 보여주는 공간으로 열려 있었다. 각종 매체를 통해 오가거나 은밀하게 유통되는 바깥세계의 정보·지식들은 총독부의 규제에도 불구하고 일본의 역량과 식민주의를 상대적 시각에서 볼 수 있도록 했다. 『동아일보』 등의 신문은 3·1운동 이후 3월이 올 때마다 인도,

---

22 김명호 『초기 한미관계의 재조명』(역사비평사 2005); 최덕수 『대한제국과 국제환경』(선인 2005); 나가타 아키후미 『일본의 조선통치와 국제관계』, 박환무 옮김(일조각 2008); 유선영 「일제 식민 지배와 헤게모니 탈구」, 『사회와 역사』 82호(한국사회사학회 2009) 참조.

필리핀, 아일랜드, 중국 관련 기사와 논설을 통해 조선문제에 국제적 상상과 비유를 부여했다.[23] 조지 오웰 같은 작가조차 '사악하고 신비한 여신'으로 타자화한 수동적 인도를, 조선의 지식인들은 역동적 공간으로 포착하고자 했으며, 서구 오리엔탈리즘의 그물로부터 비켜나서 인도에 대한 연민과 반제국주의적 연대의식을 표명하기도 했다.[24] 이처럼 현실의 차원에서든 관념·상상의 차원에서든 작용하는 다자(多者)관계의 장력을 고려하지 않은 채 역사를 보는 것은 의도에 관계없이 식민−피식민의 폐쇄회로 속에서 식민주의를 특권화하는 결과를 초래한다.

둘째 문제는 식민체제하의 행위자들을 제국 일본의 지배구도에 갇힌 종속적 존재로만 보려는 경향이다. 근대 분과학문 체계에 따른 지식 추구가 식민지시대에 창출된 것인가도 논란의 여지가 많지만, 일본을 경유한 학문체제의 매개를 전제할 경우에도 그 분과틀 안에서 이루어지는 지적 활동의 의미를 반드시 식민체제에 종속하는 것으로 한정할 수는 없다. 그런 점에서 앞의 인용문이 주시경(周詩經)·김두봉(金枓奉)·안확(安廓)·정인보(鄭寅普)·신채호(申采浩)를 위치 짓는 방식은 납득하기 어렵다. 지식은 억압과 포섭의 힘이면서 동시에 균열을 만들고 이탈하며 저항하는 힘일 수 있다. 후자의 역할과 기억만을 강조한 '국(문)학'의 나르시시즘을 비판한다고 해서 전자의 작용을 과도하게 강조하는 것이 정당화되지는 않는다.

---

23 류시현「1920년대 삼일운동에 관한 기억」,『역사와현실』74호(한국역사연구회 2009.12) 188~89면 참조.
24 이옥순『식민지 조선의 희망과 절망, 인도』(푸른역사 2006) 6, 223~24면.

제국을 통합적 전일체로, 식민지의 민족들을 그 개별적 실현태로 설정하는 것은 제국주의가 특정 국면에서 취하는 전략일 수 있다. 경성제국대학(1923~45)에 설치된 조선어문학 전공이 그런 계산의 일환이었으리라는 것도 의심할 여지가 없다. 하지만 그 졸업생인 조윤제·김재철·고정옥(그리고 원래 중국문학 전공이던 김태준) 등과 구학문 세대인 주시경·정인보 등을 포함하여 식민지시대의 조선학 연구자들이 "제국의 존재를 불문에 붙이면서 그 대가로 민족 영역의 자율성 및 특수성을 보장받"는 분절화에 봉사했다는 논법은 매우 의심스럽다. 그것은 제국주의의 기획만이 언제나 마음먹은 대로 관철된다는 것을 전제해야 가능한 일반화이기 때문이다. 이를 주장하기 위해 김철이 'articulate'라는 영어단어를 활용한 것은 흥미로운 착상이지만 논리적 설득력은 희박하다. 이 단어에 함축된 '분절'이란 어떤 물체의 절합(節合)된 일부분인 '마디'에 의미 근거를 둔 것이며, '(음절을 나누어) 분명하게 발음하다'라는 용법 또한 문장이나 단어의 전체성을 전제로 한다. 이런 함축성을 이용하여 '민족주체를 명료하게' 하는 것과 '그것을 제국의 일부로서 분절·인정'하는 것이 상통한다는 논법은 이미 정해진 믿음을 수사학적으로 강조하는 듯한 느낌을 준다. 자립적 공동체의 자격을 부인당한 집단의 지식인들이 모멸의 현재 저편에서부터 자신들의 정체성을 재구성하려 한 것은 식민주의에 대한 합법적이고도 유효한 저항의 방식이었다. 그것에 있을 수 있는 문제성에 대한 비판은 따로 필요하더라도, '우리는 너희의 일부분이 아니다'라는 지적 모색을 제국화된 지방의 '분절, 명료화'로 보는 논의구도에는 찬성할 수 없다.[25]

김철은 일본어와 조선어로 이중언어 글쓰기를 한 장혁주·김사량을 논하는 자리에서 "'협력'/'저항'의 완고한 이분법적 민족주의적 관점이 포착할 수 없는, 식민지에서의 끝없이 다양하고 복잡한 삶의 실상들"을 파악하는 안목을 요망했다. 이들의 이중언어 글쓰기에 나타나는바, "피식민자가 제국의 언어를 사용하는 가운데 발생하는 무수한 이화(異化)와 뒤섞임들은 제국의 언어적 정체성과 그 권력을 위협하는 요인이 된"다는 것이다.[26] 이러한 독법의 필요성에 공감하면서, 한편으로 나는 김철이 일제하 조선어운동과 조선학연구에 대해 같은 수준의 성찰조차 거절하고 있지 않은지 의문을 느낀다. 내가 보기에는 민족주의의 억압성과 민족주의–파시즘의 친연성에 대한 확신이 여기에 과도하게 작용한 듯하다. 그 부정적 성격을 비판하기 위해 민족주의나 민족담론들을 본질화하고 식민주의의 종속적 산물로 환원하는 것은 매우 명쾌하고 강력한 논리구도임에 틀림없다. 하지만 이런 담론틀은 당초의 의도와 상관없이 식민주의를 특권화하고, 그 아래 있는 행위자들을 제국헤게모니의 파생물이나 부산

25 여기서 다음과 같은 지적을 음미해볼 만하다. "식민지 조선의 형성, 발전, 통치에서 피식민주체들은 단순한 배경막이 아니었다. (…) 섬〔일본〕과 반도〔조선〕 사이의 상호작용(즉 '충격'에 대한 '반응'이라는 도식만으로는 이해될 수 없는 역학적 관계)에 유의해야 우리는 일본 제국 연구를 압도해온 중심부 위주 시각의 문제점들을 피할 수 있다." Andre Schmid, "Colonialism and the 'Korea Problem' in the Historiography of Modern Japan: A Review Article," *The Journal of Asian Studies*, Vol. 59, No. 4 (November 2000) 973면.

26 김철 「두 개의 거울: 민족담론의 자화상 그리기」, 『상허학보』 17호(상허학회 2006.6) 164면.

물로 간주하는 시선을 도입한다.[27] 이런 종류의 필연론을 벗어나지 못하는 한 역사의 중층성과 다면성을 포착하기는 어려울 것이다.

3. '번역된 근대'와 소설/노블

근대를 식민 기원(紀元)의 시간구획 속에서 보고 그 외래성을 일방적으로 강조하는 역사인식은 김철과 황종연의 문학사 이해에서도 뚜렷하게 나타난다. 그들이 모두 이광수에 각별한 관심을 보이는 것도 이 때문이다. 이광수는 「문학의 가치」(1910), 「문학이란 하(何)오」(1916) 등의 평론과 『무정』(1917)을 통해 '근대적' 문학의식과 창작상의 실천을 보인 선구자인 동시에, 그런 문학적 개안(開眼)과 민족담론이 식민상황과 맺은 수수(授受)관계의 본보기이며, 식민지시대 말기에는 군국주의 일본에 가장 적극적으로 협력한 문제적 거인이기 때문이다. 그리하여 1990년대 후반 이래 이광수는 식민지 근대성의 전형으로 다시금 각광받으며 의미가 착잡한 정전(正典)의 자리

---

27 나는 민족주의 자체를 옹호하거나, 저항적·침략적인 것을 나누어 선별적으로 긍정하려 하지 않는다. 내가 제안하고 싶은 바는 긍정/부정의 본질론을 떠나 그 것을 담론적 현상들로 역사화하자는 것이다. 이 경우 민족주의는 '민족이라는 기표를 중심적 자원으로 동원하는 담론들의 집합' 정도가 될 것이다. 그 담론들이 상이한 계기 속에서 어떻게 등장하고 권위화/도구화되며 전유·상속·폐기되는지를 살피는 역사적 시각이 긴요하다. 임지현이 민족주의를 '2차적 이데올로기'라 한 것은 이런 점에서 매우 주목할 만한 착안인데, 지속적인 탐구기 제시되지 않아서 아쉽다. 임지현 『민족주의는 반역이다』(소나무 1999) 9면 참조.

에 배치되었다. 이에 대해 의견이 없지 않지만, 내가 여기서 거론하고 싶은 것은 그를 포함하여 '신문학 초창기'를 다루는 방식이나 담론틀의 문제다.

황종연은 「문학이라는 역어」와 「노블, 청년, 제국」이라는 두 논문에서 한국 근대문학의 성립에 관해 매우 과감한 인식의 틀을 제시했다. 그 핵심은 1910년 무렵부터 이광수가 주창하고 실천한 '문학, 소설'이 각각 'literature, novel'의 번역어였으며, 이 새로운 관념과 쯔보우찌 쇼오요오(坪內逍遙, 1859~1935)의 『소설신수(小說神髓)』(1885~86) 등에서 얻은 지식을 바탕으로 그가 과거의 소설을 거부하고, 문학의 심미적 자율성과 내면성을 중시하면서 "제국적, 전지구적 근대성의 문화에 적응"하는[28] 문학의 행로를 한국에서 개시했다는 것이다.

동아시아 문화에서 근대는 서양의 담론들을 수용하고 그것에 비추어 자신을 재인식하고 재구축하는 과정과 함께 시작되었다. 문학이라는 역어의 동아시아적 일반화를 비롯한 번역, 번안, 전유와 그밖의 "통(通)언어적 실천"(translingual practice)은 그러한 근대화의 필수적인 절차였다. 그런 점에서 한 중국계 미국인 학자가 근대 초기 중국의 서양 및 일본과의 언어적, 문학적 접촉에 관한 연구에서 말한 '번역된 근대'(translated modernity)는 중국의 근대

---

28 황종연 「노블, 청년, 제국: 한국 근대소설의 通國家間 시작」, 상허학회 엮음 『한국문학과 탈식민주의』(깊은샘 2005) 292면.

만이 아니라 일본과 한국의 근대에도 들어맞는 것이다.[29]

노블은 유럽 제국주의의 팽창에 따라 다른 유럽산 상품들과 함께 유럽 대륙의 바깥으로 퍼져나갔다. (…) 소설에서의 근대는 문화에서의 근대와 마찬가지로 한 국가의 경계 내에서 독자적으로 성립하지 않는다. 그것은 오히려 국가들 사이의 경계를 넘어서는 문학 및 문화 교환의 과정에서 형성된다. (…) 한국 근대소설을 올바로 이해하려면, 그것의 진정 근대적인 성격을 올바로 이해하려면 그것의 형성에 개입한 통국가간(transnational) 장르, 관념, 실천, 제도에 유념해야 한다.[30]

동아시아 문학의 근대적 전환기에 19세기 서양의 '문학' 개념과 노블이라는 모델이 매우 중요한 영향원이었음은 분명하다. 이에 관한 '통언어적·통국가적' 성찰, 즉 "국가들 사이의 경계를 넘어서는 문학 및 문화 교환의 과정"에 대한 해명이 필요하다는 지적도 타당하다. 황종연의 담론틀이 지닌 문제는 이 국면의 핵심인 '넘어서'(trans-)의 작용방식, 성격, 결과에 대한 이해가 매우 단순하고 일면적이라는 데 있다. 달리 말하면 '번역된 근대'라는 개념을 사용하면서 황종연은 문화 간 번역의 투명성 여부를 충분히 고려하지 않은 채 논리를 전개한다.

---

29 황종연 「문학이라는 역어」, 앞의 책 459면. 리디아 리우(Lydia Liu) 참조 각주는 인용에서 생략했다.
30 황종연 「노블, 청년, 제국」, 앞의 책 266~68면.

여기서 우리는 다음과 같은 질문을 생각해볼 필요가 있다. 다른 문화에서 어떤 담론을 수용하고 그것에 비추어 자신을 재인식하고 재구축한다고 할 때, 원천담론과 수용된 담론은 등가적(等價的)인가, 아니 등가가 될 수 있는가. 차이가 생긴다면 그 원인은 무엇이며, 작용은 어떠한가. 수용하는 자아와 재인식되는 자아, 재구축되는 자아는 인식·실천의 장에서 순차적으로 대기하는 존재들인가, 아니면 서로 간섭하고 상호작용하는 세력들인가.

이 문제와 관련해 나는 리디아 리우의 공헌이[31] 각별히 주목할 만하다고 본다. 황종연은 리우의 용어(translingual practice, translated modernity)를 인용하면서도 그녀의 핵심 전제인 '언어적 횡단의 불투명성'에는 주의하지 않은 채, 번역을 원천언어가 문화의 경계를 수월하게 관통하여 목표언어에 의미의 식민지를 창출하는 행위인 것처럼 논했다. 리우는 이런 유형의 번역관념이 초래할 수 있는 서구중심적 왜곡을 비판하며, 원천언어(source language)를 '손님언어'로, 목표언어(target language)를 '주인언어'로 바꾸어 사용한다.

넓게 정의하자면, 언어횡단적 실천에 관한 연구는 손님언어 (guest language)와의 접촉/충돌에 의해, 혹은 그것에도 불구하고 주인언어(host language) 내부에서 새로운 단어·의미·담론·재현

---

31 Lydia H. Liu, *Translingual Practice: Literature, National Culture, and Translated Modernity – China, 1900-1937* (Stanford: Stanford University Press 1995), 민정기 옮김 『언어횡단적 실천』(소명출판 2005). 'translingual'은 이 국역본처럼 '언어횡단적'으로 옮기는 것이 저자의 의도에 부합할 것이다.

양식이 생성되고 유포되며 합법성을 획득하는 과정을 조사하는 것이다. 어떤 개념이 손님언어에서 주인언어로 옮아갈 때 그 의미는 '변형'된다기보다는 오히려 주인언어의 현지 환경 속에서 창안/발명된다. 이런 차원에서 보면 번역은 정치적 이데올로기적 투쟁의 경쟁적 이해관계로부터 자유로운 중립적 사건일 수 없다. 번역은 바로 그러한 투쟁이 진행되는 장이 된다. 여기서 손님언어는 주인언어와 조우하도록 강제되며, 이들 사이의 환원 불가능한 차이 사이에 대결이 이루어지고, 권위가 불러들여지거나 도전받으며, 애매성이 해소되기도 하고 생성되기도 한다. 그러다 마침내 주인언어 자체에 새로운 단어와 의미가 부상한다.[32]

마찬가지 문제의식을 안고 『소설신수』를 검토해보면 쯔보우찌 쇼오요오가 추구한 바는 노블을 모형으로 삼아 새로운 장르를 창출하는 것이기보다는 당시까지의 일본소설을 '근대적'으로 개량하는 것이었음을 우선 주목하지 않을 수 없다.[33] 서구의 노블과 예술 담론들은 여기에 초대된 유력한 손님이자, 쇼오요오가 제출한 견해를 권위화하는 원천이기도 했다. 하지만 이 책의 내용 전체는 소량의 서구 예술론, 문학론, 수사학 서적에서 얻은 지식만의 구성물이 아니

---

32 리디아 리우, 앞의 책 60~61면.
33 그는 서문에서 자신의 의도를 다음과 같이 밝혔다. "이제부터 우리 소설의 개량 진보를 기도하면서 결국에는 서양소설[노블]을 능가하여 회화, 음악, 시가와 더불어 미술[예술]의 최고 위치에 있는 찬란한 우리들의 모노가나리를 보기를 바란다." 쯔보우치 쇼요 『소설신수』, 정병호 옮김(고려대 출판부 2007) 17면.

다. 쇼오요오는 모또오리 노리나가(本居宣長, 1730~1801)의 '모노노 아와레'론과, 쿄꾸떼이 바낀(曲亭馬琴, 1767~1848) 등의 에도시대 소설 유산을 다각도로 활용하여 새로운 소설이 지향해야 할 본질과 방법에 관한 논의를 구체화했다.[34] 간명하게 말하자면 『소설신수』는 당시까지의 일본 문학유산과 서구적 노블·예술 관념 사이에서 빚어진 긴장과 타협의 산물이다. 쇼오요오는 에도시대의 소설, 즉 게사꾸(戲作) 체험을 자양분으로 성장했으나 그것의 재생에만 머무를 수 없는 변화의 욕구에 직면했다. 이 욕구가 노블이라는 모델을 불러들이면서 새로운 소설의 모색으로 나아갔지만, 그 담론 구성은 게사꾸의 유산을 긍정적으로든 부정적으로든 참조하고 '인정(人情), 세태(世態)' 같은 재래적 어휘를 가져올 수밖에 없었다.[35] 『소설신수』에 자주 등장하는바, '노블 = 진정한 모노가따리·소설·패사(稗史)'라는 개념 결합은 1880년대를 전후한 시기의 메이지문학 장에서 전개된 언어횡단적 착종의 한 매듭이다. 근래의 『소설신수』론을 대표할 만한 저작에서 카메이 히데오(龜井秀雄)는 종래의 "근대/전근대라는 이분법"이 조장한 근대주의적 사시(斜視)를 비판하고, 좀더 균형

---

34 그는 게사꾸(戲作)를 탐독하고 그 주요 작가 중 하나인 쿄꾸떼이 바낀을 특히 좋아해서, 『소설신수』가 나오기 4년 전인 1881년경에는 '바낀류'를 흉내낸 소설 창작을 시도한 적도 있다. 스즈키 사다미 『일본의 문학 개념』, 김채수 옮김(보고사 2001) 288면; 김순전 「일본 근대소설의 이론과 실제: 쓰보우치 쇼요와 후타바테이 시메이를 중심으로」, 『일본학보』 49호(한국일본학회 2001) 306면 참조.
35 '인정, 세태'는 조선 후기와 자강운동기의 소설론에서도 자주 등장한 핵심 개념이다. 김흥규 「조선 후기와 애국계몽기 비평의 인정물태론」, 『한국 고전문학과 비평의 성찰』(고려대출판부 2002); 김경미 『소설의 매혹: 조선 후기 소설비평과 소설론』(월인 2003) 참조.

된 시야를 촉구한다. 쇼오요오가 "인간의 진실을 사적인 영역에서 구하는 '근대적'인 문학관"을 제창했다는 점과 함께, "바낀을 비판하면서 바낀에게 의존하고 있었다"라는[36] 것이 그의 음미할 만한 논점이다.

이처럼 복합적인 관계에 접근하는 방식에서 황종연이 취하는 입장은 '손님언어-주인언어'의 구도가 아니라 재래적 번역론과 비교문학의 '원천언어-목표언어'나 '발신자-수신자' 모델에 가깝다. 다음의 진술을 좀더 살펴보자.

유럽 부르주아 계급의 사회적, 문화적 가치와의 연관 속에서 성장한 노블은 유럽 제국주의와 식민주의의 역사를 통하여 그 기원에서 떨어져나와 비유럽사회에 침투하고 적응했으며, 그런 결과 그 사회의 근대적 문화 내에서 우세한 서사양식의 자리를 차지했다. 중남미, 아랍, 아시아 제국에서 노블은 전(前) 노블적 서사와 충돌하거나 타협하여 그 나름의 변별적 형태를 낳으면서 때로는 헤게모니에 대한 복종을 조장하기도 하고 때로는 저항을 촉진하기도 하는 서사적 테크놀러지가 되었다.[37]

위의 글에서 줄곧 문법적 주어의 자리를 차지한 '노블'은 한국문

---

36 가메이 히데오『'소설'론: 〈소설신수〉와 근대』, 신인섭 옮김(건국대출판부 2006) 109, 282면.

37 황종연「낭만적 주체성의 소설: 한국 근대소설에서 김동인의 위치」, 문학사와 비평학회 엮음『김동인 문학의 재조명』(새미 2001) 103~04면.

학을 포함한 비서구권 문학에 대한 황종연의 인식틀에서도 생성의 주어가 된다. '전(前) 노블적 서사와의 충돌, 타협'이나 그로 인해 생겨나는 '변별적 형태'가 원론적으로 언급되기는 하지만, 한국과 동아시아 근대소설에 관한 황종연의 논의에서 이런 현상에 대한 실질적 성찰을 찾아보기는 어렵다. 그의 담론틀은 노블이라는 방사체(放射體)가 세계 각지에 침투·적응하여 장르적 식민화를 달성한다는 '노블 제국주의'의 보편성에 대한 방법론적 의심을 별로 보여주지 않는다.

이런 입장을 취할 경우 노블은 비서구의 근대소설에 대해 생성의 원천이자 가치의 전거(典據)가 되기 쉽다. 그렇다면 특정 문학에서 언어횡단적 실천의 결과로 노블에서 어떤 거리가 발생하더라도 그것은 수신자 문화의 결함이나 미숙성의 징표일 것이다. 실제로 황종연은 그런 시각에서 접근한다. 쇼오요오는 작가의 초월적 전능성이 과도하게 구사되는 것을 바람직하지 않다고 했는데, 이에 대해 황종연은 "허구 창작 주체의 전능함을 비판한 쇼오요오의 발언은 (…) 노블형 허구의 이해를 제약한 일본 자체의 서사적, 문화적 전통의 맥락에서 검토할"만한 문제점이라는 시사를 던진다. 일본 사소설에 대하여 "허구 주체의 개념이 허약한 리얼리즘은 서양 노블과 같은 형식의 달성을 아무래도 어렵게 만든다"라고[38] 한 것도 동일한 관점이다. 그는 작가의 신적(神的) 권위를 주장한 김동인(金東仁)의 소설관을 높이 평가하면서도 실제 작품에서는 "톨스토이의 노블처

---

38 황종연 「노블, 청년, 제국」, 앞의 책 270~71면.

럼 장대한 허구적, 대안적 세계를 창조하려는 의지를 보여주지 못"
하고 "잘해봤자 그것의 미니어처에 불과한 단편소설"에 능했을 뿐
이라는 점을 한계로 지적한다.[39]

위의 사례들에서 우리는 노블 형성론에 잠재하는 척도(尺度)의 제
국주의가 떠오르는 모습을 본다. 쇼오요오의 작가 권능 제한론이 창
작 – 비평의 원리로서 어떤 가치가 있는지, 일본 사소설에 어떤 특장
이나 문제성이 있는지는 여기서 논할 사항이 아니다. 내가 의문스럽
게 여기는 것은 그것을 한계나 허약성으로 인지하는 담론의 시선이
다. 어떤 소설론이나 작품군에 대해서도 우리는 미숙성과 문제를 말
할 수 있다. 다만 그 미숙성을 규정하는 권위의 원천, 미숙하게 된 요
인을 설명하는 논법의 행로를 먼저 살펴보는 것이 중요하다. 문화 A
와 문화 B의 만남에서 어떤 혼종이 발생했을 때, 그것의 높이는 A의
척도로 측정하고, 어쩔 수 없이 발생하는 차이는 A와 비교하여 문제
성 여부를 판정하며, 이 경우의 귀책사유는 B의 전통에서 구하는 시
선이 과연 타당한 것일까. 노블을 A의 자리에, 비서구 소설을 B의 자
리에 배치하는 처분의 정당성은 무엇에 근거를 두는가.

매체환경과 독자층, 선행하거나 경쟁하는 장르·담론들을 포함한
문학 장(場)의 역학을 떠나서는 소설의 내부와 외부를 제대로 이해
할 수 없다. 미의식과 비평의 척도는 초역사적 실재가 아니라 이러
한 장에서 생성되고 또 그것에 작용하는 문화적 구성물이다. 이를
외면한 채 삶의 경험·상상·기억들을 소통하는 이야기 방식들을 노

---

[39] 황종연 「낭만적 주체성의 소설」, 앞의 책 105면.

블이라는 목적론적 주형(鑄型) 안에서만 다룬다면 많은 소설들이 질식하게 될 것이다.

돌이켜보면 노블 중심적 사고는 1960년대 후반부터 도전받기 시작했다. 숄즈와 켈로그는 『서사의 본질』(1966)에서 20세기 중엽의 서사문학 연구가 무분별하게 노블 중심적이 되었으며, 모든 서사 장르를 노블과의 근접도에 따라 위치 짓고 평가하는 획일주의가 성행한다고 비판했다. 경험적 서사와 허구적 서사의 다양한 양식들이 시공간적 광폭 속에서 생성하고 소멸하며 서로 교섭하거나 전이하는 양상을 포착해야 한다는 것이 그들의 대안적 명제였다.[40] 그로부터 활성화된 서사학(narratology)이 매우 풍부한 성과를 낳은 것은 물론, 소설론의 진전에도 크게 공헌했다. 서구의 소설사 안에서도 특정 시대·군집의 작품들을 '진정한 노블'(the Novel)로 규범화하는 사고로 인해 소설 경험의 다양성이 왜곡되는 데 대한 문제제기가 등장했다.[41]

아울러 주목할 것은 유럽문학에 원천적 권위를 부여하는 편향도 이런 추세 속에 흔들리게 되었다는 사실이다. 흥미롭게도 그러한 도전의 한 사례는 일본소설에 관한 논란에서 나왔다. 미요시는 일본 근대소설을 노블이라 하지 않고 '쇼오세쯔'(shōsetsu, 小說)라 지칭하며, 서구의 노블을 진화론적 귀착점과 가치평가의 준거로 삼는 관

---

40 Robert Scholes and Robert Kellogg, *The Nature of Narrative* (New York: Oxford University Press 1966) 8~9, 211~14면 참조.

41 J. Paul Hunter, "Novels and 'The Novel': The Poetics of Embarrassment," *Modern Philology*, Vol. 85, No. 4 (May 1988) 참조.

점에서 벗어나고자 한다.[42] 문제의 근원은 일본 근대소설의 성격이나 본질을 보여준다고 할 만큼 큰 비중을 차지하는 사소설(私小說)이다. 노블의 전형을 기준으로 삼을 때 무엇인가 빗나가거나 결핍된 변종으로 간주될 법한 이 양식에 대해 일본 안에서도 간헐적인 논쟁이 이어졌거니와,[43] 영어권에 일본문학이 번역 소개되면서도 그 '비정상성'이 비평의 도마 위에 오르내렸다. 미요시는 이에 대한 변호 여부의 차원을 넘어 비평적 시선을 탈중심화하고, 쇼오세쯔는 물론 중국, 아랍, 우르두 등 주변부의 문학을 그 생성과 운동의 맥락 위에서 보자고 제안한다. "만약 다양한 나라의 산문 서사양식들을 노블이라는 유일한 범주에 귀속시킨다면, 그것들의 발달과정에서 역사적 변수들이 각인해낸 상이한 형식자질들과 힘을 간과하"리라는 것이 그 이유다.[44] 또다른 논자는 '서구 대 비서구, 근대성 대 전통'이라는 위계적 이분법과 그 속에 함축된 선형적 역사모델을 불식하지 않는 한 일본문학사의 근대성에 대한 해명이 온전할 수 없다고 주장한다.[45]

---

42 Masao Miyoshi, "Against the Native Grain: The Japanese Novel and the 'Postmodern' West," Masao Miyoshi and H. D. Harootunian eds., *Postmodernism and Japan* (Durham: Duke University Press 1989).

43 일본 사소설 담론에 대한 논의로는 토미 스즈키 『이야기된 자기: 일본 근대성의 형성과 사소설 담론』, 한일문화연구회 옮김(생각의나무 2004); 카시하라 오사무 「사소설론과 일본 근대문학 연구의 문제」, 이금재 옮김 『일본 근대문학: 연구와 비평』 4호(한국일본근대문학회 2005) 참조.

44 Masao Miyoshi, "Turn to the Planet: Literature, Diversity, and Totality," *Comparative Literature*, Vol. 53, No. 4 (Autumn 2001) 285~86면 참조.

45 Tomiko Yoda, "First-Person Narration and Citizen-Subject: The Modernity

내가 의도하는 바는 이런 발언들에 기대서 한국과 비서구세계의 근대소설들을 형성론과 평가의 차원에서 배타적으로 국지화(局地化)하자는 것이 아니다. 19세기 서유럽과 러시아의 소설적 성취에는 제국주의시대의 문명담론이 엮어넣은 허울을 다 벗겨내고도 뚜렷이 남을 만한 실질이 있다. 그런 작품들과 서구의 소설담론이 각국에서 언제, 왜, 어떻게 주목되었으며, 이에 따른 언어·문화적 횡단에서 어떤 해석·변이·융합이 일어났는지를 문학 장의 변동역학 속에서 보아야 한다. 우리에게 필요한 담론틀은 이에 대한 탐구를 역사적으로나 위계적으로 미리 한정하지 않는 것이어야 한다. 'literature, novel'이라는 어휘의 도착 시점 이후로 시야를 제한하고 그것들의 관통력을 암묵적으로 가정하는 한, '번역된 근대'의 문학적 실상을 포착하기는 요원하다.[46]

소설은 성립과 전개 과정에서 끊임없이 주변의 서사적·담론적 자원을 흡수하고 버리면서 유동해온, 그래서 "그 장르 기억이 형태의

---

of Ōgai's 'The Dancing Girl'," *The Journal of Asian Studies*, Vol. 65, No. 2 (May 2006) 277면.

46 이와 관련하여 황종연이 조선 후기와 1890~1900년대의 문학적 추이에 대해 관심이 희박하다는 점을 지적해둔다. 이 시기에 대한 그의 이해는 노블 도착 이전의 한국문학에 허구적 서사에 대한 인식과 창작·수용의 축적이 극히 박약했다는 의문스러운 가정에 머물러 있다. 그는 조선시대에 '소설'이 허구적 서사물이라는 의미로 안정되지 않은 채 "패설(稗說), 전기(傳奇), 연의(演義), 잡기(雜記)" 등과 혼용되다가, "19세기의 어느 시점에서는 국문과 한문 양쪽의 허구적 서사물을 일반적으로 가리키게 되었다고 추정된다"고 했다(「노블, 청년, 제국」, 앞의 책 264면). 이 추정에는 아무런 참조 근거도 없을뿐더러, 조선 후기 소설과 소설론에 관한 다량의 자료 및 연구성과와도 크게 어긋난다.

계보학에 국한되지 않는" 특이한 장르다.[47] 바흐찐(M. Bakhtin)의 비종결성(unfinalizability), 다성성(多聲性) 같은 개념들이 소설론에서 각별히 주목받는 것도 그 때문일 것이다. 동아시아 근대소설의 형성·전개에 관한 연구가 노블 중심적 시각에서 벗어나야 할 필요성은 여기에서도 확인된다. 전근대 소설의 연속적 진화라는 기대와 19세기 서구소설 모델의 이입(移入)·토착화라는 설명방식을 모두 접어놓은 지점에서 우리의 문제의식을 점검해봐야 하는 것은 아닐까.

아래에 인용하는 장 롱시(張隆溪)의 말은 어쩌면 낯익은 원론의 반복처럼 여겨질 듯하다. 그러나 이를 진부하다고 생략할 만큼 한국문학 연구의 탈식민화가 이루어졌는지는 의문이다.

우리는 상이한 문화적·문학적 체계 속에 있는 기초자료, 관심사, 경험들로부터 이론적 질문들이 떠오르는 방식을 주의깊게 살펴야 한다. 그렇게 해야만 우리는 비서구에 대한 서구이론의 단순 적용을 피하고, 이론적 차원에서 서양이 동양을 식민지화하는 행태의 아이러니컬한 반복에 빠지지 않을 수 있다.[48]

---

47 Michael Holoquist and Walter Reed, "Six Theses on the Novel, and Some Metaphors," *New Literary History*, Vol. 11, No. 3 (Spring 1980).

48 Zhang Longxi, "Penser d'un dehors: Notes on the 2004 ACLA Report," Haun Saussy ed., *Comparative Literature in an Age of Globalization* (Baltimore: The Johns Hopkins University Press 2006) 234면.

4. 맺는 말

　근대가 지닌 폭력성과 억압을 넘어서기 위한 성찰이 긴요하다는 김철의 주장에 나는 전적으로 동의한다. 근대문학이 타자와의 만남 속에서 자기를 새롭게 정의하고 재구성해온 과정이라는 황종연의 대전제에도 이의가 없다. 하지만 그런 입장을 구체화하는 담론들이 근대를 식민 기원(紀元)의 시간으로 규정하고 식민주의를 특권화하는 경향에 대해서는 수긍하기 어렵다. 아울러 근대 동아시아 문학의 변혁에 대한 이해에서 문학 장의 여러 요인들이 상호작용하는 동적 양상을 외면하고 'literature, novel' 개념의 관통으로 구도를 단순화하는 데 대해서도 의문을 제기한다. 이러한 담론틀은 문학과 사회의 대변동이 일어난 자강운동기(근대계몽기)조차 성찰의 범위에서 주변화하고, 근대문학의 형성·전개를 식민지시대의 종속적 회로 안에서만 보는 약시(弱視) 내지 시야협착증을 가져올 우려가 있다.

　세계적 수준에서든 특정 식민지의 상황에서든 물리적 우월성을 점유한 세력이 담론과 문화의 헤게모니를 장악하려 했고 또 적잖이 성공했다는 점은 사실일 것이다. 그러나 그 성공은 숱한 실패를 눈가림하고 미봉책으로 꿰매면서야 가능했고, 균열과 전복의 가능성을 내포했으며, 완전히 장악하지 못한 영역들을 남길 수밖에 없는 것이었다. 우리의 연구에 쓰이는 담론틀은 이런 시공간 속의 행위자와 문학양식과 표상체들을 다면적으로 볼 수 있게 하는 시야를 제공해야 한다.

민족이라는 거대주체의 필연으로 역사와 문학을 보려 한 것이 과거의 문제였다면, 최근 10여년 내의 근대사와 문학연구 동향은 식민체제를 파놉티콘(panopticon)처럼 전능화하면서 또다른 필연의 논리에 기울어진 느낌을 준다. 내재적 발전론이 집착한 1국사의 시야는 이런 추세 속에서 1.5국사(제국+식민지)의 종속적 구도로 환치되는데, 이것을 역사인식의 확장이라고 말해야 할 것인가. 제국주의-식민주의를 발광체로 놓고 피식민자를 반사체로 가정하는 논법이 1.5국사의 구도와 공생하고 있는 것은 아닌가. 우리에게는 이런 의문을 넘어설 만한 담론틀이 필요하다.

덧붙이는 글

　이 글을 준비하는 도중에 내 선행논문(「신라통일 담론은 식민사학의 발명인가」, 『창작과비평』 145호)에 대한 반론으로 윤선태(尹善泰)의 「'통일신라론'을 다시 말한다」(『창작과비평』 146호)가 발표되었다. 따라서 이 글의 집필을 미루고 그에 답하고자 했으나, 막상 읽어본 반론에서는 지리멸렬한 변명과 험한 말들 외에 새로운 실질을 찾을 수 없었다. 그의 주장에 대한 답은 이미 내가 발표한 논문에 들어 있다. 그러므로 새삼스러이 답변하는 일이 무의미하다고 보아 원래 예정한 글을 발표하기로 했다.

　다만 독자들을 위해 논점의 골자와 한가지 새로운 정보를 여기에 제시한다. 윤선태는 원래 다음의 두가지 어긋나는 주장을 폈다. '① 신라통일 담론은 19세기말 이전의 한국사에 존재하지 않았다. ② 당(唐)이 요동으로 퇴각한 시점(문무왕 16년, 676)에 신라통일이 이루어졌다는 근대 민족주의 사학의 견해는 하야시 타이스께(林泰輔)를 따른 것이다.' 이중에서 ①은 그가 더이상 주장하지 않으니 다행이고, ②의 실체성이 문제로 남는다. 그런데 『초오센시(朝鮮史)』 어디에도 신라가 당과 치른 '전쟁'에서 '승리'하여 '676년'에 통일을 성취했다는 내용이 없으니, 윤선태의 주장은 한국 민족주의 사학을 식민주의의 계보에 편입하려는 무고에 불과하다. 당을 축출한 시점에 삼국통일이 이루어졌다는 견해는 신채호에게서 처음 나온 듯하다. 최근에 내 동료교수가 발견하여 알려준 자료인데, 신채호는

1908년 『대한매일신보』에 쓴 논설에서 "신라 문무왕이 당병(唐兵)을 격파하고 본국 통일한 공을 이소적대(以小敵大)로 폄(貶)"한 데 대해 김부식을 혹독하게 비판했다.(「許多古人之罪惡審判」, 1908.8.8) 연대가 명시되지는 않았으나, 이 내용에 부합하는 시점은 676년일 수밖에 없다. 신채호는 삼국 간의 쟁패를 민족 내부의 전쟁으로 보고, 고구려 멸망(668)보다는 신라가 당과 치른 싸움에 이겨서 영토의 통합적 지배를 달성한 시기에 불완전하나마 통일이 이루어졌다고 본 것이다. 윤선태는 김택영의 『동사집략』을 『초오센시』의 역술(譯述)이라 하기도 했으니, 이제 신채호를 하야시의 계보에 넣을 것인가.

제5장

식민주의와 근대의 특권화를 넘어서

황종연의 반론에 답하며

1. 머리말

나는 2008년 가을부터 2010년까지 논쟁적인 글 세 편을 발표했다. 한국 민족주의와 근대문학 성립에 관련하여 1990년대 후반 이래 주목받고 상당한 영향력을 발휘해온 탈민족주의적 성향의, 그리고 개인차가 있는 대로 다분히 포스트모던하기도 한 담론들 중 일부가 그 대상이었다.[1]

---

1 「정치적 공동체의 상상과 기억: 단절적 근대주의를 넘어선 한국/동아시아 민족 담론을 위하여」, 『현대비평과 이론』 30호(한신문화사 2008년 가을); 「신라통일 담론은 식민사학의 발명인가: 식민주의의 특권화로부터 역사를 구출하기」, 『창작과비평』 145호(2009년 가을); 「한국 근대문학 연구와 식민주의: 김철·황종연의 담론틀에 대한 비판적 검토」, 『창작과비평』 147호(2010년 봄). 이하의 논의에서는 이들을 각각 「정치적 공동체」「신라통일」「한국 근대문학」으로 약칭하고 참조할 부분은 이 책의 면수로 밝힌다. 비판대상은 위의 순서내로 신기욱·헨리 임, 황종연·윤선태, 황종연·김철이었다.

이 글들을 쓰기 얼마전부터 근래의 수년간 나 자신이 반성적으로 정리한 학문적 입장은 1970, 80년대의 한국사와 한국문학 연구를 주도해온 내재적 발전론과 민족 단위의 인식구도에 치우친 시각이 그 나름의 공헌과 함께 문제점 또한 산출했으며, 이를 겨냥한 90년대 후반 이래의 비판은 큰 줄거리에서 경청할 만한 재정향의 필요를 일깨웠다는 것이다. 그렇게 보면서도 새로운 동향에 대해 내가 문제를 제기한 것은 그들에게서 양해할 만한 수준을 넘는 '과도교정(過度矯正)'이 종종 발생하고, 근년에는 그것이 관성화하는 추이마저 보였기 때문이다. 우리는 한쪽으로 굽은 것을 펴고자 반대쪽으로 지나치게 당겨서 새로운 기형을 만드는 일을 경계해야 한다.

의도한 바가 그렇기에 내 글들에 대해 반론이 나온다면 토론을 통해 우리의 시야를 좀더 풍부하게 할 수 있으리라는 기대 또한 없지 않았다. 하지만 황종연(黃鍾淵)이 응답으로 내놓은 「문제는 역시 근대다」(『문학동네』 66호, 2011년 봄)[2]는 매우 실망스러운 것이었다.

황종연은 이 글에서 여러 개별사항들에 대한 변명과 궤변적 수준의 반박에 골몰할 뿐, 논의의 거시적 구도에 대해서는 별로 진전된 견해를 내놓지 못했다. 대신에 그는 나의 문제제기를 "70, 80년대 한국학계에 식민주의 사관과의 싸움 속에서 형성된 낡은 비판모델의 지루한 연명(延命)"으로 몰아붙이고(「문제는」 447면), '폐쇄적 내발론 대 트랜스내셔널한 개방적 시야'라는 90년대적 틀짓기에 의지하여 자기를 방어하고자 했다. 그러나 위에서도 언급하고 이미 발표된

---

2 이하의 논의에서 이 글은 「문제는」으로 약칭하고 참조 면수만 밝힌다.

글 세편마다 서두에 밝혔듯이 내 입론의 출발점은 민족주의적·내발론적 사고모델의 실효(失效)를 기정사실화한 위에서 우리의 탐구가 어떻게 하면 시공간적 경계의 앞뒤와 안팎 중 일부를 특권화하지 않으면서 균형된 역사이해에 접근할 수 있을까 하는 것이었다. 그리고 그런 입장에서 나는 신기욱(申起旭), 헨리 임, 황종연, 윤선태(尹善泰), 김철(金哲) 등의 문제 저작들이 근대와 식민적 타자에 과도한 비중을 부여하는 한편 전근대에서 이월된 기억·유산과 피식민자들의 능동성(agency)은 소홀히 여기는 '과도교정'의 편향을 보인다고 비판했다.

황종연은 이를 반박할 만한 배려의 균형을 입증하지 못한 채, 자신의 신라론이 "식민지시대 조선어 텍스트에 표상된 신라를 조선인과 일본인이 서로 접촉하는 지식의 경계 위에 놓고 보려는 시도"(「문제는」 435면)였다고 주장한다. 아울러 다음과 같은 진술을 통해 그런 의도가 실천된 것처럼 자처한다.

나는 한반도 최초의 통일국가 신라라는 관념을 포함한, 현재 한국인 일반의 신라관에 영향을 미친 관념과 이미지의 **중요한 일부**가 근대 일본의 식민주의 역사학과 고고학의 산물이라는 생각을 가설 중 하나로 삼아 (…) 연구를 수행했다.(「문제는」 425면, 강조는 인용자)

하지만 위의 인용에 보이는 "중요한 일부"라는 표현은 '식민주의의 특권화'라는 비판을 받고 나서 뒤늦게 착용한 수사적 안전벨트의 혐의가 짙다. '중요한 일부'란 '무시할 수 없는 여타 부분들'을 전제하는 표현인데, 그의 논문 「신라의 발견」은 이와 달리 일본 식민주의가 만들어낸 신라 표상의 압도적 작용력을 주장하는 데 몰두했다. '근대 한국의 민족적 상상물의 식민지적 기원'이라는 부제가 말하듯이 그가 조명한 '경계'에서 한국의 지식인들은 그 나름의 지적 자원과 담론 기동력이 희박한 2차적 주체처럼 간주된다. 그런 가운데서 거론된 신채호(申采浩, 1880~1936)는 그 영향력이 불확실한 "한 망명지식인"으로 주변화되고, 문일평(文一平, 1888~1936)은 식민사학의 담론을 재가공해서 유통시킨 부가사업자처럼 예시되었다.[3]

그럼에도 불구하고 사태를 '경계 위에 놓고' 어느 한쪽을 특권화하지 않으면서 입체적으로 보아야 할 당위성을 원론적으로나마 시인한 것은 의미있는 진전일 듯하다. 본고는 이 진전을 실질화하는 데 긴요한 논점들의 시비를 좀더 가려보고자 한다. 다만 황종연의 반론에서 언급된 사항들을 일일이 재론하기란 불필요하게 번거로운 일이므로, 이하의 본론에서는 '신라통일론' '민족주의 생성의 조건' '민족주의 대두와 전근대의 유산' 문제를 상호연관된 소주제로 삼아 주요쟁점을 살피고 좀더 확장된 논의를 전개하고자 한다.[4]

---

3 황종연 「신라의 발견: 근대 한국의 민족적 상상물의 식민지적 기원」, 황종연 엮음 『신라의 발견』(동국대출판부 2008) 20, 29면.
4 '한국 근대문학 성립' 문제는 비판적 대안의 차원에서 문학(場)의 변동과 문학관념의 변화에 관한 별도의 저술을 준비 중이므로 여기서는 다루지 않는다.

2. 신라통일과 민족주의 담론

황종연은 그의 동료 윤선태와 생각을 같이하면서 "신라가 조선반도의 영토 지배라는 점에서 최초의 통일국가라는 위상을 보유하기 시작한 것은 바로 일본인 동양사가들의 연구에서였다"라고 주장하고, 그 선구자로 하야시 타이스께(林泰輔, 1854~1922)를 들었다.[5] 이에 대한 나의 반론이 7세기말 이래의 금석문에서 18세기 『동사강목(東史綱目)』의 「신라통일도」(이 책 122면)까지 다수의 증거를 제시하며 신라의 삼국(삼한)통일이라는 관념이 이미 오랜 내력이 있는 것임을 밝히자, 윤선태는 자신의 주장을 축소 조정했다. 그 요지는 '당(唐)이 요동으로 퇴각한 시점(676)에 신라통일이 이루어졌다는 견해가 하야시에게서 처음 나왔으며, 신라통일 시점에 관한 한국 민족주의 사학의 통설은 바로 이것을 수용한 결과'라는 것이다.[6] 황종연은 문일평이 신라통일의 요인으로 인화(人和)를 강조한 것이 하야시의 『초오센시(朝鮮史)』(1892)를 참조한 것처럼 보이게 썼다가 하야시가 『동국통감(東國通鑑)』(1484) 등의 사론(史論)을 짜깁기했을 뿐이라는 점이 지적되자(「신라통일」 124~27면), 이들의 연결고리로 자신이 주목한 바는 통일 시점 문제였다고 했다. 즉, 문일평이 "하야시 타이스께와 같은 방식으로 신라의 통일을 설명"했다는 것은 하야시가 1912년

---

5 황종연, 앞의 책 21면; 윤선태 「'통일신라'의 발명과 근대역사학의 성립」, 같은 책 53~80면.
6 윤선태 「'통일신라론'을 다시 말한다」, 『창작과비평』 146호(2009 겨울) 376면.

에 낸 『초오센쭈우시(朝鮮通史)』에서 당 세력의 철수를 통일 시점으로 본 것과 문일평의 견해가 상통함을 지칭한다는 것이다.[7]

그러면 신라가 당의 군대를 한반도에서 축출함으로써 통일을 이루었다는 견해가 하야시에게서 처음 나온 것일까? 그렇지 않다. 이보다 4년 앞선 1908년 신채호는 『대한매일신보』 논설에 다음과 같이 썼다.

> 역사는 애국심의 원천이라. 고로 사필(史筆)이 강하여야 민족이 강하며 사필이 무(武)하여야 민족이 무하는 바이어늘, 피(彼) 김씨 제인(諸人)이 삼국 사적(事蹟)을 찬출(撰出)하매, 비열한 정책을 찬미하며 강경한 무기(武氣)를 최절(催折)할새, 신라 문무왕이 당병(唐兵)을 격파하고 본국 통일한 공을 이소적대(以小敵大)로 폄(貶)하며……[8]

김부식의 사론을 비판한 이 글에서 주목할 것은 "신라 문무왕이 당병(唐兵)을 격파하고 본국 통일한 공"이라는 대목이다. 이것은 두말할 필요 없이 백제·고구려 멸망 이후 8년간 당과 싸우고 마침내

---

7 하야시 타이스케의 『朝鮮通史』(富山房 1912)는 『朝鮮史』(1892)와 『近世朝鮮史』(1902)를 합치면서 수정 가필한 것이다. 『동국통감』 등에서 발췌했다고 내가 밝힌 신라통일 요인론은 여기서 사라지고, "후세에 있어 조선 남북부가 모두 합일됨은 시작을 이때로부터 하는 것이다"(황종연 옮김)라는 서술이 첨가되었다.

8 「許多古人之罪惡審判」, 『대한매일신보』 1908. 8. 8; 『단재 신채호 전집 6: 논설·사론』(독립기념관 한국독립운동사연구소 2007) 280면. 원문의 옛 글자 표기는 현대식으로 바꾸고, 한자는 일부만을 괄호 속에 남겼다.

676년(문무왕 16년) 그 세력을 한반도에서 축출함으로써 문무왕이 통일의 공을 성취했다는 시대 구획을 확증한다. 신채호는 같은 해 8월부터 12월까지『대한매일신보』에 연재한「독사신론(讀史新論)」에서 김춘추(무열왕)에 대해 외세를 끌어들여 동족의 나라를 공격했다고 격렬하게 비난했으나,[9] 그 아들인 문무왕이 당의 직할주로 전락할 뻔한 영토를 결연히 수호한 점은 높이 평가했다.『대동제국사 서언(大東帝國史 敍言)』에도 "문무대왕의 복지(復地)", 즉 영토 회복을 칭송하는 대목이 있으니,[10] 이것은 어쩌다 나온 일회적 발언이 아니다. 신채호는 왕조의 정통성 문제보다 민족사 영토의 통합과 주권적 보위를 중시하는 '근대적' 관점에서 676년을 불충분하나마 삼국통일의 완성 시기로 본 것이다.

이런 자료들을 버려둔 채 1912년에 나온『초오센쭈우시』의 모호한 한줄에 기대서 "신라가 조선반도의 영토 지배라는 점에서 최초의 통일국가라는 위상을 보유하기 시작한 것은 바로 일본인 동양사가들의 연구에서였다"고 단언하는 것이 과연 온당한가. 황종연은 이마니시 류우(今西龍)의 1919년 강연록도 보충적 논거로 제시한 바 있는데,[11]『독립신문』,『대한매일신보』같은 1910년 이전 자료와 신

9『단재 신채호 전집 6』 44~52면.

10『단재 신채호 전집 3: 역사』 204면.『대동제국사 서언』은 1909~10년에 쓰인 것으로 추정된다. 신용하「단재 신채호 전집 3권 해제」 참조.

11 "조선사를 본격적으로 연구한 최초의 동양사가로 손꼽히는 이마니시 류는 그의 1919년 8월 쿄또제대 강연록「朝鮮史槪說」에서 신라가 당과의 교전을 끝낸 문무왕 14년(676) 이후에 '삼한동일'이 완성되었다고 보고 있다." 황종연「신라의 발견」, 앞의 책 22면. 여기서 "문무왕 14년(676)"은 두 연대가 어긋나는데, 이

채호의 저작 등에 그만큼의 주의를 기울이지 않는다면 그가 발디딘 "지식의 경계"란 어디에 있으며 무엇을 향해 열려 있는 것일까.

위에서 확인한 사항은 문일평이 '하야시 타이스께와 같은 방식으로 신라통일의 시기를 설명'했다는 황종연의 해명성 주장과, 그러니 식민사학의 파생담론을 면치 못한다는 혐의에 대해서도 반성을 요구한다. 당 세력의 축출을 통일 시점으로 본 신채호의 사론은 출현 시기가 가장 앞설 뿐 아니라 '통일'이라는 표현과 시대 구획 및 의미 근거가 하야시, 이마니시보다 뚜렷하다. 아울러 문일평은 신라통일이 영토적으로 불완전한 '반벽(半壁) 통일'이었다고[12] 하는 점에서 신채호와 일치한다. 신채호는 신라가 삼국을 통일했지만 고구려 땅의 대부분을 일실했고, 발해가 멸망한 뒤에는 북방 영토가 한국사에서 사라졌으니, 신라·고려·조선왕조의 통일이란 "반변적(半邊的) 통일"에 불과하다고 했다.[13] 신채호가 끼친 영향력에도 불구하고 이처럼 강경한 통일한계론을 적극 주창하는 학자들은 당시에 많지 않았다. 그런 가운데서 문일평은 용어조차 비슷하게 신라의 '반벽 통일'을 강조했다. 그는 신채호의 『조선사연구초』를 서평하면서 '단재는 말할 것도 없이 우리 사학계의 선배로서 광무·융희(光武隆熙)년 간에 서까래처럼 큰 붓으로 (…) 일세를 놀라게 한' 거인이라 하고,

---

마니시의 책에 있는 오류를 황종연이 그대로 옮긴 것이다. 今西龍 『朝鮮史の栞』 (近澤書店 1935) 135면 참조.

12 문일평 「朝鮮叛亂史論: 삼국편(9)」, 『조선일보』 1930. 10. 8; 『호암 문일평 전집 5: 신문·보유편』(민속원 1995) 77면.

13 「독사신론」, 『단재 신채호 전집 3』 48면.

그 저술의 가치를 높이 평가했다.[14] 이 여러 증거로 볼 때 신라통일의 시점에 대한 문일평의 견해를 계보적으로 소급한다면 그 원천은 신채호일 가능성이 매우 높다.[15]

황종연은 이런 개연성을 의심해보지도 않은 채 신라가 한반도 최초의 통일국가라는 담론적 위상을 지니기 "시작"한 것은 "바로 일본인 동양사가들의 연구에서였다"고 단언하며, 식민담론에서 나온 파생이라는 액자 속에 한국 근대사학을 욱여넣었다. 그러면서 학문적 신중함과 '경계' 위의 균형을 자부할 수 있을까.

3. 식민화, 민족주의 생성의 조건?

황종연은 「민족을 상상하는 문학: 한국소설의 민족주의 비판」이라는 평론에서 한 장편소설의 3·1운동 시위 대목을 거론하며, '조

---

14 문일평 「讀史閑評: 조선사연구초를 보고」, 『조선일보』 1929.10.15; 『호암 문일평 전집 5』 44면. 『조선사연구초』는 1924~25년 『동아일보』에 연재한 논고 6편으로서, 1929년에 홍명희·정인보의 서발문을 붙여 단행본으로 간행되었다. 여기서도 신채호는 신라통일 이래의 강역을 "구구한 소통일"로 규정했다. 『단재 신채호 전집 2: 조선사연구초』 296면.
15 췌언이겠지만 나는 이런 위치에 있는 신채호 역사학이 제국주의시대의 영토횡단적 지식·담론과 무관하다거나 전근대 한국지성사가 함양해온 '주체인식'의 자연적 결과였다고 단순화하지 않는다. 신채호는 근대의 격랑 속에서 과거를 읽었고, 지난 역사를 되물으며 당대의 문제와 맞선 점에서 그 누구보다도 '경계 위의 인물'로 조명될 만하다. 중요한 점은 그런 실천을 해명하기 위해 외부와 함께 내부를, 당시와 함께 앞시대의 장력을 놓치지 말아야 한다는 것이다.

선독립'의 열망을 외친 '만세'가 "근대의 정치적 신화를 둘러싸고 만들어진 신종의식의 일종일 것"이라 추측하고, 더 나아가 그것은 1889년 일본제국 헌법이 공표될 때 메이지 텐노오(明治天皇)를 송축한 '반자이'(萬歲)에서 왔을 공산이 크고, '반자이'는 또 유럽인들의 '후레이'에서 왔다는 근대적 모방의 계보를 작성했다.[16] 나는 『조선왕조실록』에만도 숱하게 출현하는 '만세'의 용례를 제시하여, 그것이 황당한 억측임을 입증했다. 아울러 "3·1운동은 식민지지배에 대한 저항일 뿐 아니라, 군주에 대한 충성의 어휘 '만세'를 '조선독립'이라는 공동체 주권의 열망에 귀속시킨 결정적 사건이기도 했다"라고 지적하여, '만세'라는 어휘가 3·1운동에서 새로운 의미역을 획득하고 정치적 열망의 중심으로 전화(轉化)한 사실에 주목했다(「한국 근대문학」 142~43면).

그럼에도 황종연은 반론문에서 자신의 경솔함을 부끄러워하기보다 "전근대 군왕을 송축하는 행위 중의 만세 연창(連唱)과 근대 국민의례 중의 만세 연창은 의미상 서로 다르다"면서, 내가 조선시대의 '만세'와 3·1운동의 그것을 같은 의미로 간주한 듯이 뒤집어씌웠다(「문제는」 433면). 3·1운동의 수백만 시위자들이 목숨 걸고 외친 '만세'를 '반자이, 후레이'의 모방으로 몰아붙인 터이니, 한 사람의 비판자가 쓴 글을 뒤집어서 자기변명의 재료로 쓰는 것은 너무도 쉬운 일인가.

잠시 부연하자면 '만세'는 전근대에서부터 적잖이 정치적인 어휘

---

16 황종연 『비루한 것의 카니발』(문학동네 2001) 97~98면.

였다. 중국 중심의 동아시아 명분론에서 '만세'는 황제를 위해서만 허용되었고, 제후 자격의 주변국 왕을 송축하는 데는 '천세(千歲)'를 써야 했다. 그럼에도 『조선왕조실록』과 조선조의 각종 문헌에는 '만세'와 '천세'가 혼재하며, 때로는 타협하고 때로는 경쟁했다. 1897년 10월에 조선왕조가 대한제국을 칭함으로써 이 긴장은 '만세'로 일원화되었다. 1919년 3월 1일 고종(高宗)의 장례를 계기로 모인 군중이 만세를 부른다면 '선황제 폐하 만세' 같은 표현이 자연스러웠을 것이다. 그러나 시위군중은 그 대신 '조선독립 만세'를 외쳤다. 왕조의 통치자를 위한 송축의 어휘는 이 대사건 속에서 민족이라는 공동체의 주권을 요구하고 그 영속을 갈망하는 기표로 재정의되었다. 바로 그런 의미에서 "당시의 시위자들은 고종과 함께 왕조적 질서에 대한 역사의 장례를 치렀던 셈이다"(『한국 근대문학』142면).

　이제까지 지적해온 종류의 무리를 황종연이 자주 범하도록 하는 요인은 민족주의의 발생과 민족(국가) 형성을 식민주의의 효과로만 보려는 고정관념에 있는 듯하다. 발리바르의 저작 중 일부에 대한 이해의 어긋남에서 이 점을 다시금 살펴보자.

　발리바르는 민족국가라는 정치적 형태의 등장 요인을 두가지로 집약했다. 하나는 브로델과 월러스틴의 견해처럼 그것이 세계체제의 불균형한 역학 속에 상호 간의 경쟁적 도구로서 요구된 점이며, 다른 하나는 부르주아의 이익을 위한 무력의 국내외적 동원과 노동력 공급원 및 시장의 전국화라는 필요성이다. 그리고 그는 다음과 같이 소결을 맺었다. "궁극적으로 분석하건대, 저마다 다른 역사와 사회체제의 변형을 통해 민족적 형태들을 취하게 된 민족국가의 형성을 해명하는 요인은 계급투쟁의 구체적 양태들이지, 순수한 경제 논리가 아니다."[17]

황종연은 이 논리과정의 전반부에만 주목하고, 그중 한 문장("어떤 의미에서는, 모든 근대적 민족(국가)은 식민지화의 산물이다. 그것은 언제나 어느정도는 식민지화되었거나 식민지를 가졌으며, 때로는 동시에 양쪽 모두이기도 했다")을 발췌해 민족주의의 식민지적 기원이 필연적이고도 유일한 경로라는 주장의 원군으로 삼았다.[18] 이에 대해 나는 '어떤 의미에서는'(in a sense)이 명시하듯 그 문장은 세계체제의 불평등성이 전지구적이라는 것을 강조하기 위한 수사적 보충이지 액면대로의 사실명제일 수 없다고 지적했다(「한국근대문학」 138~39면).

이로부터 자신을 변호하기 위해 황종연은 'in a sense'라는 관용구의 의미에 대해 기발한 주장을 내세운다. 아울러 내가 제시한 두 계열의 반증사례 가운데 스페인·멕시코는 제외한 채, 한국·중국·베트남·인도 중에서 한국과 중국은 민족주의 대두 당시 적어도 반식민지였으니 발리바르의 해당 문장도 사실명제로서 옳고 자신의 전제도 틀리지 않았다고 주장한다. 그중의 첫째 사항은 거론하기조차 자괴스럽지만 부득이하니 먼저 언급하고, 후자의 문제를 좀더 따져보기로 한다.

---

17 Étienne Balibar, "The Nation Form: History and Ideology," Étienne Balibar and Immanuel Wallerstein, *Race, Nation, Class: Ambiguous Identities* (London: Verso 1991) 89~90면.

18 황종연「문학이라는 譯語」,『동악어문논집』32호(동악어문학회 1997) 473면.

황종연은 문제 구절의 'in a sense'가 "대개 그 앞의 진술을 통해 확인하거나 논증한 바를 근거로 타당하다고 생각되는 주장을 하는 경우에 문두에 사용"하는 어구라고 주장했다(「문제는」 450면). 하지만 영어사전들의 풀이와 용례는 크게 다르다.[19] 이 관용구는 전면적 타당성을 단언하는 'in all senses'(어떤 의미로 보든)와 대조되는 것으로, '일면적이거나 특수하게 제한된 타당성'을 주장할 뿐 액면대로의 전면적 진실성은 유보하며, '다른 각도에서는 참이 아니라고 할 수도 있는 의미'임을 스스로 밝히는 표현이다.[20] 같은 책의 프랑스어판에서[21] 이에 해당하는 구절은 "En un sens"인데, 그 의미와 용법도 영어에서와 같다. 더 결정적인 것으로, 발리바르는 후일의 저작에서 바로 문제의 대목을 각주로 명시하며 다음과 같이 말했다.

국민국가들의 법적·정치적 뼈대〔삽입절 생략 ── 인용자〕는 세계의 분점 또는 칼 슈미트 자신이 "지구 전체의 분배법"이라고 부른 것의 맞짝을 이룬다. 바로 이런 의미에서 나는, 근대 국민의 궤적은, 극한적으로 말한다면, 식민화와 탈식민화의 역사(우리는

---

19 "**in a sense/in one sense/in some senses** used to say that something is true in a particular way but there may be other ways in which it is not true or correct." (*Longman Dictionary of American English* 2004); "if you say something is true **in a sense**, you mean that it is partly true, or true in one way."(*Collins COBUILD Advanced Learner's English Dictionary* 2006)

20 다음의 예문들을 보더라도 이 점은 명료하다. "In a sense, both were right." (*Cobuild*); "We're all competitors in a sense but we also want each other to succeed."(*Longman*)

21 *Race, nation, classe: Les identités ambiquës* (Paris: La Decouverte 1988, 1997).

여기서 완전히 벗어나지 못하고 있다)에 따라 전체적으로 그려진다고 주장하게 되었다.[22]

인용된 둘째 문장의 "극한적으로 말한다면"은 그가 앞서 쓴 "어떤 의미에서는"(En un sens)과 수사적으로 등가관계를 이룬다. 발리바르는 이 구절을 통해 자신의 주장이 액면대로의 사실명제가 아니라 세계체제의 불평등 속에 상호간의 경쟁적 도구로서 국민국가들이 등장했음을 주목하는 차원에서 '양해될 만한 강조 내지 과장'임을 밝힌 것이다. 작게는 이런 화법을 분별하지 않고, 크게는 발리바르의 국민국가론이 다루는 정치사상적 논점들을 외면한 채 그를 보증인으로 붙들어두려는 황종연의 주장은 아무리 보아도 무리다.

이보다 중요한 실질문제는 황종연이 주장하는 것처럼 '식민지를 보유하거나 식민지인 지역에서 반드시, 그리고 그런 곳에서만 민족주의가 발생하는가', 다시 말해서 '식민화는 민족주의 발생의 필요충분조건인가'에 있다.

이를 부인하는 사례로서 내가 우선 주목한 스페인, 멕시코에 대해 그는 아무런 응답도 하지 못했다. 스페인은 16세기 이래의 근대식민사에서 가장 앞섰고 한때는 아메리카대륙에 최대의 식민지를 보유했다. 그러나 1820년대에 아메리카대륙의 식민지 대부분을 상실하고 나서 19세기 중엽에야 민족주의가 태동했다. 1821년에 스페인 식민체제에서 벗어난 멕시코는 험난한 내전과 외부의 침략을 겪은 뒤

---

22 에티엔 발리바르 『우리, 유럽의 시민들?』, 진태원 옮김(후마니타스 2010) 127면. 이 자료와 발리바르의 저작에 대해 조언해준 진태원 교수께 감사한다.

멕시코혁명(1910~17) 시기에 와서야 본격적 의미의 민족주의가 대두했다(「한국 근대문학」 139~40면). 식민지를 보유했거나 식민지이던 그 장기간에 민족주의가 출현하지 않았다는 점에서 이 두 나라의 경우 식민지(화)는 민족주의 발생의 필요조건도 충분조건도 아니었다.

인도, 베트남, 한국, 중국이라는 비교군의 경우는 내 글이 간결해서 그가 논점을 착각한 것일까. '민족주의를 식민주의의 필연적 부산물로만 볼 경우, 이 지역들에서 1900년을 전후한 시기에 민족주의 운동이 대두했다는 시기적 근접성이 설명되기 어렵다'는 지적에 대해 황종연은 초점이 어긋난 대답으로 논점을 비켜갔다. 당시에 네 지역은 적어도 반식민지였으니 자신의 가설이 옳다는 것이다. 그러나 민족주의가 식민주의 아래에서의 모방학습에 의해서만 발생하는 것이라면 위의 네 지역처럼 '학습'기간과 식민체제의 유무, 밀도가 판이함에도 비슷한 시기에 민족주의라는 싹이 돋은 것을 어떻게 설명할 수 있는가? 인도 민족주의는 영국 동인도회사의 설립에서 기산할 경우 3세기 정도가 지나서 형성되었다. 식민체제의 통치성을 감안하여 그 시발점을 내려잡더라도 민족주의 생성기까지 준비기간이 매우 길다. 반면에 베트남은 응우옌왕조가 프랑스에 완전히 복속되고(1885) 근왕(勤王)운동이 실패한 뒤 1903년경부터 민족주의 국면이 열렸다.[23] 한국 민족주의는 1890년대 중엽부터 형성되어 반식민지 상태인 1900년대 후반까지 급속하게 성장했다. 중국 역시 제

---

[23] 베트남 민족주의의 시발점으로는 보통 판 보이 쩌우(1867~1940)가 1903년에 저술한 『유구혈루신서(琉球血淚新書)』를 꼽는다. 노영순 「러일전쟁과 베트남 민족주의자들의 維新運動」, 『역사교육』 90호(역사교육연구회 2004) 130면.

국주의 열강에게 수많은 이권을 빼앗기고 만신창이가 되었지만 특정 세력의 식민지가 아닌 상태에서 민족주의가 대두하고 민국혁명(1911), 5·4운동(1919)으로 이어졌다. 그런 점에서 민족주의 형성의 외인을 발리바르가 말하듯이 '세계체제의 비평형적 역학이 요구한, 상호간의 경쟁적 도구'로 설명하는 것은 그럴 법해도, '식민주의 아래서의 모방학습' 내지 '식민지배의 효과'로 좁혀서 규정하는 것은 이론적으로나 실제적으로 명백하게 무리다.

나는 민족주의가 모두 선하다고 보지 않는다. 그것이 제국주의시대의 조류와 무관하게 순결한 욕망과 언어로만 이루어졌다고 주장하지도 않는다. 동시에 그 이름으로 호칭되는 여러 집단들의 행위·사유를 한데 묶어 식민체제의 사생아라는 식으로 총체화하는 논법은 또다른 잘못이라고 생각한다. 이를 여기서 상론할 여유는 없으니, 내가 최근에 그 이론적 행보에 주목하는 아프리카사 학자 쿠퍼의 말을 충고로써 환기해두고 싶다.

우리는 승리하던 국면의 반식민운동을 낭만화할 필요도 없고, 식민체제의 궁극적 위기가 닥치기까지의 행로에 피식민자의 행위들이 결코 아무런 변인(變因)이 되지 못했던 것처럼 취급할 필요도 없다. 식민주의는, '꼴찌가 첫째가 될 수 있다'는 가능성에 위협받았듯이, 그 체제가 작동하고 표상하는 양식들에 내재한 균열들로부터도 많은 위협을 받았다. 우리는 식민지시대의 역사가 하나의 식민적 효과로 환원될 수 없다는 것을 인정하더라도, 오늘날까지 지속되는 그 역사의 자취들을 정밀하게 탐구할 수 있다.[24]

4. 원초주의와 근대주의의 사이

황종연은 내가 쓴 두 편의 비판적 논설에 답하면서 선행논문인
「정치적 공동체의 상상과 기억」도 거론했다. 이 글은 '민족의 근대
적 발명'이라는 논법이 유행하는 가운데 역사이해가 부적절하게 단
순화되고 있다는 경고로서 제출한 것이기에, 그의 반응은 긍부를 막
론하고 우선 반가운 일이다. 다만 서두에서 언급했듯이 그는 1990년
대 후반 이래의 '과도교정'을 우려하는 내 입장을 변별하지 않고, 민
족이라는 '유구한 실체'를 고집하는 구시대적 담론과 새로운 근대
적 구성론의 대립이라는 이분법으로 논의구도를 후퇴시켰다. 이것
은 민족주의와 내발론을 비판하면서 얻은 입지를 더 진전시키지 못
한 채 정당성의 단순 재생산에 탐닉하면서 그 외부를 보지 않으려는
지적 자폐증과 무엇이 다른가. 10년쯤 전의 대립구도에 안주하고,
담론 생산성 면에서 이미 불능화된 '민족주의적 구태(舊態)'를 매질
하며 정당성을 향유하는 데 익숙해진 나머지 오히려 그 '구태'에 적
대적으로 의존하는 것은 아닐까.

위의 글에서 나는 민족형성론의 원초주의 대 근대주의라는[25] 대

---

24 Frederick Cooper, *Colonialism in Question: Theory, Knowledge, History* (Berkeley:
University of California Press 2005) 32면. "꼴찌가 첫째가 될 수 있다"는 마태
복음(20:16)의 구절을 빌린 파농의 말이다. 프란츠 파농 『대지의 저주받은 사람
들』, 남경태 옮김(그린비 2004) 57면 참조.

25 원초주의(primordialism)는 민족이 먼 옛날부터 이어저 내려오는 자연적 실재
라는 주장이며, 근대주의(modernism)는 이와 대조적으로 그것을 근대적 구성물

립에서 후자가 '단절적 근대주의'로 경직화된 데 따른 문제를 비판하고, 두아라(P. Duara)와 덩컨(J. Duncan) 등이 제시한 입장을 제3의 접근으로 제안한 바 있다. 민족형성론에서 근대주의는 흔히 구성주의(constructivism)와 동의어로 간주된다. 하지만 나는 구성주의가 민족관념 구성의 근대적 한정성을 반드시 전제하지 않는다는 점에서 더 포괄적인 개념이라 보고, 이 둘을 구별했다(「정치적 공동체」 66~67, 75~77면). 개념상의 변별을 명확히 하자면 내 관점을 수정적 구성주의라 해도 좋을 것이다.

여기서 『상상의 공동체』라는 책으로 많은 영향을 끼친 베네딕트 앤더슨(Benedict Anderson)이 인도네시아사 전문가였다는 사실을 비판적으로 환기할 만하다. 인도네시아를 포함한 도서(島嶼)지역 동남아는 해양과 종족적·문화적 요인들로 다양하게 분절되어 있다가 식민세력에 의해 대단위로 통합되거나 자의적으로 재구획되었고, 이것이 훗날 민족주의운동의 지리적 윤곽을 결정했다. 반면에 라오스, 미얀마, 캄보디아, 베트남 등 대륙지역 동남아는 크리스티(C. J. Christie)가 지적하듯이 식민지배의 경계선이 이전 국가들의 경계와 대체로 일치했으며, 식민화 이전의 국가가 강했을수록 민족주의의 기동력이 컸다.[26] 한국, 중국, 일본의 경우는 대륙부 동남아보다 지리적·문화적 경계의 안정성과 정치적 통합의 내력이 길어서 민족주의 생성을 위한 유산이 더 풍부했다. 그런 점에 주목하여 퇴니슨과 안틀뢰브는 앤더슨의 민족주의 발생모델에 의문을 제기하고, '중국과

이라고 본다.

26 클라이브 크리스티 『20세기 동남아시아의 역사』, 노영순 옮김(심산 2004) 43면.

여타 유교사회에 대한 연구의 배경이 있다면 그런 저술은 불가능했으리라'고까지 비판한 것이다.[27] 내가 말하는 수정적 구성주의란 민족을 담론적 구성물이라고 보되 이런 역사적 차이들을 주요변인으로 포함하는 접근방식을 가리킨다. 요컨대 나는 민족의식 형성에 관한 구성주의의 입장을 취하지만 그것을 '앞시대와 무관한, 근대의 발명'으로 단순화하는 근대주의에 동의하지 않는다.

그렇기는 해도 한국인들이 개항기 이전에 "민족형식의 결속을 이루고 있었다"고 내가 말한 듯이 황종연이 본 것은 자신의 이분법에 이끌려 만들어낸 가상이다. 민족을 '수평적 유대를 지닌 주권적 공동체'라 정의할 경우 신분·권리의 수평성이나 정치적 집단주권이라는 관념 요소는 근대 세계체제와의 만남 이전으로 소급될 가능성이 희박하다. 그러나 그것들이 아직 개입하지 않은 '모종의 문화적·역사적 유대를 지닌 동질집단'의 의식이나 감각은 앞선 시대에도 다양한 방식으로 조성되고 상속·경쟁·재구성될 수 있다.

이런 집단정체성의 여러 층위를 둘러싼 담론과 정치적 역학을 외면한 채 전근대사회는 절대왕권과 도덕의 전일적 지배 아래 촌락공동체 상태로만 머물러 있었으리라 가정하는 것은 두아라가 지적했듯이 자기인식을 근대만의 독특한 현상으로 보는 헤겔적 관념의 오류다. 두아라는 전근대의 정치적 정체성들이 반드시, 또는 목적론적으로 근대의 민족적 정체성으로 발전하는 것은 아니며 과거와의 중요한 균열이 존재하기도 함을 인정한다. 그러나 "새로운 어휘와 새

---

27 Stein Tønnesson & Hans Antlöv eds., *Asian Forms of the Nation* (Richmond, Norway: Curzon Press 1996) 9면.

로운 정치체제(국민국가 단위의 세계체제)는 이 오래된 표상들을 선택하고 변형하고 재조직하며 심지어는 재창조한다".[28]

　다시 말해서 정치적 주권공동체로서의 근대민족이라는 '상상'은 그 생성의 국면에서 활용 가능한 사회조건과 집단적 '기억'의 자원에 의존하고 또 그것에 제약받기도 한다. 물론 민족주의 내부의 다양한 분파는 그들이 호출해내는 기억의 목록과 이를 구성하는 정치적 상상력에서 상당한 차이를 드러낸다. 근대적 민족관념의 형성에 작용하는 과거의 유산을 내가 중시하는 까닭은 민족을 '예로부터의 영속적 실재'로 주장하기 위해서가 아니라 이런 상호작용들의 해명이 중요하다는 데 있다. 거듭 강조하지만 내가 비판한 것은 과거와의 그런 연관을 부정한 채 '기억 없는 상상'만을 강조하는 단절적 근대주의 모델이다.

　황종연은 이러한 논리구도를 곡해했을 뿐 아니라, 내가 소개한 덩컨의 글도 '한국사에서 전근대에 이루어진 원형민족적 결속이 자연적으로 근대민족의 형성에 귀착했다'고 주장한 듯이 왜곡했다. 그는 내가 덩컨을 원용한 요지를 제대로 살피지 않았을뿐더러 덩컨의 논문을 온전히 읽지도 않은 듯하다. 덩컨의 주장은 근대사의 특정 국면에서 민족이 주권공동체로 호명되기 이전에 왕조체제의 작용과 여러 사회적 요인들에 의해 집단적 인식(들)의 성장이 이루어졌고, 그것이 어떤 조건과 만나서 근대 민족인식의 질료나 토대가 되었다는 것이다. 번잡한 중계를 줄이고 덩컨의 결론 일부를 여기에 옮긴다.

28 프라센지트 두아라『민족으로부터 역사를 구출하기: 근대 중국의 새로운 해석』, 문명기·손승희 옮김(삼인 2004) 93~95면.

나는 또한 엘리뜨와 평민을 막론하고 한국인들 사이에서 국가에 의해 표상된 거시적 집단성에 대한 귀속의식(sense of identification)이 20세기의 새로운 산물이 아니라 수백년을 거슬러 올라가는 것임을 지적해야 하겠다.

그렇다고 해서 국가 단위로 규정된 집단성이〔전근대 한국인에게〕유일하거나 최우선인 정체성의 근원이었다고 내가 인정하는 것은 아니다. 두아라가 중국 사례에 관한 논의에서 지적하듯이, 국가라는 대단위 공동체에 대한 귀속감은 정체성의 여러 수준들 중 하나일 뿐이다. (…) 어떤 정체성이 특정한 시기에 우선권을 지니게 되는가는 역사적으로 우연한 상황들에 의존한다. 19세기 후반과 20세기의 한국에서 그 상황들이란 제국주의적 국민국가체제와 불행하게 맞닥뜨린 것이었다.[29]

---

29 John Duncan, "Proto-nationalism in Premodern Korea," Sang-Oak Lee & Duk-soo Park eds., *Perspectives on Korea* (Australia: Wild Peony 1998) 220면. 덩컨의 이 견해는 10년 뒤의 논문에서 두아라가 동아시아 민족주의에 대해 지적한 바와도 상통한다. "동아시아의 국가·사회들은 세계관이나 목표의식에서〔전근대 단계부터〕민족주의적이지는 않았지만, 이들 각국이 저마다의 중심적 영토 내에 상당한 수준의 제도화된 동질성과 더불어 정치적 공동체의 역사적 서사를 자산으로 가지고 있었다는 것은 민족주의가 깊숙하게, 심지어는 농촌지역에까지지도, 관철될 수 있는 중요 조건들로 작용했다. 그리하여 민족주의는 20세기에 와서 비서구세계의 여타 지역들보다 동아시아에서 훨씬 강력하게 뿌리내릴 수 있었던 것이다." Prasenjit Duara, "The Global and Regional Constitution of Nationalism: The View from East Asia," *Nations and Nationalism* 14-2(2008) 325면.

덩컨은 전근대의 원형민족적 결속이 '저절로 또 필연적으로' 근대 민족주의로 진행했다고 말하지 않았다. 그럼에도 황종연은 덩컨이 그렇게 주장한 듯이 기술하고, "원형민족적 결속은 아무리 강고하다 할지라도 일정한 조건이 갖춰지지 않으면 근대적 민족 형성으로 발전하지 못한다"며 엄숙하게 훈계한다(「문제는」451면). 이 씁쓸한 희극은 어디에서 오는 것일까. 역사와 문화에 대한 이해에서 식민주의를 특권화하고, 식민주의적 담론의 구성물이자 헤게모니 도구인 근대를 특권화하는 데 매몰된 사고가 그 원천인 듯하다. 이번의 반론을 보면 안타깝게도 그런 우려가 더 깊어진다.

5. 넘어서야 할 것들

황종연은 식민지시대 한국 역사학의 신라 인식에 관한 자신의 논의가 "피식민자가 식민자의 언어를 변형시켜 식민자의 목적으로부터 분리시키는 동시에 피식민자의 필요에 맞게 사용하는" 전유(appropriation)에 주목한 것이며, 자신의 신라론 어디에서도 "식민주의 역사학의 해석이나 고고학의 발견을 합리화하려는 시도 따위는 하지 않았다"고 말한다(「문제는」436면). 아마도 그럴 것이다. 내가 문제 삼은 것은 그가 한국의 근대역사학을 식민주의가 생산한 지식의 차용이나 전용(轉用)이라는 계보적 파생성 '속에서만' 보는 데 매몰되었으며, 한국 역사학자들이 자국의 전근대 역사서·자료·기억과 대화하고 해방적 이해의 창출을 위해 고투하기도 한 바를 무시하거나 왜곡했다는 것이다. 그는 식민주의를 가치론적으로 합리화하지 않았을지라도, 그것이 담론 생산의 원천으로서 독점적 위상을 지니는 듯이 가정함으로써 '발생론적으로 특권화'했다는 것이 내 비판의 핵심이다.

그는 한국사의 근대를 식민주의에 포획된 시간과 동일시하기 때문에 위의 특권화는 곧 근대의 특권화와 표리관계를 이룬다. 이를 정당화하기 위해 그는 전근대와 근대를 단절적으로 구획하고, 그 사이의 연관이 경시될 수 없다고 보는 이들은 민족주의적 퇴물이나 내재적 발전론의 잔당쯤으로 치부한다. 하지만 한국사와 문학의 전근대가 외부와 무관하게 근대를 향해 나아가고 있었다는 내발론의 가정이 그릇되었다 해서 전근대를 정체성의 늪처럼 균질화하거나 다음 시대와의 역학관계에서 배제할 일은 아니다. 단선적 진보사관의 믿음과 달리 역사는 다중적 시간성의 얽힘으로 형성되며, 과거 시간의 가닥들은 신기루처럼 일거에 사라지지 않고 그것들이 폭력적으로 접혀 들어간 시공간에서 복잡한 작용의 역사에 관여한다.

황종연은 내 글에 대한 반론 제목을 「문제는 역시 근대다」라 했는데, '어떤 의미에서는' 나도 그렇게 말하고 싶다. 까닭은 '근대'라는 어휘의 수상함에 있다. 두셀, 차크라바티 등과 근간의 한국 서양사 학자들도 지적하듯이 '근대'란 식민주의시대에 유럽이 세계사의 중심을 자처하면서 진보의 역사라는 단일축 위에 근대−전근대, 문명−야만, 진보−정체(停滯), 중심부−주변부를 위계적으로 배치하고 '차이의 지배'를 정당화한 담론의 중핵이다.[30] 그것은 보편적 시대개념의 외관 아래서 다양한 시공간적 차이를 근대성이라는 단일 척도의 장으로 몰아넣고 근대와 전근대를 이분법적으로 평판화(平板化)했으며, 상이한 역사들을 성찰할 만한 시야를 폐쇄해왔다. 역사와 문화에 대한 우리의 논의가 탈근대적·해방적이고자 한다면 근대에 권위화된 담론과 개념들의 구성성을 해부하는 것으로는 충분하지 않다. '근대'는 그것을 버리고 역사를 논하기 어려울 만큼 기본적인 어휘가 되었지만, 그럼에도 불구하고 혹은 그렇기 때문에 더욱더 근대라는 술어와 그것이 동반한 유럽중심적 서사의 해체적 재검토가 긴요하다. 근대에 만들어진 가장 문제적인 구성물은 바로 근대라는 관념 자체다.

---

30 Enrique Dussel, "Eurocentrism and Modernity(Introduction to the Frankfurt Lectures)," *boundary* 2, Vol. 20, No. 3 (Autumn, 1993) 65~76면; 엔리케 두셀 『1492년, 타자의 은폐: '근대성 신화'의 기원을 찾아서』, 박병규 옮김(그린비 2011); Dipesh Chakrabarty, *Provincializing Europe: Postcolonial Thought and Historical Difference* (Princeton: Princeton University Press 2000); Frederick Cooper, 앞의 책 113~49면; 제임스 M. 블라우트 『식민주의자의 세계모델: 지리적 확산론과 유럽중심적 역사』, 김동택 옮김(성균관대출판부 2008); 이매뉴얼 월러스틴 『유럽적 보편주의: 권력의 레토릭』, 김재오 옮김(창비 2006); 한국서양사학회 엮음 『유럽중심주의 세계사를 넘어 세계사들로』(푸른역사 2009); 강철구·안병직 엮음 『서양사학과 유럽중심주의』(용의숲 2011) 참조.

제6장

특권적 근대의 서사와

한국문화 연구

1. 관심의 초점

"근대에 만들어진 가장 문제적인 구성물은 바로 근대라는 관념 자체다"라는 말로써 나는 앞의 글을 끝맺었다. 이 글은 그런 진술의 연장선상에서 '근대'와 '근대성'이라는 관념의 문제성을 재검토하는 데에 목표의 일부분을 둔다. 아울러 나는 1960~80년대의 내재적 발전론에서 근년의 단층적(斷層的) 근대성론에 이르기까지 한국문화 연구의 주요 패러다임들이 각기 다른 방식으로 근대를 특권화함으로써 지적 성찰의 그늘을 만들어오지 않았는지 비판적 의문을 제기하고자 한다.[1]

---

1 식민지 근대화론, 식민지적 근대성론과 아래에 설명할 제3의 시각을 포괄하기 위해 '단층적 근대성론'이라는 명칭을 사용한다. 제3의 시각이란 식민지적 근대성론과 비슷하게 한국사회와 문화의 근대성을 외부의 내습·충격에 의한 것으로 보되, 시기적으로는 '근대전환기'(1894~1910)부터를 강조하는 입장이다. 이

이런 목표에 접근하기 위해 나는 근대와 근대성이라는 개념의 실질에 관한 논쟁에 참여하기보다 그것들이 지닌 특권적 기표로서의 위상과 불안정성 및 의미과잉을 화용론적 차원에서 살필 것이다.[2] 다시 말해서 내 관심사는 이 말들이 우리의 사고를 어떻게 인도하며 제약하는지 반성함으로써 근대담론 자체를 가능한 한 대상화해보는 데 있다. 이런 작업은 내재적 발전론과 단층적 근대성론을 비판적으로 검토하기 위한 기초가 되면서, 거꾸로 그런 논의에서 입체적 용례 분석을 얻을 수 있다.

지난 반세기 동안 한국문화 연구를 주도해온 방법론적 시각들에 대한 본고의 관심 또한 그들의 연구내용에 대한 실질 논쟁에 목적을 두지는 않는다. 논의의 맥락에 따라 문화연구의 구체적 사안이 일부 거론되는 것은 불가피하지만, 내가 관심 두는 것은 그들의 담론틀에서 근대가 차지하는 특권적 지위, 그리고 이로 인해 야기된 인식상의 그늘과 사각(死角)이 한국문화 연구의 시야를 어떻게 제한했던가에 대한 고찰이다. 이 점에 관한 한 내재적 발전론과 단층적 근대성론은 그들 사이의 뚜렷한 입장 차이에도 불구하고 그다지 멀지 않은 문제점이 있다는 것이 본고의 요점이다.

이중에서 우선 내재적 발전론으로부터 논의를 시작하자. 내재적

세가지 시각은 상호간의 편차에도 불구하고 내재적 발전론에 대한 적극적 비판, 근대성의 외래적 이입과 단층성에 대한 강조에서 상당한 공통점이 있다.

2 이하의 논의에서 '근대, 근대성'은 강조나 주의환기를 위해 따옴표를 붙이기도 하나 대개는 그대로 노출해서 쓴다. 어느 쪽이든 내가 사용하는 경우 이 두 단어는 의미실질을 특별히 주장하지 않는 '이른바 근대, 근대성'에 해당한다.

발전론은 목적론적 근대주의의 아들이라 말할 수 있다. 목적론적 근대주의란 역사가 고대, 중세를 거쳐 근대라는 필연의 단계로 발전하는 것이 세계사적 보편성이라는 믿음이다. 이 경우의 근대란 오늘날과 가까운 시기라는 명목상의 지칭이 아니라 '근대성'이라는 개념으로 집약될 만한 일련의 자질, 제도, 경험이 출현하고 전개된 실체적 역사단위이며, 그 전형적 모습과 경로는 유럽의 역사에서 우선 나타났다고 한다. 주지하다시피 이런 역사관은 유럽의 제국주의적 성공에 힘입어 득세하고 비서구세계에도 널리 유포되었으며, 전지구적 불평등체제를 역사철학적으로 설명하고 정당화했다.

1960~80년대의 국내 한국학 연구를 주도한 내재적 발전론은 이러한 목적론적 근대주의의 인식틀을 자명한 것으로 수용했으나, 근대성의 어떤 자질과 '자본주의적 맹아(萌芽)'는 조선 후기 사회에서도 태동하고 있었다는 것을 유력한 작업가설로 삼았다. 즉, 유럽 중심주의에 기초한 단선적 진보사관을 보편타당한 것으로 받아들이되, 그 틀에 입각하여 한국사를 기술하는 차원에서는 식민주의 담론이 새겨놓은 정체성(停滯性)의 낙인을 거부하고자 한 것이다. 그리하여 한국학 연구의 가장 뜨거운 현장은 조선 후기 즉, 17~19세기가 되었다. 한편, 근현대에 관한 연구는 이렇게 앞시대에 형성된 맹아나 가능성들이 근대사의 격류와 식민체제 속에서 어떻게 왜곡·탈취되었는지, 그리고 문학은 그런 역사 속의 경험들을 어떻게 표현했는지 탐구하는 것으로 거대서사의 윤곽이 형성되었다.[3]

---

3 나 자신이 이런 추이 속에서 내재적 발전론의 지향에 동의하며 활동한 연구자라는 점을 여기서 확인해둔다. 나는 조선 후기 문학의 근대성에 대한 평가에서 대

1990년 중엽 이래로 내재적 발전론과 그 바탕의 민족주의적 시각에 대해 거센 비판이 대두하면서 이와 같은 연구동향은 중대한 난관에 부딪혔다. 이미 학문적으로 입신하고 자기 세계가 굳어진 세대의 학자들에게는 별 영향이 없었지만, 젊은 신진 학자들과 대학원생 세대에서는 상당히 빠르게 기류의 변화가 일어났다. 학문세계의 변화를 파악하는 데에는 구성원 전체의 성향 분포보다 새로이 학계에 들어왔거나 머지않아 진입할 신진층의 추이가 중요하다. 그런 각도에서 본다면 1990년대 중엽 이래의 10여년간은 내재적 발전론이 급격히 퇴조하여 거의 실종(失踪) 상태에 들어간 국면이라 말할 수 있다. 몇몇 논자가 간헐적으로 내발론의 의의를 변호하고 비판적 논점들에 대해 반론을 펼치기도 했지만, 그것들은 대체로 퇴각전의 수준을 벗어나지 못했다. 이 시기의 내재적 발전론은 더이상 스스로 갱신하거나 확장하면서 전진하는 패러다임이 아니었다.

여러 종류의 단층적 근대성론은 이런 비판의 국면을 조성하며 등장해서 2000년대 중반쯤에는 영향력 면에서 주류적 위상을 차지하기에 이르렀다. 이들 중에서 포스트모던한 화법의 논자들은 자신들의 입장을 식민지 근대화론과 구별했지만, 그들 사이의 차이는 때때로 모호해 보였다. '민족주의적·좌파적' 내발론을 맹렬하게 공격하여 주목받은 『해방전후사의 재인식』은[4] 이런 차이를 넘어서 형성된 유대의 본보기라 할 만하다. '식민지적 근대성'이라는 술어가 우리

체로 신중론을 제시한 '소극적 내발론자'였지만, 그 소극성을 이유로 내발론의 심판정에서 달아날 생각은 없다.

4 박지향·김철·김일영·이영훈 엮음『해방 전후사의 재인식』1·2(책세상 2006).

학계에서 확산되는 데 크게 공헌한 편저『한국의 식민지 근대성』은 그런 시각의 필요성에 대한 신기욱·로빈슨의 서설로 시작해서, 식민지 근대화론자인 카터 에커트(Carter Eckert)가 역사서술의 객관성과 공정성에 관하여 펼치는 교훈적 연설로 마무리된다.[5] 그들 사이에 근대성에 대한 가치의식의 차이가 있다 하더라도, 그것은 한국 역사학의 민족주의적 편향과 내발론에 대한 비판적 공감에 비하면 사소한 것처럼 보인다.

식민지 근대화론이 근대화를 역사의 필연이자 선으로 보는 데 비해, 여타의 단층적 근대성론이 근대의 제도·관념·가치를 비판적으로 성찰하려 한다는 차이를 가벼이 여길 일은 아니다. 다만 이 글에서 내가 주목하려는 것은 근대의 가치에 대한 입장 차이에도 불구하고 그들의 역사인식에서 근대성은 유럽을 원천으로 기동하여 회피할 수 없는 필연으로 식민세력에 의해 주어진 것으로 설정된다는 점이다. 예컨대 신기욱과 로빈슨은 다음과 같이 말한다.

'근대성'은 18세기 서유럽에서 최초로 발생해서 세계의 다른 지역으로 퍼져 나간 현상이다. 근대성은 계몽주의, 합리주의, 시민권, 개인주의, 법률적-합리적 정통성, 산업화, 민족주의, 국민국가, 자본주의 세계체제 등과 자주 연관된다. 합리주의적 계몽사상

---

5 Gi-Wook Shin and Michael Robinson, eds., *Colonial Modernity in Korea* (Cambridge, Mass.: Harvard University Asia Center 1999), 도면회 옮김『한국의 식민지 근대성』(삼인, 2006). 한국어 번역본에 이 책의 부제처럼 표시된 '내제적 발전론과 식민지 근대화론을 넘어서'는 원본에 없던 것이다.

과 영국의 산업혁명, 프랑스의 시민혁명 등이 유럽에서 근대성의 발생과 성장을 이루어낸 주된 사건들이다. 간단히 말해, 근대성은 기원과 속성상 본질적으로 역사적이고 서유럽적인 현상이다.

(…) 한국에서 근대성을 형성한 원천들은 서구적 기원을 갖는 것이었지만, 한국의 근대성 수용은 복잡한 여과 메커니즘── 한 세대 이전 일본에서 시작되고 식민지 치하 한국에서 계속된 전이 과정──에 의해 매개되었다. 그러므로 한국의 근대성에 대한 논의는 반드시 식민주의라는 역사적 맥락을 고려해야 한다.[6]

이처럼 근대성을 기원과 속성에서 본질적으로 서유럽적인 현상이라 전제하는 점에서 식민지적 근대성론 역시 서구중심적 근대주의의 논리를 상당 부분 재사용하고 있다는 것이 주목해야 할 사항이다. 아울러 근대성에 대해 비판적 입장을 취하며 '근대의 외부'를 모색한다 하더라도, 이와 관련된 역사적 추이를 논하는 과정에서 근대가 발생론적으로 특권화되는 현상이 단층적 근대성론에서 자주 발견된다.[7]

이런 문제에 연관된 사항들은 갈피를 잡기 어려울 만큼 얽혀 있으나, 핵심은 결국 '근대'라는 어휘로 돌아간다.

---

6 신기욱·마이클 로빈슨 「서론: 식민지 시기 한국을 다시 생각하며」, 도면회 옮김 『한국의 식민지 근대성』 48~50면.
7 이 책의 190~91면 참조.

2. 근대, 배제의 기표(記標)

근대(modern age)는 기본적으로 시대 구분 개념이며, 근대성 (modernity)이란 그렇게 구획된 시대의 주요 특성이나 변별적 자질들의 집합이라고 규정할 수 있다. 따라서 어떤 시대가 근대인지 여부는 근대성 목록에 있는 자질들의 출현 여부와 정도에 따라 판정될 법하다. 그러나 이 원론적 기대는 구체화된 논의 수준에서 몇 걸음을 옮기기도 전에 난관에 부딪힌다. A, B라는 두 지역의 여러 조건과 경험 양상이 현저히 다르다면 어느 쪽을 기준으로 근대의 시간적 범위와 자질을 판정하며, 두 지역 사이의 차이는 어떻게 환산하거나 중재할 것인가. 이 문제는 유럽대륙 안에서만 살펴보더라도 답하기 난처하다. 한 역사인류학자의 비판적 요약을 빌리자면 근대적 변화는 "서유럽의 다양한 사회집단과 지역에서조차 대단히 불균등하고 상이한 속도로 이루어졌"으며, "서유럽의 문명화 모델은 유럽에서조차 모든 계급과 나라에 적용될 수 없다."[8]

그럼에도 불구하고 'modern'이라는 용어가 오랫동안 널리 편의적으로 쓰일 수 있었던 일차적 요인은 반어적이게도 그것이 본래 특정 시기나 자질을 한정하지 않는 상황적 개념이었기 때문이다. 달리 표현하자면 'modern'은 '어제, 오늘, 접때'와 마찬가지로 담화상황에 관계된 주체의 위치와 의도에 따라 그 범위가 달라지는 상대적

---

8 리하르트 반 뒬멘 『역사인류학이란 무엇인가』, 최용찬 옮김 (푸른역사 2000) 74면.

시간 지시어로서, 일종의 '시간적 지시대명사'다.[9]

이처럼 상대적인 시간 범위만을 지칭하는 'modern'이 '옛날, 옛것'과 대비되는 가치론적 우월성의 함축을 일부 띠게 된 것은 17, 18세기를 경과하는 동안 나타난 현상이다. 쌔뮤얼 존슨의 영어사전을 보면 셰익스피어(1564~1616) 시대까지만 해도 이 단어는 "비속한, 용렬한, 범속(凡俗)한" 등과 같이 통속성을 낮추어 보거나 기껏해야 중립적 수준에서 표현하는 단어였다. 그러던 것이 존슨의 영어사전이 나온 18세기 중엽에는 "근래의, 최근의, 옛것이 아닌, 고풍(古風)이 아닌"처럼 의미의 격이 상승했을 뿐 아니라 옛것과의 대립성이 중요한 의미자질로 부각되었다.[10]

여기서 "(…)이 아닌"이라는 의미구도의 등장에 각별히 주의할 필요가 있다. 그것은 '근래, 최근'처럼 담화 행위자가 상대적 거리에 의해 '현재를 포함한 가까운 과거의 시간'을 식별하던 것과 달리 '이쪽 시간대'(modern)와 '저쪽 시간대'(ancient)를 대립적으로 설

---

9 한국어, 영어의 통상적 문법에서 '이것, 저것/this, that'은 대명사지만, '여기, 저기, 어제, 오늘, here, there, yesterday, today'는 명사로 분류된다. 하지만 '이것, 저것'이 화자-청자-지시물의 상대적 위치에 따라 의미실질이 바뀌는 '대행적 명사'인 것처럼, '어제, 오늘, 접때' 또한 담화상황과 발화자의 의도에 따라 지칭 범위가 달라진다는 점에서 '대행적 명사성'이 있다고 할 수 있다. 영어의 'modern'은 '지금'을 뜻하는 라틴어 'modo'의 형용사형 'modernus'에서 온 것으로, 역사상의 시대를 가리키는 말이 되기 이전에 '오늘날의, 요즘의, 최근의'라는 일반 형용사였고, 이 용법은 아직도 유지되고 있다. Bailey, *An Universal Etymological English Dictionary* (1726); Weekley, *An Etymological Dictionary of Modern English* (1921); *The Concise Oxford Dictionary of Current English* (1911) 참조.

10 "**modern**: 1. Late; recent; not ancient; not antique. 2. In *Shaespeare*, vulgar; mean; common." Samuel Johnson, *A Dictionary of English Language*(1766).

정한다. 그리고 이 두 시간대는 질적으로 차별화되는 타자(他者)의 관계를 형성한다. 17세기 말에서 18세기 초까지 프랑스와 영국에서 전개된 신구문학 논쟁은 'modern'이라는 어휘의 의미론적 차원에 이런 변화가 뚜렷이 새겨지는 계기를 제공했다.[11]

하지만 18세기에 등장한 'modernize'(근대화하다)라는 단어가 "일종의 개조를 가리키되 그 개조는 정당화를 필요로 하는"것이었다는 데서 알 수 있듯이 'modern'은 자명하게 긍정적인 것만이 아니었다. 그러던 것이 "19세기 전반에 걸쳐 그리고 20세기에 이르면 상당히 눈에 띄는 형태로 그 역방향으로 강력한 움직임이 있었으며, 그 결과 'modern'은 '향상된', '만족스러운', '효율적인'이라는 말과 거의 같은 의미가 되었다".[12]

이와 같은 의미사적 흐름은 역사단위로서 근대가 19세기에 와서 목적론적 진보의 귀착점으로 등극하게 되는 것과도 병행하는 현상이다. 프랑스혁명과 산업혁명을 겪고 자본주의의 동력에 힘입어 전세계로 팽창한 제국주의는 근대를 서양사의 흐름 속에서 특권화했을 뿐 아니라, 세계사의 차원에서도 그것을 유일한 귀착점으로 삼았다. 이 거대서사를 가장 심오하게 엮어낸 헤겔(1770~1831)에 의하면 동양세계는 자기의식을 결여한 채 공동정신이 권위로 군림하는 무

---

11 이 다툼은 '[문학에서의] 고전적인 것(the ancients)과 근대적인 것(the moderns) 사이의 논쟁'이라 불리는데, 고전적 장르 규범과 가치에 절대적 권위를 두어오던 재래적 관점과 이에 맞서 당대인들의 새로운 표현양식과 성취를 긍정하는 관점 사이의 충돌을 그 핵심으로 했다.

12 레이먼드 윌리엄스『키워드』, 김성기·유리 옮김(민음사 2010) 316면.

시간적 원리에 매몰되어왔다.

　중국이 역사에 등장했을 때의 모습은 지금과 다르지 않다. 왜냐하면 객관적인 존재와 그 아래에서 일어나는 주관적 운동의 대립이 빠져 있기 때문에 그곳에는 어떠한 변화도 생겨날 수가 없고, 우리가 역사라고 부르는 것 대신에 영원히 똑같은 것이 다시 나타나기 때문이다. 중국과 인도는 생명력 있는 전진을 낳는 데 필요한 두가지 요소를 하나씩 나눠 가진 데 불과하며, 그런 의미에선 아직도 세계사의 바깥에 있다고도 할 수 있다.[13]

　이렇게 비유럽권의 역사집단을 '세계사의 바깥에 있는 무리들'이나 '역사가 없는 민족들'로 만드는 결정적 개념범주가 바로 근대다. 근대는 제국주의시대가 역사단위로서 확실성을 보증해준 개념이자, 당대의 불평등한 세계질서를 진보의 낙차에 기인한 필연으로 정당화한 지식의 핵심이었다.

　맑스(1818~83)는 자본주의 근대를 역사의 종착점이 아니라 경유지로 간주했지만, 이를 포함한 단선적 진보의 궤도로서 세계사를 파악한 점은 다를 바 없다. 막스 베버(1864~1920)는 근대 자본주의가 기술적 생산수단만이 아니라 이를 지탱하는 법률과 행정의 합리적 조직을 필요로 하며, 이 모든 것은 그것을 생성하고 떠받치며 움직이는 문화를 요구하는바, 그 입체적 구성물인 근대문명은 '오직 서구

---

13 헤겔『역사철학 강의』, 권기철 옮김(동서문화사 2008) 122면.

에서만' 가능했다고 주장한다.[14] 중국, 인도의 종교에 대한 그의 저술들은 다른 세계의 종교적 심성을 이해하기 위한 것이기보다 이 유서 깊은 문화권들에서 왜 '자본주의＝근대'가 발달하지 못했는가에 대한 결과론적 설명으로서, 그의 주저 『프로테스탄티즘의 윤리와 자본주의 정신』을 위한 두 건의 후주(後註)와 같다. 그중 한 대목을 잠시 살펴보자.

유교의 윤리에는 자연과 신성(神性) 사이의 긴장, 윤리적 요구와 인간적 결함 사이의 긴장, 죄의식과 구원의 필요 사이의 긴장, 지상에서의 행실과 저세상에서의 보상 사이의 긴장, 종교적 의무와 사회정치적 현실 사이의 긴장 같은 것이 완전히 결여되어 있었다. 그래서 전통과 인습으로부터 해방된 내면적 힘들을 통해 행동에 영향을 미치는 제어장치가 존재하지 않았다. 정령신앙에 기초한 조상숭배가 개개인의 행실에 가장 크게 영향을 주는 것이었을 따름이다.[15]

유교윤리에서 인륜적 규범력의 원천이 조상숭배에 있는지, 또 조상과 가계에 대한 숭모의 문화를 정령신앙에 결부시키는 것이 인류학적으로 적절한지 등의 문제는 여기서 접어두기로 한다. 이 책이

---

14 막스 베버 『프로테스탄티즘의 윤리와 자본주의 정신』, 박성수 옮김(문예출판사 1988) 5~20면.

15 Max Weber, *The Religion of China: Confucianism and Taoism*, tr. by H. Gerth (New York: The Free Press 1968) 235~36면.

쓰인 1904년경 유럽 지식인들의 유교 이해 수준에서 그런 정도의 상투적 추론은 얼마간 불가피한 것일 수도 있다. 그러나 인용된 첫 문장에서 다섯가지 대립쌍의 긴장을 열거하고 그런 것이 결여되었기에 유교가 자본주의를 낳을 수 없었다는 주장은 당시의 세계사에서 유럽 자본주의가 승리했다는 결과로부터 역산하여 과거의 인과성을 꿰어 맞춘 설명에 불과하다. 특히 "죄의식과 구원의 필요 사이의 긴장"과 "지상에서의 행실과 저세상에서의 보상 사이의 긴장" 같은 것은 기독교의 원죄관념이나 지상-천상 구별을 전제로 해야만 성립한다. 그럼에도 불구하고 이를 자본주의 근대의 가능성에 대한 원천적 조건으로 삼는 것은 종교사회학적 폭력의 전형이라 할 만하다. 그것은 상이한 문명권에 속한 인간들의 종교와 심성을 논하면서 기독교문화의 개념범주들에만 의존함으로써, 그것들이 온전하게 표상할 수 없는 사유와 경험을 몰수하는 것이기 때문이다. 베버는 합리적 사회를 향한 전진이 유럽이라는 '터널' 안에서만 일어났다는 신념 자체를 검증해볼 생각이 당초부터 없었다.[16]

　이처럼 문화의 차이에 대한 고려를 원천적으로 배제하고 서구의 어휘와 개념범주를 재료로 하여 정의된 근대는 그것이 제국주의적 질서의 정당성을 강변하지 않는다 하더라도 담론 구성의 원천적 층위에서 이미 사고의 불평등과 역사이해의 식민주의를 기입한다.[17]

---

16 베버의 시각을 유럽 중심의 터널사관이라고 한 것은 블로트의 지적이다. 제임스 M. 블로트『역사학의 함정: 유럽 중심주의를 비판한다』, 박광식 옮김(푸른숲 2008) 59~78면 참조.
17 김택현『서발턴과 역사학 비판』(박종철출판사 2003) 160~64면 참조.

문제는 이런 사실에도 불구하고 근대가 언제나 보편적 시대단위로서 자격을 주장하며, 한발 더 나아가서는 세계사의 모래시계에서 모든 집단의 역사가 그리 흘러들어가야 하는 목적적 시간으로 군림한다는 것이다. 시공간적 다양성 속에 있는 문화집단들의 경험을 근대 서구의 어휘들만으로 걸러내는 인식론적 폭력은 서구중심적 근대주의의 불가결한 기초였다.

그렇게 해서 우월한 지위를 점유한 시간단위로서 근대는 그 앞의 시대를 '아직 근대가 아닌 시간' 즉 전근대로 호명한다. 이 경우의 '전'(pre-)이라는 접두사는 강력한 대조 기능을 발휘하여, 전근대와 근대는 그 시간적 접속에도 불구하고 의미론적 대립쌍이라 할 만한 이질성이 강조된다. 미신-합리성, 농경사회-산업사회, 빈곤-풍요, 집단-개인, 억압-해방, 폐쇄성-개방성 등으로 장황하게 열거될 수 있는 대립항들이 여기에 모여들어서 대조의 음영을 강화한다. 그리하여 전근대는 근대가 도래하기 전까지의, 근대보다 미숙하며 부족한 '결여의 시간'이라는 위치에 놓인다. 그런 뜻에서 근대는 자신의 우월성을 부각하기 위한 시간적 타자로서 전근대를 요구하는 어휘, 전근대에 대립적으로 의존하면서 그것을 식민화하는 용어가 되었다.

3. 경계의 유동성과 의미 과잉

위에서 논한 문제성에도 불구하고 근대라는 시대 개념은 근대중심적 목적사관이 득세하는 가운데 역사담론의 기본어휘로 확고한 지위를 차지했다. 이와 병행하여 근대라는 것의 실질·성격·가치 등에 관한 논란이 많았던 만큼 근대성의 의미도 다양한 방식으로 확장·분화되었다. 2차대전 이후에는 국제적 패권의 재편성을 둘러싸고 저개발국가들의 장밋빛 미래를 약속하는 로스토우식 근대화론과 이에 대한 사회주의권의 대항논리인 제국주의 수탈론이 등장하여 근대이해의 의미론적 지형이 더 심한 굴곡을 지니게 되었다.[18] 1970년대 이후에는 포스트모던한 담론들이 등장하면서 근대적 가치 자체에 대한 회의를 포함하여 극히 다양한 시각의 근대성 논의들이 범람했고, 그 여파는 오늘날에도 계속되고 있다.

그런 가운데서 근대논의가 떨쳐버리지 못한 난점을 나는 다음의 두가지로 지적하고 싶다. 하나는 근대라는 시대를 규정하는 경계의 유동성이며, 다른 하나는 근대라는 것이 '타자(他者)의 시간'으로 주어진 데서 오는 인식론적 곤경이다.

역사연구를 위한 시대구분의 경계가 관점에 따라 가변적인 것은 흔한 일이다. 하지만 근대의 시간적 경계가 보여주는 유동성은 그런 통례와 비교할 수 없을 만큼 진폭이 크고, 이에 따른 소통장애가 심각하다.

---

18 정일준 「미제국의 제3세계 통치와 근대화이론」, 『경제와 사회』 57(한국산업사회학회 2003) 126~46면; Paul A. Cohen, *Discovering History in China: American Historical Writing on the Recent Chinese Past* (New York: Columbia University Press 1984), 이남희 옮김 『학문의 제국주의』(산해 2003). 폴 코헨의 책은 미국에서의 중국사학에 관한 고찰이기는 해도, 미국발 근대화론과 사회주의권의 경쟁적 모델이 비서구권의 역사학과 근대인식에 관여하는 거시적 맥락을 살피는 데 매우 유익하다.

서양사론에서 근대(modern age)는 시간적 범위를 넓게 잡을 경우 15세기 후반 내지 16세기부터 20세기까지를 가리킨다. 이딸리아의 상업도시들이 융성하는 가운데 르네상스가 출현한 15세기 후반이 더이상 소급하기 어려운 근대의 상한선인 것은 분명하다. 하지만 논자에 따라 16세기에서 19세기까지 사이에서 근대의 상한선을 달리 잡는 경우가 드물지 않다.[19] 이것이 근대성의 핵심에 대한 이해와 직결되는 것임은 물론이다. 르네상스, 종교개혁, 지리상 발견, 식민지 경영, 절대주의, 중상주의, 자본주의화, 계몽주의, 산업혁명, 프랑스혁명, 민족주의, 제국주의, 도시화, 대중사회 등과 이들 사이의 복잡한 의존관계가 근대 형성의 핵심요인 혹은 대표적 자질에 관한 주장과 맞물리면서 근대가 막을 연 시기는 3세기 이상의 진폭으로 극심한 출렁거림을 계속해왔다.

이에 비하면 덜 심각한 문제지만 근대의 하한선 역시 열려 있다. 'modern'이라는 단어의 본의이기도 한 '지금의, 오늘날의'라는 어의는 현대영어에도 유지되면서 그것을 '발화자가 속하는 이 시점'까지 포함하는 것으로 현재화한다. 역사서에서는 이처럼 '밑 빠진 시대'를 처리하기 거북하므로 '당대'(contemporary age)를 근대 다음에 두기도 한다. 그러나 이런 방식의 구분은 너무 긴 시기를 적당히 분절하고 최근의 역사를 별도의 서술단위로 삼는 변통에 불과하다. 그런 편법이 통용되는 상황에서도 근대성이나 모더니즘 논의는 'contemporary'라는 표지가 붙은 시간대까지를 포함하여 전개되는

---

19 백낙청 「문학과 예술에서의 근대성 문제」, 『창작과비평』 82호(1993 겨울) 13면.

것이 통례다.

근대의 상한선이 얼마나 불안정하게 유동하는지 예시하는 뜻에서 가까이 있는 책 몇 권을 살펴보자. 호튼과 호퍼가 저술한 『유럽문학의 배경』은 '근대 정신'(The Modern Spirit)이라는 소제목이 달린 제4장을 르네상스에서 시작하고, 1945년 이후의 유럽에 대한 검토로 책을 끝맺었다.[20] 버먼은 모더니즘에 관한 논의를 펼치면서 근대의 역사를 (1)16세기 초에서 18세기 말까지, (2)1790년대부터 19세기 말까지, (3)20세기라는 세 국면으로 나누었다.[21] 웰렉의 대저 『근대비평사』는 1750년부터 1950년까지를 서술 범위로 삼았다.[22]

윔재트와 브룩스의 『문학비평사』 제4권은 'Modern Criticism'이라는 부제 아래 20세기의 비평을 다루었다.[23] 타이틀이 '근대'(The Modern Age)인 『펠리컨 영문학사』 제7권은 대략 1870년대부터를 포괄하며, 퍼킨스의 영시사에서 'Modern'은 1890년 이후를 가리킨

---

20 Rod W. Horton and Vincent F. Hopper, *Backgrounds of European Literature*, 2nd edn. (Englewood Cliffs, New Jersey: Prentice-Hall 1975).

21 Marshall Berman, *All That is Solid Melts into Air: The Experience of Modernity* (New York: Penguin Books 1988) 16~17면. 이 책의 한국어 번역본〔윤호병·이만식 옮김 『현대성의 경험』(현대미학사 2004)〕은 'modern, modernity'를 모두 '현대, 현대성'으로 번역했다. 이것은 보들레르 이후의 미학적 모더니즘을 현대주의로 번역하는 방식에 따른 것으로 이해되지만, 버먼의 입장은 모더니즘을 16세기 이래의 유럽사와 경험의 연장선상에서 보려는 것이므로 '근대, 근대성'이라는 역어가 더 적합할 듯하다.

22 René Wellek, *A History of Modern Criticism: 1750-1950*, Vols. 1-4 (New Haven and London: Yale University Press 1955).

23 William K. Wimsatt, Jr. and Cleanth Brooks, *Literary Criticism, A Short History, IV: Modern Criticism* (London: Routledge and Kagan Paul 1957).

다.[24] 데이치즈의 『소설과 근대 세계』가 다룬 작가 네 명 중 선두주
자인 조지프 콘래드는 1895년에 첫 작품을 간행했다.[25] 브래드베리
는 1870년대 이래의 영국사회와 출판, 매체 등을 논하여 '근대 영문
학'의 사회적 맥락을 고찰했다.[26]

이처럼 'modern'의 범위가 심하게 신축하는 것을 단일한 대역어
로 수용하기 불편하므로 동아시아권에서는 '근대'와 '현대'를 적당
히 구분해서 번역하기도 한다. 그런 방식을 적용한다면 위의 사례들
중에서 웰렉의 책까지는 'modern'을 '근대'라 하고 그뒤는 모두 '현
대'로 처리할 법하다. 이런 편법의 적절성 여부를 떠나서 주목할 점
은 그런 고심이 불가피할 만큼 'modern'은 지시 범위의 가변성이 크
다는 것이다.

르네상스에서 기산할 경우 근대는 5세기가 넘기 때문에 그것을
초기 근대(early modern period)와 후기 근대(late modern period)로
양분하는 편법이 널리 통용된다. 이 경우의 중간경계는 홉스봄의 근
대사 3부작 중 첫째 권인 『혁명의 시대』가 구획한 것처럼 프랑스대
혁명이 절정에 이른 1789년 부근으로 잡는 것이 일반적인 듯하다.[27]

---

24 Boris Ford ed., *The Pelican Guide to English Literature 7: The Modern Age*
(Harmondsworth: Penguin Books 1964); David Perkins, *A History of Modern
Poetry: From the 1890s to the High Modernist Mode* (Cambridge, Mass: The
Belknap Press of Harvard University Press 1976).

25 David Daiches, *The Novel and the Modern World: Joseph Conrad, James Joyce, D. H.
Lawrence, Virginia Woolf* (Chicago: The University of Chicago Press 1960).

26 Malcolm Bradbury, *The Social Context of Modern English Literature* (Oxford:
Basil Blackwell 1971).

27 에릭 홉스봄 『혁명의 시대: 1789~1848』, 정도영·차명수 옮김(한길사 1998).

그러면 근대성이란 전기와 후기 중의 어떤 시기를 기준으로 삼아 파악해야 하는 것일까. 초기 근대를 기준으로 본다면 근대성의 목록에는 프랑스혁명과 산업혁명을 비롯하여 이후의 현상들이 모두 제외될 것이다. 초기 근대 중에서도 가장 앞의 시기인 르네상스를 기준으로 보자면 그 목록은 더욱이나 간략할 수밖에 없다. 후기 근대 즉 19세기 이래의 특질로 근대성을 규정할 경우, 초기 근대는 아직 근대가 아니라 "결국 수렴되고 말 근대성을 향한 과도기"에 불과하게 된다.[28] 그것이 거북하다면, 초기 근대는 후기 근대를 낳은 선행단계로서 후일의 근대성을 소급하여 인정받을 권리가 있다고 할 것인가. 사소한 듯하지만 유념할 또 한가지 사항은 초기 근대의 상대 개념인 후기 근대가 'late'를 떼어버리고 그냥 '근대'로 불리기도 한다는 점이다.[29] 이처럼 초기 근대는 근대의 일부분이기도 하고 선행단계이기도 하다.

이런 문제만으로도 근대성의 실체를 둘러싼 혼란은 불가피한 것이지만, 그 모호함이 이중의 곤혹스러움을 띠게 되는 것은 근대라는 어휘가 비서구의 사람들에게 원래 '타자의 시간'을 가리키는 용어였기 때문이다. 역사에 보편적 필연의 경로가 있고 근대가 그중에서 가장 진보한 단계라면, 이 서구의 시간은 뒤늦게나마 비서구 사람들

---

28 김영민 「근대성과 한국학: 한국 사상사를 중심으로」, 『오늘의 동양사상』 13(예문동양사상연구원 2005) 132면.

29 "(…) the distinctive phases of European civilization are generally represented as ancient, medieval, early modern, modern, and contemporary." S. R. G., 'Preface to the Issue "Early Modernities"', *Daedalus* Vol. 127, No. 3 (Summer, 1998) V면.

의 현재와 미래 위에 덧쓰여야 한다. 그렇다면 무엇이 얼마만큼 어떻게 참조되어야 할까? 이 심각한 물음 앞에서 서양의 근대를 규정하는 상한선과 중간 이정표들이 흔들리고 근대성의 내용이 일정하지 않을 때, 그 낭패스러움은 말할 나위가 없다. 이런 현상은 서구와 비서구의 관계에서만 나타나는 것이 아니다.

여기서 근년에 접한 독일 근대사 저술 하나를 잠시 거론해보고자 한다.『독일 역사 서술의 신화들: 좌절된 1848년 시민혁명』이라는 도전적 저서에서 블랙번과 일리는 독일 근대사가 영국이나 프랑스 역사와 달리 '특수한 길'을 따라 잘못 진행되어왔다는 정설을 통렬하게 비판했다.[30] 2차대전 이후 독일 역사학에서는 독일 근대사에서 진정한 부르주아 혁명이 실패함으로써 '일그러진 근대'가 형성되었고, 그로부터 히틀러정권이 나왔다는 견해가 지배적 위상을 차지했다. 블랙번 등은 이에 대해 "모든 나라의 역사 발전은 특수하다"고(9면) 보며, "왜 독일은 영국이 아니었는가"라는 질문을 버려야 한다고 주장한다(212면). 그들은 대신에 독일 부르주아의 정치적 허약성을 좀더 구체적인 상황논리에서 파악할 것, 19세기 독일 시민사회에 대한 새로운 접근의 필요성을 제안했다. 독일 역사학계에 매우 큰 충격과 반향을 일으켰다 해도 이 책의 내용이 두루 타당한가는 내가 장담할 일이 아닐 것이다. 다만 그들의 문제제기는 경청할 만한 가

---

30 데이비드 블랙번·제프 일리『독일 역사학의 신화 깨뜨리기』, 최용찬·정용숙 옮김(푸른역사 2007). 이 책의 원제는 *Mythen deutscher Geschichtsschreibung. Die gescheiterte bürgerliche Revolution von 1848*이다. 이하의 내용은 이 책의 본문과 역자 해설을 간추린 것이며, 직접 인용에 한하여 괄호 안에 면수를 밝힌다.

치가 있다. 한 역사를 표본으로 삼아 다른 역사를 재정(裁定)하는 것
이 어떤 경우에 얼마만큼 정당화될 수 있는가에 대한 성찰이 여기서
다시금 절실해진다. 근대라는 시대개념은 역사철학적 용어의 지위
를 획득하던 단계에서부터 이런 성찰을 결했을 뿐 아니라 완강하게
거절하는 어휘로서 자리잡았고, 세계사의 목적론적 운동에 대한 믿
음과 더불어 그 배타적 권위를 강화해왔다.

　복수형으로 표현된 '대안적 근대성들'이나 '다중적 근대성들'의
담론은 이런 서구중심적 역사관의 경직성에 이의를 제기하고, 좀더
다원적인 역사이해에 다가가려는 노력으로서 의의가 작지 않다.[31]
근대화란 서구에서 발원한 근대성이 세계 각지를 일방적으로 점령
해가는 과정이 아니라, 토착문화와의 다양한 상호작용을 통해 서로
다른 근대성들을 산출하는 역동적 현상이라는 것이 그 논리의 골격
을 이룬다. 하지만 여기에도 숙고해야 할 사항들이 없지는 않다. "대
안적 근대성들을 논한다는 것은 근대성을 회피할 수 없는 것으로 받
아들이는 것"이기[32] 때문이다. 이 점은 아이젠스타트의 다중적 근대
성론에서도 다르지 않다.

　근대성은 사실 세상의 대부분으로 퍼져나갔으나 단일한 제도

---

31 Dilip Parameshwar Gaonkar ed., *Alternative Modernities* (Durham & London: Duke University Press 2001); Shmuel N. Eisenstadt ed., *Multiple Modernities* (New Brunswick: Transaction Publishers 2002); 쉬무엘 N. 아이젠스타트『다중적 근대성의 탐구』, 임현진 외 옮김(나남 2009) 참조.

32 Dilip Parameshwar Gaonkar, "On Alternative Modernities," 앞의 책 1면.

적 유형과 단일한 근대문명을 낳지는 않았고, 대신 여러개의 지속적으로 변하는 근대문명들 또는 최소한의 문명유형들, 예를 들면 일부 핵심적 특징들은 공유하지만 유사한 이념과 제도에서도 상이한 역학을 발전시키는 경향이 있는 사회나 문명의 발전을 낳았습니다. 게다가 근대성의 본래 전제를 넘는 광범위한 변화들이 서구사회에서도 발생했습니다.[33]

비서구 세계의 특정 문명이나 국가가 서구와 만나 어떤 방식으로든 근대화의 국면에 접어든 이후를 사회학적으로 논하자면 이런 거시적 관점을 거절할 여지가 별로 없다. 그러나 그 앞의 긴 시간대를 포함한 역사론과 문화연구의 차원에서는 이 논법 또한 근대라는 필연의 경로를 전제하고 나머지 것들을 이에 따라 배치하는 인식의 틀을 벗어나지 않는다. 서로 다른 시공간들 중의 어떤 영역도 지배적 위치에 군림하지 않으면서 각기의 의미세계를 열어 보이도록 하는 문화론의 가능성은 여기서도 희박해진다. 근대라는 시기 내부의 통찰과 관련해서는 대안적, 다중적이라는 한정어가 서구적 원본성의 강압을 많이 완화해주지만, 원본과의 종속적 유대 자체는 끊임없이 상기된다.

이상의 여러 요인들이 중첩되고 상승작용을 일으키는 동안 근대성이라는 어휘는 갖가지 담론의 중량이 얹힘으로써 극도의 의미과잉 상태가 되었다. 그 일차적 요인은 근대라는 시간대와 그것이 포

---

33 아이젠스타트 「한국어판 서문」, 『다중적 근대성의 탐구』 8면.

괄하는 역사적 내용물의 광역성·다양성에 있다고 해야 할 것이다. 르네상스에서 종교개혁, 구체제 변혁, 산업혁명, 매체혁명 등을 거쳐 대중사회에 이르는 거대한 역사적 변화와 그 안에서 발생한 사태, 경험, 욕구, 사상, 제도 등의 복잡한 운동으로 인해 근대성의 목록은 누구나 동의할 만한 몇몇 자질의 집합으로 명쾌하게 정리되지 않는다. 이와 더불어 근대의 특정 국면을 긍정하거나 비판하는 주체들의 다양한 동기가 근대적인 것에 대한 접근방식을 극도로 다양화했고, 그런 현상은 오늘날에도 계속되고 있다. 이들 사이의 차이를 중재함으로써 근대성의 기본자질, 조건, 동력 등에 관한 인식을 통합할 만한 초월적 입장이라는 것도 성립할 수 없다. 그럼에도 불구하고 헤겔 시대부터 근년의 탈근대주의까지 이 개념 꾸러미(package)에 수많은 논자들이 저마다 달리 부과한 내용물로 인해 근대성이라는 어휘는 이제 담론 소통력이 의심스러울 만큼의 의미과잉에 도달했다. "근대성이란 철학적으로나 여타 의미로나 하나의 개념이 아니라, 서사적 범주(narrative category)일 따름"이라는[34] 지적을 여기서 유의해 볼 만하다.

4. 이행서사의 그늘

이제까지의 의미론적 검토에 유의하면서 한국문화 연구의 시각

---

[34] Fredric Jameson, *A Singular Modernity: Essay on the Ontology of the Present* (London: Verso 2005) 40면.

과 근대의 문제로 화제를 옮겨보자. 이를 위해 먼저 내재적 발전론의 문제를 검토한다.

일반적 수준에서 규정하자면 내재적 발전론이란 '어떤 비서구사회가 서구와의 만남에 의하지 않고 자기 내부나 인접지역(예컨대 동아시아) 범위의 자생적 요인에 의해 근대적 변화에 진입할 수 있다는 가설'이다. 여기서 해당 사회를 조선왕조로 놓고 근대적 변화의 초기 양상을 '자본주의의 맹아(萌芽)'라 한다면, 1960년대 후반에 대두하여 70~80년대에 성행한 한국사 연구와 그 병행적 구도 위에서 전개된 문화연구가 그 실천의 한 모습이 될 것이다.

이에 대한 근년의 비판은 근대성의 실마리가 과연 내재적으로 형성되고 있었는가에 집중되었다. 1990년대 중엽 이래의 식민지 근대화론과 식민지적 근대성론은 내발론이 조선 후기의 경제적·사회적·문화적 변화를 희망적으로 과장했다고 비판하며, 개항기 내지 식민지화 이후에 작용한 외부의 힘이 근대성을 창출하거나 강요했다고 보았다. 근대성의 선악에 대한 인식차를 접어두고 공통점을 집약하자면 근대의 외래성을 강조하는 '외발론'인 셈이다.

나는 내재적 발전론이 근대성의 징후들을 무리하게 과장한 바가 많다는 비판에 부분적으로 동의하지만, 내발론에서 외발론으로 환승하는 것이 타당한 대안이라고는 생각하지 않는다. 그들은 종착점이 같은데 경유지는 달라서 승객들을 당혹스럽게 하는 경쟁노선의 버스들과 비슷하다. 내가 제안하고 싶은 좀더 적극적인 대안은 발전 기동력의 '내외'를 다투기보다, '근대'외 '발전'이라는 개념 자체를 괄호 속에 넣는 것이다. 이를 위해 우선 내재적 발전론의 이행서사

(移行敍事)에 동반하는 문제들을 검토하고, 다음 항에서 단층적 근대성론의 '내습(來襲)·탄생 서사'에 기인하는 난점들을 다루기로 한다.

　내재적 발전론의 구도 아래서 한국사와 문화 연구는 근대를 향한 발전의 징후에 우선적인 관심을 두었기 때문에 시기적으로는 조선 후기가 가장 중요한 작업현장이 되었다. 방법적 차원에서는 근대로 이행하는 경향성을 보인다고 생각되는 특질, 사례들을 포착하고 그것들 사이에서 역사적 맥락을 읽어내는 작업이 주류를 형성했다. 조선 후기 문학에서 예를 들면 작품, 작가, 장르, 표현, 이미지, 모티프, 소재, 독자층, 매체, 유통 등에 관한 검증을 축조하여 근대지향적이거나 탈중세적인 추이를 밝히는 것이 바람직한 연구의 전형이었다. 그런 문제의식 아래 여러 부문에서 다양한 자료 탐사와 방법론적 모색이 결합한 결과 주목할 만한 성과들이 나왔다. 성급한 도식이나 과대해석에 빠진 연구도 적지 않지만, 그것을 이유로 해서 내발론적 관점에 입각한 연구 전체를 부정적으로 평가할 일은 아니다.

　그럼에도 불구하고 우리가 유의해야 할 방법론상의 문제점은 내발론의 이행서사가 만들어낸 그늘 현상이다. 그 첫째 국면으로 사회·문화에 대한 시계열적 관찰의 종축(縱軸)이 강조되는 가운데 동시대적 연관의 횡단면이 경시되고, 어떤 부분의 진보적 의의가 집중조명을 받는 반면 그것이 속한 맥락의 복잡성은 묻혀버리는 등의 편향이 자주 발생하고 쉽사리 묵인된 점을 들 수 있다. 정약용(丁若鏞, 1762~1836)에 대한 연구의 추이를 그런 예로 꼽을 수 있다. 조선 후기 사상사·문학사의 거인인 이 인물의 선진적 면모는 오랜 동안 여러 각도에서 휘황한 조명을 받았고, 연구성과도 적잖이 산출되었다.

하지만 그런 부분상들을 포함하는 그의 사유세계 전반을 면밀하게 연결하고 구조화하여 이해하는 일이 제대로 이루어졌는지는 의문스럽다. 그의 시 세계에서 기민시(饑民詩)류의 사회비판적 시편들은 비상한 주목을 받았지만, 여타 작품들의 경향과 미의식까지 시야에 넣고 문체반정(文體反正) 국면에서 보인 역할 등도 포괄하는 전면적 이해는 아직까지 숙제로 남아 있다. 이런 현상은 허균, 박지원 등의 인물이나 판소리계 소설, 사설시조 같은 장르에 대해서도 크게 다를 바가 없다.

사회·문화 현상을 고찰하면서 역사적 맥락이나 추세를 주요 관심사로 설정하는 것은 흔히 있을 수 있는 일이다. 어떤 사물에 대한 이해는 시공간의 종횡축이 교차하는 가운데서 심화되며, 그중에서 시간축의 맥락이 연구자에게 더 흥미로울 수도 있다. 그러므로 이행서사의 모델에 기댄 연구 자체는 딱히 칭찬할 것도 걱정할 것도 없는 임의적 선택의 차원에 속한다. 문제는 근대성의 태동과 성장이라는 거대서사가 배타적 권위를 누리고 근대를 향한 진보라는 가설 위에서 자료를 독해하는 것이 일상화할 때, 연구자는 이행서사에 매몰된 나머지 그것이 초래하는 사각(死角)이나 인식론적 제약들을 의식하지 못하게 된다는 것이다.

근대로의 이행이라는 관심 구도는 연구대상 인물이나 작품을 좀더 발전된 단계로 나아가기 위한 매개고리처럼 여기는 태도를 낳았고, 이것이 1970~80년대의 한국문학 연구에 널리 유포되었다. 특정 작가나 작품군을 논하고 본론을 마무리하는 즈음에 '문학사적 의의와 한계'를 논하는 장이 관습적으로 배치되던 것이 그런 기풍의 단적인 본보기다. 우리는 왜 그렇게 '문학사적·사상사적 의의'에 관심이 많았던가. 그러면서 '한계'는 왜 그렇게 꼬박꼬박 따져야 했는가. 역사적 발전의 경로에서 도달해야 할 어떤 지점, 성취해야 할 가치의 실현 정도에 대한 관심이 여기에 당연한 압력처럼 작용해왔다.[35]

어떤 탁월한 작품과 작가도 더 큰 흐름의 일부분으로 다룰 수 있으며, 그들의 역사적 공헌과 한계를 말하는 것이 반드시 잘못은 아니다. 그러나 탈중세적 지향의 성장이나 근대성의 발현에 초점을 맞춘 인식틀이 특별한 권위를 누리는 가운데 여타의 관심 유형들이 위축된 것은 문제가 아닐 수 없다. 가령 박지원(朴趾源, 1737~1805)과 이옥(李鈺, 1760~1812)의 경우, 그들의 저작에서 자주 거론되는 진보적 국면들은 유학 지식인으로서 그들이 지닌 가치의식의 층위들과 어떻게 어울리거나 긴장하는지를 관심사로 삼을 만도 했다. 근대성 여부와 무관하게 그들의 사상과 문학에서 도덕성·진리성·심미성이 어떤 관계를 형성하며, 이런 사유 내용은 창작적 실천과 어떻게 호응했는지 탐구해볼 수도 있을 것이다. 하지만 이 두 사람은 물론 여타 인물에 대해서도 그런 식의 연구는 잘 이루어지지 않았다. 근대를 향한 목적론적 서사의 압력이 그만큼 컸고, 연구자들은 마음이 급했던 것 같다.

내재적 발전론의 이행서사가 조성한 또 하나 그늘은 조선 전기 내지 '중세'를 근대의 타자로서 평판화한 점이다. 이를 살피기 위해서

---

35 고전문학 연구에서 근대로의 이행서사와 관련하여 나타난 문제적 양상들은 다음의 논문이 폭넓게 다루었다. 정출헌 「고전문학에서의 근대성 논의, 그 반성의 자리와 갱신의 계기」, 『국제어문』 35(국제어문학회 2005) 97~132면.

는 약간의 개념 연산이 필요하다.

역사단위로서 근대가 가치중립적 시대구분이 아니라 그 앞의 시기를 '아직 근대에 미달한 시간'으로 타자화하는 경향이 있다는 점은 이미 앞에서 지적한 바 있다. 내재적 발전론 역시 근대주의적 전제와 더불어 그런 태도를 간직한다. 즉, 조선 후기가 근대적 가능성의 시공간이라고 이해되면서 조선 전기는 그런 가능성이 아직 드러나지 않은 미연(未然)의 시대이자, 근대성의 맹아가 발현되기 위해 극복하고 나와야 하는 '중세성'의 거처로 의미자질의 시차성(示差性)을 배정받는다. 이런 차별화는 조선 후기 내부에서도 비슷하게 이루어진다. 조선 후기는 근대적 가능성이 전면적으로 발아한 온상이 아니라 조선 전기 이래의 제도와 문화가 상당 부분 존속하던 시대이며, '중세성'은 그 속에 살아 있던 광범한 실체이기 때문이다.

이처럼 근대성과 중세성 사이에 설정된 의미론적 '변별'이 슬그머니 의미론적 '대립'으로 강화되면서, 조선 후기의 상당 부분과 조선 전기 전체는 근대성의 타자로 대조되는 위치에 놓인다. 달리 말하자면 조선 후기의 어떤 현상이나 특질을 근대적 징후로 보는 담론을 통해서 우리는 그전의 시대를 중세로 지칭하고 '중세성'이라는 본질이 거기에 실재하는 것처럼 시나리오를 구성했던 것이다.

이 의존적 고리 안에서 중세라는 것이 얼마만큼 보편적인 의미실질을 지니는가에 대한 비판적 질문 또한 중요하나, 여기서는 거론하지 않겠다. 다만 문학과 사상사 연구의 경우 조선 전기는 상대적으로 자료와 화제가 풍성한 조선 후기의 연구를 위한 배경막으로 호출되는 경우가 많았고, 그런 서사적 배치로 인해 근대성을 가로막는 장애물의 성격이 암암리에 가정되고는 했음을 지적해두고자 한다. 조선 전기 문학과 사상에 관한 모든 연구가 그러했다고 일반화할 일은 아니다. 내가 말하고 싶은 것은 근대로의 이행이라는 서사가 주도하는 가운데 조선 전기는 그 거시적 드라마의 중심부를 위한 보조적 플롯처럼 여기는 편향이 내발론적 연구에 종종 수반했다는 점이다.

5. 내습·탄생의 서사와 몰수된 과거

내재적 발전론 시대에 성행하던 조선 후기 중심의 근대주의적 이행서사는 이미 1980년대 후반에도 얼마간 비판을 받았거니와, 90년대 이래로는 여러 종류의 단층적 근대성론이 퍼부은 십자포화를 받으면서 생명력을 거의 상실했다.[36] 실학사상의 진보적 의의라든지 조선 후기 문학·예술에서의 근대적 징후 등에 대한 관심은 동력을 잃은 반면, 내발론의 민족주의적 편향과 도식성에 대한 비판은 점점 증가했다. 그런 가운데서 연구의 활력은 개항기부터 식민지시대까

---

36 어떤 연구자들이 '단층적 근대성론'의 범위에 드는지를 열거하기는 쉽지 않다. 다만 대강의 부분윤곽만을 그리면 이 글의 서두에서 언급한 이들과 김철, 황종연 외에 다음 책의 편저자와 필자들 중 상당수가 포함될 수 있을 것이다. 그들 사이에도 시각과 방법론의 차이가 있음은 물론이다. 김진균·정근식 엮음『근대주체와 식민지 규율권력』(문화과학사 1997); 장석만·권보드래·김석근·신동원·오성철·유선영·윤해동·천정환『한국 근대성 연구의 길을 묻다』(돌베개 2006); 이화여대 한국문화연구원 엮음『근대계몽기 지식 개념의 수용과 그 변용』(소명출판 2004),『근대계몽기 지식의 발견과 사유 지평의 확대』(2006),『근대계몽기 지식의 굴절과 현실적 심화』(2007)

지의 기간으로 옮겨갔으며, 특히 1900년 전후의 '근대전환기' 연구가 비상한 활기를 띠었다.

내재적 발전론의 이행서사가 차지하던 대전제의 역할은 이런 일대 변화 속에서 '근대성의 내습(來襲)과 탄생'을 강조하는 서사로 대체되었다. '내습'이라는 표현을 여기에 쓴 이유는 이 경향의 논자들이 근대성을 개항기나 이후의 시기에 외부의 강력한 힘에 의해 밀어넣어진 것(혹은 기동력이 촉발된 것)으로 전제하기 때문이다.

이 책은 식민지성과 근대성을 이분법적 대립으로 파악하는 입장에서 벗어나서 양자가 서로 얽혀 있으며, 그때그때의 상황에 따라 동태적으로 변화하면서 오늘날의 우리를 규정하고 있다는 인식으로부터 출발한 것이다. (…)

식민지에서 제국주의 지배권력은 강제적 폭력으로 주민들을 지배의 대상으로 전락시키면서 동시에 그 질서 속에서 스스로를 규율해가도록 요구하였다. (…) 식민지에 강제된 근대의 경험은 일제하에서 형성된 여러가지 '신식' 제도들, 그리고 거기에 내재해 있는 근대적 규율들을 통해서 현재의 우리에게 영향을 미치고 있다.[37]

1894년 '갑오개혁'에서 1910년 '한일합방'에 이르는, 통상 개화기 또는 근대계몽기라 불리는 시기 한국사회는 거대한 변화의 소

---

37 정근식 「책머리에」, 『근대주체와 식민지 규율권력』 10~11면.

용돌이에 휩싸여 있었다. (…) 변화를 갈망하는 다양한 세력들이 등장하여 위기를 돌파하기 위한 일련의 개혁 프로그램을 제시하였으며, 지적인 영역에서는 일본과 중국을 거쳐 이입된 '근대적 개념'들을 검토하였고 또 실천에 옮기고자 하였다. 그리고 이 시기에는 이러한 사회적 움직임과 더불어 근대적 지식이나 관념들이 폭발적으로 수용·확산되어갔다. 일반적으로 식민지시기에 들어와서야 근대적인 제도들과 관념들이 자리잡은 것으로 알려져 있으나 사실은 이 시기에 이미 대부분의 제도와 관념들이 제자리를 잡아가고 있었던 것이다. (…) 이 시기는 한국의 근대가 출발하는 '기원의 시공간'이었다고 할 수 있을 것이다.[38]

첫째 인용문의 정근식(鄭根植)은 억압적 장치와 규율의 차원에서 본 근대성을 식민지시대와 연결시켰다. 둘째 인용문의 논자들은 좀 더 넓은 문화사·관념사의 시각에서 시기적으로는 개화기에 주목하고, 근대를 강압한 힘에 대하여는 일본·중국이라는 경로와 서구의 근대라는 배후를 아울러 고려하는 입장을 취했다. 이런 차이에도 불구하고 주목할 것은 그들의 입론에 공통적으로 전제된 '근대의 내습성', 즉 근대성은 갑작스럽게 밖에서 온 것이며, 앞시대의 경험·사유와는 뚜렷한 단층을 이룬다는 관점이다. 장석만의 논법은 조금 더 미묘하면서 단절성에 관한 전제는 유사하다. 그는 "우리의 근대성뿐만 아니라, 서구의 근대성이라는 것도 마찬가지로 본질주의적이

---

38 필자 일동 「책머리에」, 『근대계몽기 지식 개념의 수용과 그 변용』 3~4면.

고 단순화된 개념"이라고 비판하고 나서 다음과 같이 말한다.

한국 근대성의 공부는 바로 현재 우리의 모습이 새롭게 윤곽을 잡기 시작하는 시기를 살피는 작업이다. 이른바 근대는 '지금의 우리'와 '우리 아님'이 교차하는 경계선이다.[39]

그가 말하는 경계선이란 한국인들의 문화사에서 '현재 우리의 모습'이 새롭게 윤곽을 잡기 시작한 어느 시점으로서, 이후가 근대요 앞은 전근대가 된다. 그는 근대성의 실질을 정의하고 경계를 구획하기보다, 모종의 공통적 지각 차원에서 인정되는 경계를 바탕으로 근대성을 논하고자 한다. 그의 화법에서 근대성이란 근대 이전과의 날카로운 변별로써 그 존재가 순환적으로 가정되는 자질이다.

이상의 시각들이 새로운 지적 성찰의 기류를 형성하면서 어떤 관념이나 현상의 '탄생', '발명'이라는 말들 또한 근대성이 한국사의 전근대와 무연(無緣)하게 돌출한 것임을 강조하는 표현으로서 논문과 책의 제목에 유행처럼 등장했다. 그런 점에서 1990년대 후반부터 2000년대까지를 근대성에 관한 '내습·탄생 서사'의 전성시대라 해도 무방할 듯하다.

앞에서 밝힌 바지만 이런 담론틀 자체의 정당성에 관한 논란은 본고의 관심사가 아니다. 내가 여기서 주목하려는 것은, '근대성의 내습·탄생'이라는 그들의 관점이 구체적 연구의 차원에서 어떤 그늘

---

39 장석만 「서론-우리에게 근대성 공부는 무엇인가」, 『한국 근대성 연구의 길을 묻다』 28~29면.

이나 사각(死角)을 초래할 위험이 있는가 하는 점이다. 내발론의 이행서사가 그런 것과 비슷하게, 이들의 단층적(斷層的) 서사도 바로 그 구조 속에 문제의 소지가 잠복해 있다. 그것은 바로 과거에 대한 의도적 평가절하의 경향성이다. 어쩌면 내재적 발전론에 대한 비판의식이 근대성의 과거적 연관에 대한 부정적 시각을 더 결정적으로 강화했을 수도 있다. 그들은 "한국의 근대가 출발하는 기원의 시공간"이나[40] 식민체제가 진주(進駐)한 시기보다 앞의 시간에 무엇이 있었는지 살피는 데 많은 노력을 투자하지 않으며, 때로는 그 절차를 건너뛰기도 한다. 그런 가운데서 전환기적 시공간의 새로움에 대한 관심이 그 앞의 시기에 대한 합리적 의심을 압도할 때 '과거의 몰수'라 할 만한 현상이 발생한다.

이런 위험성을 문제 삼음으로써 내발론의 부활을 꾀하거나 전근대적 유산과 근대성의 순조로운 접속을 주장하려는 것은 아니다. 내가 말하고 싶은 것은 개인이든 집단이든 과거에서 물려받은 기억, 지식, 몸에 새겨진 감각, 미래에 대한 기대, 예측, 불안이 상호 작용하는 현재의 계기 속에 인식하고 행동한다는 점이다. 비동시적인 것들의 동시성이란 어떤 시대만의 특질이 아니라 살아 있는 인간과 집단의 의식이 피할 수 없는 상태 속성이다. 다음과 같은 가상인물의 고백에 잠시 귀 기울여 보자. '나의 성장과정은 내 아버지의 질서를 수용하면서도 한편으로는 그것에 저항하고 때로는 이탈하거나 적당히 타협하는 가운데 이루어졌다. 나는 아버지의 복제품이 아니지

---

40 『근대계몽기 지식 개념의 수용과 그 변용』 4면.

만, 전혀 무관한 타인일 수도 없다. 내 심성 속에는 아버지에 대한 존경, 두려움, 미움, 연민이 얽혀 있다. 게다가 나는 장성한 아들의 말투와 몸짓에서 때때로 내 아버지의 흔적을 발견하고는 소스라쳐 놀란다.' 이 인물은 특이한 정신질환자일까. 나는 그렇지 않다고 본다. 격동기를 거쳐온 집단의 문화 또한 시간의 중층적 긴장관계 속에서 이와 비슷한 양상을 띨 수 있다.

단층적 근대성론이 종종 범하는 '과거의 몰수'는 내가 지난 수년간 논쟁적 글들에서 다룬 논점들과 관련이 있으며, 그 글들은 모두 이 책에 수록되었다. 따라서 여기에는 연애(romantic love)의 외래적 근대성 여부라는 문제만을 범례로서 환기해보고자 한다.

김동식과 권보드래는 각각 1900년대의 신소설과 1920년대의 유행문화를 대상으로 삼아 연애라는 현상의 파동을 주목했다.[41] 그들에 의하면 연애는 서구의 문물들과 함께 일본을 거쳐 1890년대 이후 한반도에 상륙한 현상이며, 전환기적 추이 속에서 문학작품과 생활문화에 급속한 파장을 일으키며 퍼져나간 외래적 근대성의 일부분이다. '내습·탄생 서사'의 전형을 갖춘 이 설명 구도는 다음의 두가지 명제를 기축으로 한다.

---

41 김동식 「연애와 근대성: 신소설과 계몽적 논설을 중심으로」, 『민족문학사연구』 18(민족문학사연구소 2001) 299~326면; 권보드래 『연애의 시대: 1920년대 초반의 문화와 유행』(현실문화연구 2003) 김지영도 이런 관점에 합류했다. 김지영 『연애라는 표상: 한국 근대소설의 형성과 사랑』(소명출판 2007). 이들에 대한 비판적 논의는 이 책의 23~63면 참조.

1) 연애는 서구에서 발생하여 그 세력의 확산과 함께 비서구권으로 전파된 현상이다.

　2) 한국에서도 연애는 개항기 이전에는 없던 것으로, 일본을 거쳐 들어온 서구적 근대성의 일부분이다.

　1)의 명제는 독자적 주장이 아니라 서구에서 나온 통념을 그대로 수용한 것이다. 서구 학계에서는 대략 1980년대까지 낭만적 사랑, 즉 연애라는 것이 유럽과 북미 문명에 특유한 현상이라는 서구중심주의가 지배했다. 이에 따르면 비서구권의 연애라는 문화는 서구의 영향에 의한 근대화의 산물이다. 이와 같은 견해는 1990년대 이래 여러 건의 인류학적 연구에 의해 깨뜨려졌지만,[42] 그런 변화를 몰랐다고 위의 논자들을 나무라는 것은 과도한 기대일 수 있다.

　하지만 2)의 명제는 이와 차원이 다른 문제를 내포한다. 서구 학계의 담론 추이가 어떻든 19세기 말 이전 한국에 그런 현상이 있었는지는 문화사와 문학작품의 차원에서 확인할 수 있는 사항이기 때문이다. 개항기 이전의 한국문화에서 연애에 해당하는 감정과 남녀 관계의 존재가 입증된다면 그것은 2)의 명제를 정지시킬 뿐 아니라 1)의 명제까지 무너뜨리는 중요 사례가 된다. 이를 더듬어보는 것은 그다지 어려운 일이 아니다. 김시습(金時習, 1435~93)의 『금오신화』 중 한 편인 「이생규장전」은 양쪽 다 양반 신분인 이생과 최씨 처녀가 담 너머로 맺는 애틋한 사랑의 이야기가 앞부분을 이룬다. 17세

---

42 이 책의 25, 59~62면 참조.

기 소설인 『운영전(雲英傳)』, 이옥(李鈺)의 「심생전」도 모두 애정서 사류로서, 부부 간의 그리움이나 처첩갈등이 아닌 연정(戀情)의 사건들을 다루었다. 『춘향전』의 「사랑가」 대목은 연애와 무관한 육정(肉情)의 찬미에 불과하다고 해야 할 것인가. 이밖에도 고전소설, 야담, 시조, 가사, 한시 등에서 연애에 해당하는 감정·사태와 그로 인한 갈등을 다룬 작품들을 적지 않이 찾아볼 수 있다.

그럼에도 불구하고 2)와 같은 생각이 등장하고 여러 연구자에 의해 확인·동조되기까지 한 것은 무엇 때문일까. 근대성을 외부의 내습으로 전제하고, 과거는 그 돌발적 출현 장면에 무력하게 깔린 배경막처럼 간주하는 이해의 틀이 너무 강했기 때문이 아닐까.[43]

우리는 개항기부터 약 반세기 동안에 대대적으로 일어난 문화사적 지각변동과 단층에 주목하되, 그 과정에 작용한 과거성의 변수들을 소홀히 여기지 말아야 한다. 문화변화 속의 행위자들은 과거의 흔적과 유산을 말끔히 비운 채 새로 입력될 정보를 기다리는 메모리칩이 아니다. 그들은 변화를 갈망하든 그것에 저항하든 자신의 일상, 육체, 지식, 언어, 사회관계 속에 기입된 내용들과 새로운 어휘, 정보, 문화의 사이에서 모종의 연산과 거래를 수행한다. 문화변화는 이렇게 진행되는 상호작용의 산물이다. 날카로운 단절이 이루어진

---

43 20세기 중국문학의 연애문제를 다룬 다음의 저술들은 청말 이전의 애정문학과 담론들까지 살펴서 근대성에 대한 통찰을 일면화하지 않는 시각을 보여준다. 장징 『근대 중국과 연애의 발견』, 임수빈 옮김(소나무 2007)〔일본어판 1995〕; Haiyan Lee, *Revolution of the Heart: A Genealogy of Love in China, 1900-1950* (Stanford: Stanford University Press 2007).

경우에조차 과거는 그렇게 버려져야 했던 상황성과 삭제의 흔적을 남긴다.

단층적 근대성론 중에서도 식민지적 조건을 강조하는 일부 경향과 관련하여 언급해두고 싶은 다른 하나의 문제적 시각은 식민주의 체제를 파놉티콘(panopticon)의 알레고리로써 바라보는 일이다. 이런 연상관계에 얹히는 순간 식민체제는 치밀하고도 강력하여 무소불위의 통제력을 행사하는 장치처럼 표상된다. 동시에 그 속에 있는 피식민자들은 감시·통제·조작·동원의 메커니즘에 꼼짝없이 포획된 수동적 개체들로 가정된다. 이것은 식민체제의 억압성과 파시즘 및 식민지 이후 시대의 독재권력을 하나로 꿰어 인식하고 비판하는 데 매우 효과적인 구도일 것이다. 하지만 그런 효용을 인정하더라도 파놉티콘 모델은 역사이해의 시선을 과도하게 단순화한 혐의가 있다.

주지하다시피 파놉티콘은 푸꼬가 『감시와 처벌』에서 예시한 벤담의 감옥시설 설계다.[44] 그것이 실제 건축으로 구현되지 않았다든지, 파놉티콘의 착상을 원용한 감옥들이 후일 미국에 지어지기는 했지만 감시시설로서는 성공적이지 못했다 해도,[45] 푸꼬가 이를 끌어들인 의의가 손상되지는 않는다. 그것은 권력이 자기 모습을 숨긴 채 모든 것을 볼 수 있는 구조를 통해 개인을 감시·통제하는 근대국

---

44 미셸 푸꼬 『감시와 처벌: 감옥의 역사』, 오생근 옮김 (나남 2003) 311면. 이 책은 파놉티콘을 '일망감시(一望監視) 장치'로 번역했다.

45 Richard F. Hamilton, *The Social Misconstruction of Reality: Validity and Verification in the Scholary Community* (New Haven: Yale University Press, 1996) 175~78면.

가체제의 은유이기 때문이다. 하지만 이것이 철학적 성찰의 수준을 넘어 특정 사회에 대한 사실적 분석모델처럼 적용될 때 본래의 은유에 담긴 묵시록적 함축은 가망 없는 비관주의로 돌아선다. 파놉티콘으로 표상된 체제 내부의 모든 개인이 그 권력의 피조물이자 무력한 수감자에 불과하다면 이 상황을 움직일 수 있는 어떤 틈새도 지렛점도 없을 터이기 때문이다. "주체적 자유를 박탈당한 이 비극적 상황에서 인간은 어떻게 존엄성을 회복하고 진정한 주체로서의 힘을 되찾을 수 있을까?"라는[46] 질문을 말소하는 방식으로 푸꼬를 이해하거나 응용하는 것이 과연 적절한 것일까.

어떤 식민체제도 제국주의의 설계대로 매끈하게 제작되어 일사불란하게 작동한 정밀기계가 아니었다. 그것은 체제에 관한 담론에서든 그것을 관리하기 위한 일상적 노력의 차원에서든 피식민자들의 행동에 깊은 영향을 받으며 쟁투과정에서 형태지어지고 유동해간 것임을 유의할 필요가 있다.[47] 식민세력과 피식민자들 사이의 싸움은 불평등했을지언정, 일방적이지만은 않았다.[48] 이런 긴장의 역학과 거기서 발생할 수 있는 균열·이탈·도전의 국면들, 그리고 이

---

46 오생근 「역자 서문」, 『감시와 처벌』 14면.

47 Frederick Cooper and Ann Laura Stoler, "Preface," Frederick Cooper and Ann Laura Stoler eds., *Tensions of Empire: Colonial Cultures in a Bourgeois World* (Berkeley: University of California Press 1997) ix면.

48 Frederick Cooper, *Colonialism in Question: Theory, Knowledge, History* (Berkeley: University of California Press 2005) 149면. 쿠퍼의 이 지적은 아프리카 역사와 식민주의 연구를 기반으로 한 것이지만, 일본과 식민지 조선의 관계를 예외로 볼 이유는 없다.

사이를 넘나드는 행위자들은 식민체제를 파놉티콘처럼 가정할 경우 시야에서 사라진다. 그리고 연구자의 눈앞에는 권력이 장악한 감시·처벌의 장치들과 그것을 정당화할 따름인 담론·지식들, 이를 받아들일 수밖에 없는 수동적 주체인 피식민자들만이 남게 된다.

푸꼬의 관점에 힘입어서 권력의 교묘한 작위를 비판적으로 투시하는 것은 유익한 일이다. 그러나 식민체제의 막강한 힘과 피식민자들의 예속성을 완결된 폐쇄회로처럼 여기는 접근은 경계해야 한다. 식민지배의 혜택을 주장하기 위해서든 그 깊은 해악을 강조하기 위해서든 간에 피식민자들의 능동성(agency)을 소홀히 하는 것은 또 하나의 심각한 몰수행위일 수 있다. 『감시와 처벌』 이후의 저술에서 푸꼬가 다음과 같이 말한 대목을 이와 관련하여 음미할 만하다.

담론은 침묵과 마찬가지로 결정적으로 권력에 굴복하지도 권력에 대항하여 일어서지도 않는다. 담론이 권력의 도구이자 동시에 결과일 수 있을 뿐 아니라 장애물, 제동장치, 저항지점, 대립적 전략을 위한 거점일 수 있는 복잡하고 불안정한 작용을 인정할 필요가 있다. 담론은 권력을 전하고 산출하며, 권력을 강화할 뿐만 아니라 서서히 잠식하고 노출시키며 약화시키는데다가 권력을 가로막게 해준다.[49]

---

49 미셸 푸코 『성의 역사 1: 앎의 의지』, 이규현 옮김 (나남 2004) 120~21면.

6. 행위자들의 귀환

문학사, 사상사, 예술사를 포함한 한국문화 연구는 근대라는 개념에 특권적 지위를 부여하는 사고모형에서 벗어나야 한다.

1960~80년대의 내재적 발전론이 한국사와 문화 연구에 공헌한 바는 매우 컸지만, 그것이 지닌 목적론적 역사관은 문화사의 다양한 국면들을 근대를 향한 좌표계에서만 보도록 하는 편향을 낳았다. 그것은 또한 근대성의 '맹아'가 보이지 않는 동시대의 현상들과 앞 시대의 문화에 대해 '중세 = 아직 근대에 미달한 시간'의 귀속물이라는 낙인을 찍었다.

내발론의 과잉해석을 비판하며 등장한 단층적 근대성론은 근대적인 것들의 돌연한 외래성을 강조했다. 그러나 '내발'을 대체하는 '외발'이 더 나은 통찰을 보장하지는 못한다. 문제의 핵심은 근대를 향한 에너지의 내외가 아니라, 근대라는 단위의 보편성·실재성에 대한 재검토에 있다. 단층적 근대성론의 일부 논자들은 그런 문제의식을 보이면서도 '근대의 기원'이라는 구획선 혹은 식민지화에 의한 날카로운 단절을 강조하고 근대성이라는 자질에 '오늘날의 삶과 연속된 것'이라는 자격증을 부여했다. 그렇게 해서 근대가 또다른 방식으로 특권화된 반면 전근대는 오늘날의 삶과 별로 관련이 없는 불임(不姙)의 시공간으로 퇴출당했다.

우리는 어떤 방식에 의해서든 근대에 특권적 지위를 부여하는 역사인식의 적절성을 의심해볼 필요가 있다. 근대라는 어휘는 근대 이전을 '근대에 미달한 시기'로 식민화할 뿐 아니라, 근대라는 시대의 인식 내부에서도 심각한 장애와 혼란을 일으킨다. 그것은 시대개념이면서도 하한선은 열려 있고 상한선은 관점에 따라, 관심 두는 국면에 따라 심하게 오르내린다. 근대성이라는 개념 꾸러미의 내용물 또한 일정하지 않으며, 그 구성자질 중 얼마만큼이 근대의 요건인지에 대해 최대주의, 최소주의, 본질주의가 엇갈린다. 근대성이 특정 자질들의 집합이 아니라 서사적 범주라고 할 경우 근대성에 관한 담론 주체들만큼이나 다양한 서사들로부터 상이한 근대성의 정의들이 출현한다. 근대성의 서구중심주의를 깨뜨리고자 대안적·다중적 근대성 논의가 등장하여 상당한 공헌을 했지만, 바로 그런 개량에 의해 근대성론은 수명을 연장하고 수정안들을 퍼뜨리면서 유럽산 근대성의 원천적 지위를 거듭 되돌아보게 했다. 긍정적 가치가 있는 근대성과 비판되어야 할 근대성이 거론되고, 이들 사이에 선 성찰적 근대성이 주창되는가 하면, 근대의 실현과 극복을 아우르는 이중과제론도 제기되었다. 경제·사회적 차원의 근대성과 미학적 근대성은 거시적 병행관계 속에서 때로는 충돌하고 때로는 공모한다.

이 모든 현상이 뒤얽히면서 근대·근대성의 의미 분화와 과잉을 극단적 수준까지 밀어 올린 결과 이들은 소통력이 극히 모호한 기표들이 되었다. 냉소적으로 말하자면 이들은 '현대'백화점의 쇼핑백과 비슷하다. 종이가방 치고는 품질이 괜찮고 'HYUNDAI' 표시가 있어 싸구려 티가 안 나며 이런저런 물건을 넣어 다니기에 편리하다. '현대' 종이가방이 그 속에 든 내용물의 출처와 종류를 말해주지 못하는 것처럼 '근대·근대성'이라는 포괄적 기표도 그 의미실질에 대해 보증하는 것은 별로 없다. 학술적 개념어의 차원에서 근대는 이제 망명정부의 지폐나 다름없이 되었다. 그러면 이 말들을 어찌할 것인가. 이미 널리 쓰이는 말들을 어떻게 폐기하는가. 그런 고민을 할 필요는 없다. 근대의 다의성과 의미과잉을 불가피한 현실로 인정하고, 그것을 종이가방이나 비닐봉지처럼 이제까지 써오던 대로(가능하다면 환경친화적으로 줄여서) 사용하자. 다만 그 의미실질은 극히 모호하여 떠도는 기표에 불과하다는 것을 유념하고, 거기에 이론의 기둥을 세우거나 귀중한 가치를 담아두지 말자. 또한 이 말들에 부여되었던 특권적 지위를 속히 회수하자.[50]

　이상과 같은 이유들로 해서 특권적 근대의 서사를 버린다고 할 때, 한국문화 연구에 기대되는 행로는 무엇인가. 간단히 답하기는 어렵지만 우선 긴요한 과제로서 '행위자들의 귀환'을 제안하고 싶다. 행위자에 주목하자는 것은 우리의 연구가 근년까지 시간축 위주의 거시적·계열적 관심사에 치중하면서 행위자들의 개별적 입지, 동기, 선택, 의미구축의 차원에 소홀했다는 비판을 전제한다.[51]

---

50 여기서 쿠퍼의 충고를 환기해두는 것도 좋을 듯하다. "〔근대성의 의미를 둘러싼 혼란 속에서〕 학자들은 근대성에 대해 조금 더 명료하게 말하고자 약간 더 나은 정의를 얻기에 골몰하지 말아야 한다. 그들은 차라리 현실세계에서 돌아가는 말들에 귀 기울이는 편이 낫다. 그래서 근대성이라는 말이 들리면, 그 어휘가 어떻게 쓰이며, 왜 그렇게 쓰이는지를 물어야 한다. 그러지 못하고 근대적이니 반(反)근대적이니 탈근대적이니 하는 논의 속에, 혹은 '그들의' 근대성과 '우리의' 근대성 속에 정치적 담론을 우겨넣는 것은 무언가를 밝히기보다 망가뜨릴 따름이다." Frederick Cooper, 앞의 책 115면

51 '행위자의 귀환'이란 알랭 뚜렌의 책 이름에서 처음 나온 표현이다. Alain Touraine, *Le retour de l'acteur: essai de sociologie*(Paris: Fayard 1984), 조형 옮김

행위자들을 중시한다는 것이 단순히 문인, 사상가 등에 대한 개별 연구의 활성화를 뜻하는 것은 아니다. 강조되어야 할 핵심은 '구조와 능동성(agency)의 대립'에서 후자의 의의를 재평가하는 데 있다. 인간의 사회적 행위를 다루는 학문에서 사회의 물질적·문화적 '구조'와 개인의 '능동성' 중 어느 쪽을 중시하는가의 시비는 그 내력이 짧지 않다. 20세기 중엽까지 주류는 구조의 편이었으며, 특히 사회·경제사 중심의 접근과 기능주의 사회학에서 그러했다. 그런 추세 속에 잠복하던 회의적 시각이 1970~80년대 이래 거대서사의 해체, 문화로의 전환, 미시사적 연구 등의 동향과 더불어 다시금 떠오른 것으로 나는 이해한다. 이와 같은 시각전환에 '행위자의 귀환'이라는 인상적 표현을 부여하면서, 뚜렌은 사회 통합과 질서를 중심으로 한 이론을 비판하고 사회 내부의 갈등과 행위자의 역할에 의한 가변성을 강조한다. 그는 초개인적 구조를 중시하는 사회결정론의 시각이 사회인식에 불충분할 뿐 아니라 위험하다고 보는데, "개별 행위자는 한 상황에 의해 조건화될 뿐 아니라 동시에 그 상황의 생산에도 참여하기 때문"이다.[52] 그런 의미에서 행위자의 귀환이란 구조에 대한 행위자의 일방적 우위를 주장하는 것이기보다, 둘 사이의 상호작용과 긴장에 대한 성찰을 요구하는 것으로 이해되어야 한다.

『탈산업사회의 사회이론: 행위자의 복귀』(이화여대 출판부 1994); Peter Burke, *History and Social Theory*, 2nd ed. (Cambridge: Polity 2005) 136~37면.

52 알랭 투렌, 앞의 책 13면. 이 문제의 핵심개념인 'agency'를 2년쯤 전의 글에서 '작인(作因)'으로 옮긴 적이 있으나, 고심 끝에 '능동성'으로 바꾸었다. '개인들이 독자적 선택과 행동을 할 수 있는 능력'이라는 의미를 명확히 하려면 '능동력'이 좋을 법하나 낯선 신조어를 피하기로 했다.

그런 시각에서 우리는 행위자들을 특정한 역사적 추이의 증인으로 호출하는 데 주력한 연구 풍토에 의문을 제기할 필요가 있다. 문화를 입체적으로 보자면 시간축에 따른 통시적 접근과 동시대적 얽힘에 주목하는 공시적 접근이 모두 가능하고 또 필요하다. 하지만 그중에서 일반적으로 우선해야 할 것은 당대적 평면 위에서의 성찰이다. 문화행위자인 인간을 "자신이 엮어낸 의미의 그물들에 걸려 있는 존재"라 한다면,[53] 우리는 그 그물이 어떤 환경에서 특정한 종류의 지지물(支持物)들을 자원으로 삼으면서 어떤 방식으로 엮였으며 무엇을 포획하려 했는지 파악하는 데에 좀더 많은 관심을 기울여야 한다. 이런 연구가 빈약한 가운데 모종의 역사적 추이에 관한 시나리오를 입증하려는 청문회가 자주 열리고 행위자들을 제한적 용도의 증인으로만 거듭 호출할 때 문화이해는 점점 형해화되어간다.

행위자의 능동성에 대한 강조는 특정 시대나 집단의 문화가 균질적인 것처럼 가정하는 논법에 대해서도 주의를 요청한다. 우리는 오랫동안 역사발전의 거시적 구도라든가 동력을 전제로 문화를 논하는 방식에 익숙해왔다. 그런 가운데서 어떤 시기의 문화를 그 앞뒤의 단계와 구별되는 속성 위주로 균질화하여 파악하고자 하는 유혹이 자주 개입했다. 균질성에 포섭되지 않는 현상들은 중요하지 않은 예외로 처리될 수 있었다. 나 자신이 조선 후기 문학과 비평사를 주로 연구하면서 그 앞에 있는 16세기에 대해 종종 그런 균질성의 가정을 부여한 바 있다. 이로부터 돌아서서 나는 근간에 다음과 같은

---

53 Clifford Geertz, *The Interpretation of Cultures* (New York: Basic Books 1973) 5면.

질문을 스스로 던져보고 있다. 문화연구에서 어떤 시대, 집단의 특질을 균질적 현상들의 합계라고 가정하는 것을 왜 당연시해야 하는가? 그것은 서로 다른 능동성들이 만들어내는 복잡한 화음 작용이거나 상당한 긴장 속의 위태로운 균형일 수는 없는 것일까? 대상영역에 따라 제각각이겠지만 우리의 연구에서 이런 질문은 좀더 우호적으로 고무될 필요가 있다. 비유적으로 말하건대 이런 다성적(多聲的) 국면에 속한 개별 선율들의 특성과 그들 사이의 협상, 긴장, 어긋남 등을 포착하지 못한다면 문화현상에 대한 도맷금의 이해란 졸렬한 평균치에 불과하다.

끝으로 단층적 근대성론과 함께 활성화된 외래적 지식·개념의 수용 연구에서 주인언어(목표언어)[54] 쪽의 행위자들에 대한 고찰이 중요하다는 점을 환기해두고 싶다. 20세기 초를 전후한 시기에 한국사회에 폭발적으로 등장한 새로운 어휘와 개념들에 대해 지난 10여년 동안의 연구가 이루어낸 성과는 높이 평가해야 마땅하다.[55] 그러면

---

54 종래의 관행으로 원천언어-목표언어라 지칭하던 번역상의 언어관계를 리디아 리우는 손님언어-주인언어라 불러야 한다고 주장했다. "원천언어라는 관념은 종종 권위·기원·영향 등과 같은 개념에 기대고 있으며," "목표언어라는 개념은 목적론적 목표의미의 충만함에 도달하기 위해 지나야 할 거리를 상정"함으로써 전자의 권위에 후자를 종속시키는 문제성이 있기 때문이다. 리우는 "비서구 주인언어가 번역의 과정에서 손님언어에 의해 변형되거나 그것과 공모 관계를 맺을 수도 있지만 손님언어의 권위를 침해하고 치환하며 찬탈할 가능성도 있다는 점"에 주목함으로써, 서구적 지식·개념의 번역과 수용에서 받아들이는 쪽 언어와 행위자들의 능동성에 각별한 중요성을 부여했다. 리디아 리우『언어횡단적 실천』, 민정기 옮김(소명출판 2005) 58~62면.

55 이에 대한 개관으로는 김현주「근대 개념어 연구의 동향과 성과」,『상허학보』19(상허학회 2007) 205~40면 참조.

서도 불만이 없을 수 없는 것은 이 방면의 연구가 어휘들의 출현·확산·변화 등을 다루면서 그 과정에 작용한 행위자들의 능동성에 대하여는 관심이 적었다는 점이다. 자료의 제약이 크다는 것을 짐작할 만하지만, 행위자에 대한 고찰이 부족한 개념사는 평면적인 이입사(移入史)로 흐를 위험성이 농후하다.

예컨대 이광수가 「문학이란 하(何)오」(『매일신보』 1916)에서 자신이 말하는 문학이란 재래적 개념의 문학이 아니라 'literature'의 번역이라 했을 때, 그가 주장한 번역상의 대응관계는 얼마만큼 확실한 것일까. 최두선(崔斗善)의 「문학의 의의에 관하야」(『학지광(學之光)』 3호 1914)는 영문학을 배경으로 한 내용이면서도 문학의 범위 설정이 이광수와 다른데, 어느 쪽이 당시의 통용 지식이었는가. 두가지가 모두 통용되었다면 왜 그들의 선택은 달랐을까. 어느 한쪽이 서양의 문학 개념을 오해 또는 곡해한 것이라면 그런 일은 왜 일어났으며, 그 결과는 당시의 문학 장(場)에 어떤 작용을 끼쳤는가.

1세기 가까운 기간 동안 제기된 적 없는 이 일련의 질문들은 1910년대의 문학 관념이 서구적 개념의 역어로서 형성되었다는 소박한 이식론에 대해 재검토를 요구한다. 문제의 핵심은 이광수와 최두선이라는 행위자들의 역할에 달려 있다. 그들 중의 적어도 하나는 순진한 번역자나 학습자가 아니라 매우 강한 능동성의 주체로서 'literature'의 의미를 자신이 원하는 쪽으로 끌어당긴 것으로 보인다. 이 문제의 귀추가 어떤 방향으로 기울든 간에, 한국의 근대적 문학 관념이 출현했다는 1910년대 중엽의 시점에서 'literature'와 '문학'의 의미론적 대응관계는 쌍방에서 모두 자명하지 않았으며, 관련

된 행위자들의 능동성이 그 행방에 매우 중요했다는 것을 감히 단언
할 수 있다.

| 원문출처 |

제1장 「조선 후기 시조의 불안한 사랑과 근대의 연애」,『한국시가연구』제
24호(한국시가연구 2008). * 원제는「조선 후기 시조의 '불안한 사랑' 모티
프와, '연애시대'의 前史」.

제2장 「정치적 공동체의 상상과 기억」,『현대비평과 이론』제30호(2008년
가을).

제3장 「신라통일 담론은 식민사학의 발명인가」,『창작과비평』제145호
(2009년 가을).

제4장 「한국 근대문학 연구와 식민주의」,『창작과비평』제147호(2010년
봄).

제5장 「식민주의와 근대의 특권화를 넘어서」,『창작과비평』제153호
(2011년 가을).

제6장 「특권적 근대의 서사와 한국문화 연구」, 새로 집필.

| 찾아보기 |

근대의 특권화를 넘어서
식민지 근대성론과 내재적 발전론에 대한 이중비판

초판 1쇄 발행/2013년 4월 12일
초판 2쇄 발행/2015년 6월 10일

지은이/김흥규
펴낸이/강일우
책임편집/박대우
펴낸곳/(주)창비
등록/1986년 8월 5일 제85호
주소/413-120 경기도 파주시 회동길 184
전화/031-955-3333
팩시밀리/영업 031-955-3399 · 편집 031-955-3400
홈페이지/www.changbi.com
전자우편/human@changbi.com

ⓒ 김흥규 2013
ISBN 978-89-364-8337-1 93810